成田良悟
Narita Ryohgo
插畫／森井しづき
原作／TYPE-MOON
Illustration:Morii Siduki
Original Planning:TYPE-MOON

Fate strange Fake

Kadokawa Fantastic Novels

Fate strange Fake

CONTENTS

「——」 011

接續章 「半神們的卡農曲　act2」 015

第十七章 「第三日　天明之晨與不醒之夢　II」 047

幕間 「傭兵、刺客、蒼白騎士」 087

第十八章 「倘若夢境現實皆化為虛幻　I」 103

幕間 「傭兵乃自由之身　I」 185

第十九章 「倘若夢境現實皆化為虛幻　II」 197

幕間 「麗人與海，少女與傭兵」 245

第二十章 「當夢幻成為現實」 263

幕間 「傭兵乃自由之身　II」 353

接續章 「喀啦喀啦，喀啦喀啦」 381

Fate strange Fake

成田良悟
Narita Ryohgo
插畫／森井しづき
原作／TYPE-MOON
Illustration:Morii Siduki
Original Planning:TYPE-MOON

Kadokawa Fantastic Novels

響起了聲音——喀啦喀啦的聲音。

當察覺到那是伴隨一切的結束所響起的聲音時——

「那個」想著——啊啊，「終於開始了」。

持續等待了漫長的時光。

所謂的時間，原本僅僅是屬於自身系統的一部分，理應只是構築自己的一部分要素才對，但如今不同。

是於自身內部運作的程式，對「等待」這個目的而產生的些許動搖。

「那個」早已明白，那是從外部抄錄下來，名為「感情」的系統。

同時，「那個」明白。

以「長存」這個事實本身為目的所誕生的自己，成就其意義的時刻終於到來。

既然如此，必須轉移到下個階段才行。

「那個」已經明白了。

自己接下來該成就的事情。

完成創造主所賜予的，最大且最後的目的。

完成誕生於此的意義。

——啊啊，啊啊。

——日落了。

——結束了。

——抵達了。

——毀滅了。

——完畢了。

——因為打從一開始，失去便是最後一塊拼圖。

遵從自己誕生的道理，「那個」重新啟動自己。

這麼做，僅僅是為了達成造物主所給予的目的。

「那個」重新演算賦予自身的使命。

要選擇困難的道路，或者容易的道路？

推測這些並沒有意義。

無論選擇哪一條路，都只有完成使命一途。

因為除此之外的結果，都不會帶給自己任何意義。

不斷存在，持續存在。

化為真實之人，僅僅繼續存於這顆星球之中即可。

即使要將這顆星球上——

所有定義為「人」的物種，一個不留地消滅斷絕。

接續章
「半神們的卡農曲　act2」

古老時代——黑海沿岸

那裡有一片美麗的土地。

周圍不僅有一望無際的湛藍大海，平原與森林更是深受燦爛陽光的滋潤。

都市國家——特彌斯庫拉。

那片含意為神聖之海，抑或將神的名諱直接作為語源而命名的土地，寬廣地瞭望黑海南岸的沃野，一座以船隻交易為主的都市逐漸在此地形成。

這座都市口耳相傳是四面環海的島嶼，又或是半島，抑或能藉由諸神之力自由自在地變化形態等等，具有各式各樣的傳說。然而——最重要的不是都市的形成過程或地形，而是其周圍土地皆由一個民族所統治。

亞馬遜(Amazones)。

又稱為亞馬遜女戰士族的這個民族，特徵為僅由女性組成，無論是在狩獵、農耕、畜產，以及日常生活等等各種環境，都只由女性來運作打理。唯獨期望留下子嗣的人，才會與周邊城市的男性有交際行為。

因此，該民族經常遭遇為此不悅的男性——周邊城市的統治者，以及占據山岳的盜匪一類發動攻擊的情形，但全都遭到她們擊退，未嘗過敗績。

不只平常生活如此。

對當時要保護都市而言最為重要的軍備事務，也全由女性來打理整頓，尤其是她們的馬術與弓術相當精湛，其名聲更是震響到遙遠希臘的文化圈。

特彌斯庫拉有一名女王。

那名女王的母親，是虔誠信仰女神阿緹蜜思的巫女——奧特雷拉。

奧特雷拉也是一名英傑，過去曾與諸神之一，掌司「征戰」的戰神阿瑞斯交媾，並以人類之身懷得具神之血統的孩子。

然而——奧特雷拉的女兒，卻是一名青出於藍勝於藍的英雄。

她既是軍神的巫女，也是一族的女王。

而且還是一名作戰都會身先士眾，在戰場上刮起腥風血雨的戰士長。

那名年輕的女王，不僅身懷本領與智慧，更繼承了戰神的神氣與神器，甚至具備將強壯的女戰士們統領得上下一心的領袖氣質，將周邊的土地牢牢統治在手。

甚至相傳她騎馬時揮舞長槍之威力足以劈開大海，拉弓放矢都能撼動森林。這些武勇傳說的內容足以影響身邊親屬的信仰對象，乃至喚起周邊城市居民的畏懼，更讓女王的名聲響徹了整個希臘圈。

但是——那名女王以及名為亞馬遜的民族，面臨了一場大轉折。

改變命運的風，將一艘船吹進了特彌斯庫拉。

搭乘這艘船的人當中，有一名在當時的希臘圈——不對，是包含後世在內，都將其謳歌為大英雄的一名男子漢。

據說當時還年輕的女王，相當欣賞這個男人。

受到男人吸引的原因實為單純，也因此複雜。

不是受到要留下強悍的子嗣這種使命感所驅使。

更不是被貪圖肉體歡愉的那類情慾所誘惑。

是憧憬。

在此之前，女王完全不知道除了諸神以外，世上也存在真正的強者——直到目睹這名男人，女王才頭一次看到匹配身為自己起源的戰神的男人。

根據「倖存」的族人所言——那時候的女王，彷彿就像在聆聽奧林帕斯諸神故事的幼童一樣，露出欣喜雀躍的眼神。

男人向女王表示自己是受某個國王的命令前來交涉，希望將戰神的軍帶讓渡給他，對此女王毫不猶豫地同意了這場交涉，並允許男人暫時逗留國內。

當然，女王並非因為自身感情而喪失理性，毫無想法地決定將軍帶交給對方。

這場交涉在談好要讓想要有子嗣的女族人們，能與和英雄一同乘船的男人們展開交際，並且要與大英雄隸屬的都市國家進行通商貿易後，以和平轉讓的形式完成落幕。

其實想要軍帶的人不是國王，而是那名國王的女兒——這件事也促成讓交涉穩便進行下去的理由之一。

「若能藉此給予居住遙遠大地的女性力量，也是好事。」女王與族人們最後也接受了這個想法。

以結果來說，女王認為對亞馬遜這個民族而言，與那名大英雄締結和平協議一事，比軍帶本身更有價值。

躲在男人的軍隊後面祈求庇護這種行為，包括女王在內的所有族人絕對都不會做。

即使要與那名大英雄兵戎相向，女王與族人也絕不畏懼，但女王並不是會貪戀毫無意義之戰爭的狂戰士。

既然那名大英雄也是男人，女王就不能將他納為部族親人，但是女王也期待著，希望族人們能藉由對等的關係切磋琢磨，促使萌生競爭之心，成為更團結強悍的民族。

女王從以前就是這樣，打仗時會放縱情感地穿梭戰場，為政時就像策士一樣老謀深算才做出決策，這種狀況早已司空見慣。因此在族人眼中，即使女王是一名具有兩種截然不同個性的人——但無論是哪種個性，族人都對女王心懷敬意，並且欣然接受。

以當時的社會情勢為前提來看，她對大英雄等人採取的選擇，究竟是踏實的決定，還是一場痴人說夢的紙上談兵——這個答案沒人知道。

因為最後的結果，已經永遠不得而知。

女王在心中描繪的一族願景，以及與大英雄的關係，都在交出軍帶的協調場所中煙消雲散了。

隨著某名「女神」的計謀所招致的——

女王自身的淒慘死亡。

×　×

史諾菲爾德市　大馬路

裂開的柏油路面上，巨大的馬謹慎、迅速地穿過漆黑的濃霧。

原本該有四匹的馬群，一頭又一頭地遭受逼近而來的黑暗吞噬，如今還能踏響蹄聲的馬，僅剩一匹而已。

即使同伴們的身影從這個世界隱沒了，最後一匹巨馬也毫無膽怯，僅是順從地依循騎乘於自身背上的異質英靈——阿爾喀德斯的駕馭，在市內奔馳著。

但是，即使是阿爾喀德斯那樣的大英靈，仍然會出現不得不暫時選擇撤退躲避的狀況。

黑影逼近。

不斷地逼近。

壓倒性的黑影群體，乘著與行道樹的葉片一同搖蕩的空氣，乘著刮過林立大樓間的狂風，甚至乘著那些慘遭吞噬者們絕望的嘆息，朝著阿爾喀德斯緊追不放。

儘管阿爾喀德斯體內蘊含宛如因滅絕色彩而扭曲的泥濘般的魔力，追逐他的黑影卻是另一種截然不同的黑暗之體現。

那陣「黑霧」究竟是什麼來歷？阿爾喀德斯並非準確地明白。

但是根據積累至今的經驗，以及直到剛才的死鬥所磨練的敏銳感覺來判斷，他明白「那個」絕非等閒存在。

也無法知道遭到那片漆黑吞噬的人們，下場究竟如何。

但是，他已經察覺到一件事。

不知在何時間，自己在戰鬥中受損的寶具「地獄三頭犬」的靈基，已經從這片土地上消失無蹤。

雖然魔力的連結並非已完全斷絕，然而無法喚回地獄三頭犬，甚至無法使其消失。

彷彿巨大的結界本身正自由自在地蠢動，將地獄三頭犬與自己隔離了一樣。

阿爾喀德斯生前曾經在地中海沿岸見過一種沙塵暴（坎辛風），彷彿將其染黑的黑暗奔流就在緊逼到身後之際，巨馬的衝刺速度總算超過了「黑霧」。

前方已無足以妨礙巨馬全力奔馳的障礙，這樣下去要逃離此地應是輕而易舉之事。

就在那瞬間——一道劃開風的聲音，讓阿爾喀德斯的耳朵微微一顫。

「要在此地解決……是嗎？」

化身尋仇者的弓兵喃喃說道，不耐煩的話語當中混著一絲不同的情感。

「在這種狀況下還展開攻擊啊，女王。妳真是勇敢。」

阿爾喀德斯繼續馭馬奔馳並且舉弓架箭，緊接著在扭轉上半身的同時放矢。

隨著衝擊聲響起，夜晚的大馬路上綻放耀眼火花。

下一瞬間，「黑霧」與林立大樓之間的縫隙處忽然蹄聲作響，與阿爾喀德斯駕馭的巨馬蹄聲一同交織演奏出華麗的雙重奏。

出現在縫隙處的是一匹舉止非凡的駿馬，以及跨坐在其背上的一柱英靈。

「……——阿爾喀德斯！」

互相確認彼此身影的同時，馬上的女性英靈——職階為騎兵的希波呂忒放聲吶喊：

「你……那模樣是怎麼回事！竟然用詛咒抑制死毒，難道你要汙衊那些勇者的偉業嗎！」

聽聞其言的阿爾喀德斯，一邊藉由巴茲迪洛強行注入體內的「汙泥」之力抑制旋繞體內的「九頭蛇毒」，在蓋頭布底下同時流露顯而易見的大膽笑容。

——原來如此，這樣就說得通了。

在阿爾喀德斯的腦海裡，浮現出直到剛才為止一直對峙的警察隊。

——姑且不論那些人類和自稱約翰的男人……無論擁有何種寶具，我都不認為等閒之輩能在我的力量面前久站不屈。

那群警察都是蝦兵蟹將，理應靠魔力的奔流即可掃蕩排除才對。

結果他們卻能在這片戰場苟延殘喘，倖存到最後一刻。

雖然現在全部遭到黑霧吞噬而不知下場，但那已是達到可謂不自然的頑強——應該說這下就能確定，有某種外在因素提昇了他們的實力水準。

「女王啊——」

阿爾喀德斯在馭馬全速奔馳的過程間，將這些懸念在腦海裡瞬間歸納出結論。他淡然地說出答案：

「就是妳……是妳『給予了他們加護』吧。」

「……」

希波呂忒保持沉默地馭馬加速，並放出下一箭。

阿爾喀德斯揮弓一振，被掃開的箭飛向前方，並將柏油路面狠狠掀起。

但是尋仇者駕馭的巨馬，絲毫不將帶有黏性的障礙物當作一回事，巨馬只是竭盡全力地衝刺一躍，便將掀起的柏油踏碎。

阿爾喀德斯並未在掃完箭後將弓橫在一旁不為所動，而是順勢轉換成反擊的架勢。

他在同時架好三支箭，配合巨馬的加速放箭。

三支箭各自以不同的軌道劃破空氣，以立體的軌跡分別從希波呂忒的前方、後方，以及上方迅速飛去。

但是，希波呂忒靈巧地駕馭駿馬，就這麼直接在大樓牆面上「飛簷走壁」地奔馳。

理所當然，這不是尋常跑法。

這匹駿馬的體勢從宛如在水壩牆面上行進的山地野鹿，轉換成如游隼滑翔一般，在「市街區」這個環境不停地奔馳。

希波呂忒更是能在駿馬行動之間不斷地、不受妨礙地使弓，此表現正可謂是人馬一體。無法掌握的速度，讓她的動作看起來宛如名震天下的半人馬。

據說世人偶爾會將亞馬遜人喻為「騎馬民族的根源」，身為該民族女王的希波呂忒，身懷的騎術已完成到從年輕外表難以想像的地步——不對，應該稱那是自靈基深處所抽出，與現代所謂的「完成」在不同的道路上「登峰造極」的極致馬術。就連夜晚的黑暗，也隨著馬嘶被一同劃開。

隨著自身馬匹的晃動起伏，阿爾喀德斯質問那樣的女王。

「那群官差，其中應該也有混雜男人才對。」

「……」

「為聖杯光輝與戰鬥之理『所苦』的妳，也決定捨棄自尊了嗎，女人族（亞馬遜）之王啊？」

「……住口。」

雖然在進行交談，但希波呂忒毫無鬆懈地戒備攻防。

「我不知道妳有何祈願……但為了願望機『聖杯』這個目標，妳甚至不惜背離自己應有的姿態嗎？」

「我說了，住口！」

對於用更強烈的語氣表達不耐煩的希波呂忒，阿爾喀德斯用平穩卻充滿力量的言語譴責她。

「如同那時候背叛吾等一樣。」

阿爾喀德斯道出彷彿在試探的話語。

「……」

對阿爾喀德斯這句話，女王的答案是——沉默不語，而非怒吼。

原本情緒激烈的希波呂忒，眼神失去情感，就在駿馬以疾風般的奔馳將深夜的景致拋諸身後時，只有她內心的時間完全停止了。

是所有的表情都消失，抑或是正好相反，許多情感湧上的心靈宛如石炭被壓碎般的木然表情在夜晚的黑暗中暴露而出。

然而，那也只是一瞬之間。

是從駿馬重踏大地到再次穩健步伐為止，僅在須臾之間發生的事。

希波呂忒擱下那段彷彿使人產生世界凍結一般錯覺的須臾，臉上呈現的表情是——毫無畏懼的笑容。

「可笑！」

她一股作氣，馭馬衝向阿爾喀德斯駕馭的巨馬，並從自身的靈基深處顯現，高舉一支長大的長槍。

「！」

「想試探我？既然如此，你就該說些更嘲諷我心的話語，尋仇者！」

希波呂忒一邊高舉那支比持有人的身高還長的長槍，一邊為削減阿爾喀德斯的命脈馭馬逼近。

握槍的那隻手不知何時已繞上她的寶具「戰神軍帶」，纏繞神氣的一記刺擊，朝著阿爾喀德斯所拿的弓突刺過去。

對此，阿爾喀德斯也即時使用相同的寶具——發動戰神軍帶將神氣纏繞於弓，並掃開襲來的刺擊。

長槍槍尖遭到強弓的弓臂擊回，衝擊所造成的巨響更是響徹了夜晚的市鎮。

四散的神氣劃開周圍的黑暗，也讓緊追不放的「黑霧」變得遲緩。

隨著結束第二次、第三次的揮斬後，希波呂忒暫時駁馬拉開距離，放聲喊道：

「你可別真的以為，我會中你那種挑釁的詭計！」

不可思議地，即使身在馬蹄音與飛箭的破風聲響中，兩人的聲音仍然強而有力地在彼此耳邊響起。

就在再次恢復原有速度的「黑霧」從後方追趕上來之下，兩人讓馬的行進軌道錯綜立體，並不斷互相攻擊。

「你的動作失去從容嘍，阿爾喀德斯！」

「哦……」

希波呂忒不時以弓狙擊「涅墨亞獅子的毛皮」防護不到的縫隙，不時又將武器切換成長槍進行攻擊。

而且還配合駿馬奔馳的動作展開毫無空檔的連擊，完美地做到合作無間。

彼此靈基蘊含的魔力雖有差距，但希波呂忒以技術彌補不足，持續與阿爾喀德斯纏鬥，何況接連的戰鬥也讓阿爾喀德斯消耗不少力量，如今他已無法單靠力量戰鬥了。

甚至──

──……

阿爾喀德斯一邊防備女王的槍擊時，察覺到一個現象。

——她的力量增加了。

相較於在峽谷與她對峙時的狀態，現在魔力的質與量顯然都提昇了。

——是用了令咒，將自身實力暫時性地提昇了嗎……？

——不對，不是那種只有短暫片刻的玩意兒，是靈基本身的根本確實獲得了補強。

「我收回那些侮辱之言吧，女王。」

「……」

「我原本以為躲在暗處為他人加護，再趁我不備展開攻擊，就是妳的計畫……但實際上，妳從一開始就想與我正面交手吧。」

「當然。」

在馬上淡然回應的女王，接著又放聲喊道：

「阿爾喀德斯……你一直都有所誤會。」

「哦？」

「不管我的妹妹們、族人們是做何想法，我都不會予以否定。」

希波呂忒一邊將力量凝聚在纏繞右臂上的布——「戰神軍帶」，一邊繼續朗朗高談。

「但是，你根本不懂！非但不明白我亞馬遜一族誕生於世的意義……」

希波呂忒的右臂閃起輝光，充滿體內的神氣呈現爆發性的膨漲。

接著，大半的光輝凝聚到右手的長槍上，剩餘的光則是流向自己駕馭的駿馬體內。

繼人馬一體之後，甚至連武器也化為一體的女王，與她的愛馬一同化作箭鏃，朝著阿爾喀德斯展開猛烈的衝撞。

「更不明白我處在那片魍魎旋繞的沃野盡頭時，真正的期望是什麼！」

就在那瞬間，「黑霧」將兩人的身影完全覆蓋隱沒，但是──

巨大的衝擊聲從中響起，黑霧再次遭到驅散。

「……做得漂亮，女王。」

黑霧散去，人影出現──是左臂遭到長槍刺入的阿爾喀德斯。

「看樣子，妳遇到了還不錯的主人。」

「……」

「看得出來，妳在這段短短期間之內，若不是非常習慣戰鬥，就是已經受過相當精準的調整。在這個遠離神代的時代中，竟然能提煉出如此強烈的神氣，的確很有一套。」

但還遠不及成為致命傷。明明刺入臂內的槍尖還停在骨間縫隙處，但是紅黑色的「汙泥」已經開始蠕動、填補修復裂傷了。

「……阿爾喀德斯，你……體內到底蘊含著什麼？那些『汙泥』又是什麼……」

右手仍然緊握著長槍的希波呂忒，表情嚴峻地問道。

由於槍頭仍然刺在阿爾喀德斯的臂上，不得不持續與他一併行進的希波呂特，目睹從對手的傷口中滲出的「汙泥」時，瞬間產生是否該拔出長槍的猶豫，但就在這個時候，腹部遭到阿爾喀德斯以右臂揮弓襲來的打擊。

「嗚……！」

雖然靠瞬間反應將軍帶的神氣流入體內成功防禦，但長槍也順勢抽出，兩匹馬再次拉出了距離。

阿爾喀德斯確認過汙泥已在填補槍頭拔出後留下的傷口後，若無其事地開口：

「……不清楚。但既然適應於現在的我，就表示——此乃『人』的一部分吧。」

「倘若如此，女王，妳可要留意。」

下一瞬間——從傷口溢出的部分汙泥忽然急遽增幅，形成紅黑色的奔流朝希波呂忒襲去。

「這是……！」

「最好不要認為，憑神力之流能夠貫穿『人的末路』。」

與「黑霧」不同，一團像腐血般飽滿的紅黑色「汙泥」，像巨大的黏液生物一樣撲向希波呂忒，看似想將她包覆體內。

希波呂忒與駿馬，原本差一點就能避開。

但是，彷彿有自我意識般蠢動的「汙泥」，非但對希波呂忒更糾纏不放，更將其巨大帶有黏性的軀體變形成彷彿一張大口打算一口氣吞下她。

「咕……這種東西……！」

希波呂忒再次從纏繞手臂的軍帶催動魔力，打算提煉神氣，但是——

汙泥彷彿對她的行動產生反應一樣，劇烈地擴散開來。

「！」

像蜘蛛網一樣擴散開來的「汙泥」，在大馬路上的十字路口中心處化成巨大的泥煙狀，從四面八方襲向希波呂忒及其愛馬，意圖包覆他們。

彷彿漆黑的巨樹森林從四面八方逼近一樣，面臨此景的希波呂忒明白現況危險，開始將自身靈基與布進行融合，但是——

——「我以令咒命令妳。」

「……！主人？」

透過念話的傳遞，希波呂忒感受到說話聲自靈基的本質響起。

——「自地脈引龍出現，與神之力一同施放攻擊！」

下一瞬間，魔力從她的周圍——從名喚史諾菲爾德的這片靈地源源湧現，並被吸入希波呂忒的「戰神軍帶」之中。

瞬間，七彩的虹光照亮了夜晚的黑暗。

不只寶具。

就連英靈本身蘊含的魔力也呈現爆發性膨漲，以希波呂忒為中心擴大的光之奔流，將大部分逼近而來的汙泥都予以震退。

眩目的光輝平息後，希波呂忒環顧四周——無論是「汙泥」或「黑霧」都已不在，就連阿爾喀德斯的身影都已經消失了。

看樣子他已經趁著剛才的空檔離開此地——如此理解的希波呂忒咬牙切齒。

「意思是我不值得讓你一決勝負嗎……！」

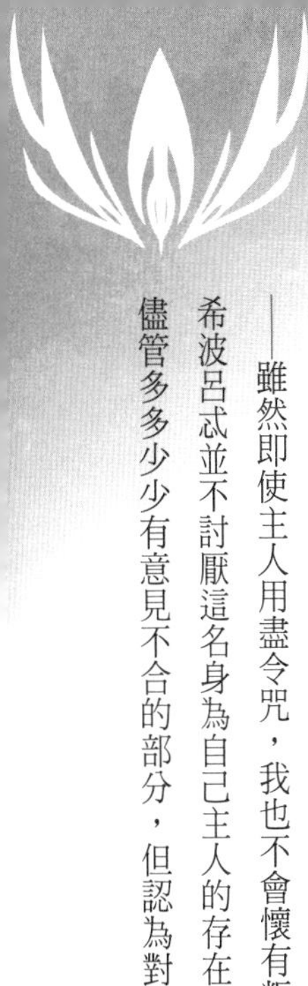

希波呂忒平息怒火後，對著虛空問道：

「主人，為何將寶貴的令咒……」

她利用念話與主人進行通訊。

抗議似的話語才說到一半就停住，沒有繼續說完。

「……不，感謝主人，也請容我道歉。看來我的力量仍然不夠。」

當希波呂忒以獲得令咒而瞬間強化的靈基之力擊散「汙泥」的瞬間，藉由反彈回來的力量，以及加以鑑定逆流到中途的「汙泥」扭曲的魔力後，她得到確信。

——當時再那樣下去，會無法防禦到最後吧。

可以推測，那團混雜著阿爾喀德斯的血與龐大魔力的「汙泥」，沒有令咒之力的話，恐怕無法完全一掃擊退。

而且——萬一讓那「汙泥」成功沾身，肯定會發生極為不妙的事情。

又或者是持續觀察狀況的主人做了更重大的判斷，才會不惜用掉寶貴的令咒也要拯救自己吧。

——雖然即使主人用盡令咒，我也不會懷有叛逆之心……

希波呂忒並不討厭這名身為自己主人的存在。

儘管多多少少有意見不合的部分，但認為對方是值得聯手作戰的對象。

但也正因為如此——和自己的因緣對手交鋒時，竟然不慎讓主人使用了令咒，這個結果令希波呂忒感到內疚。

「……」

阿爾喀德斯離去，黑霧退去後的市內。

希波呂忒一邊撫摸駿馬的脖子，一邊環顧周圍的狀況。

她已離開大馬路區段，離湧出「黑霧」的醫院更是遙遠。

此時天色開始泛白，原本已經驅散人群的醫院周邊地帶，如今也能感覺到有城市居民在活動的氣息。

「無論如何，也沒辦法就這麼繼續戰鬥下去。主人，我們先撤退吧。」

希波呂忒特過念話告知後，再次坐上馬背。

「卡利翁，你也奔馳很久了呢，我們回去主人那兒休息吧。」

希波呂忒表情平靜地喚完馬兒的名字便靈體化，準備好馭馬回到主人居住的根據地，向無人的巷子緩緩奔馳而去。

離去的少女與駿馬，在靈體化前就已有幾名路人目睹到其姿態。

但是，因為本來就有賭場會利用馬兒舉辦宣傳活動，所以這些路人以為那匹駿馬八成也是如此而毫不在意，更因此判斷希波呂忒的服裝也是為活動而穿的宣傳服飾，於是便移開視線，直接看回到自己要走的路線前方。

因為對現在史諾菲爾德的市民來說，已經沒有閒功夫去注意那些細枝末節的事情了。

理應朝著市外前去的市民，都發生不知為何折返回市內，並說出「不想離開城市」的詭異情況。

蔓延於動物之間的神祕怪病。

襲擊警察局的恐怖行動。

發生在沙漠，天然氣公司設置的管線發生爆炸意外；在市內發生的強風災害，以及工廠區域的火災騷動。

這些接連不斷發生的各種天災人禍，讓一直在注意電視新聞與氣象情報的人們，不約而同地有一個預感。

目前，有一個巨大的颱風正在肆虐美國西部。

那個突然產生的颱風，據謠傳正筆直地朝這個地區前來——

這些人有預感，它肯定會不偏不倚地直擊這座城市。

已經不是巧合，而是確信——這座城市正在發生某種狀況。

沒有任何根據。

就算在網路世界發文，外地的人們只會回覆「你們真衰」、「是遭到詛咒了吧？」諸如此類的反應。

這些天災人禍中幾乎沒有出現死者，理由之一是醒目的受害狀況都由國家的一部分機關隱蔽處理掉了，但在城市居民之間，不安的情緒仍然逐漸擴大。

然而即使如此，市民也尚未陷入恐慌，甚至引起暴動的狀況。

因為在建設這座城市的時候，已經在市內鋪設了無數的暗示與結界，在一定的程度下壓抑了會導致他們這麼做的情感。

但是——

這些預防手段，也逐漸接近臨界點。

這些察覺事態不妙的人的表情，顯現出的不是抵抗，而是放棄。

不知道會發生什麼事情。

追根究柢，只是旋繞在感覺深處的不安。

這些人不禁認為，或許名喚史諾菲爾德的這座城市，即將面臨終點。

無論是自己的性命、他人的性命，都將隨著捲入其中。

×　×

天上

一艘巨大飛行船正翱翔於天際。這艘飛行船是藉由魔術之力飛行，能比一般的飛到更高層的上空。

同時也是在史諾菲爾德進行的「虛偽聖杯戰爭」中，身為幕後黑手之一的魔術師——法蘭契絲卡的工房。身為船主的魔術師少女，正在與自己召喚的術士——即法蘭索瓦·普列拉堤一同觀察地面的狀況。

法蘭契絲卡藉由法蘭索瓦的「幻術」矇騙空間的距離，不用透過使魔，即可如在眼前般地就近觀察醫院前的戰鬥，然而——

「真奇怪呢……」

「怎麼了？」

術士一邊咀嚼嘴裡塞得滿滿的南瓜派，一邊詢問。他的主人法蘭契絲卡費解地回答：

「很多事情都不對勁呢——嗯……我雖然很歡迎預料之外的事情發生，但是如果都不知道答案，心裡總是會鬱悶對吧？」

「妳真任性耶。不愧是我。」

法蘭契絲卡把咯咯發笑的術士普列拉提的話語當作耳邊風，繼續思考。

「亞馬遜人的女王陛下，她的靈基水準比在峽谷見到的時候又更高了呢。姑且不提運氣，不覺得她的體能與蘊含的魔力都更上一層樓了嗎？」

「哦～所以是使役者在戰爭途中成長了？聖杯戰爭會發生這種事嗎？」

「如果是靠注入魔力來提昇實力水準，就有可能發生……該不會她的主人朵麗絲妹妹，終於將強化魔術窮究到禁忌的領域了？是做好必須犧牲壽命，甚至不惜耗盡魔術刻印的覺悟，強硬地強化了自己的魔術迴路嗎……？」

「是喔～記得那位女王陛下的主人是『這一邊』的魔術師，所以也知道聖杯是扭曲的冒牌貨才對吧？這樣還願意賭上性命，可真是怪人呢。」

或許是對那名主人產生了興趣，普列拉提用手帕擦掉沾在嘴角的南瓜奶油，轉身看向法蘭契絲卡。

「總之，就算在結果出爐前都不會知道能不能接近那個叫第三魔法的……但考慮到魔力量，當作願望機來使用，應該已能實現品質非常高的願望了啦。」

「哎呀，隨便啦！比起三兩下就被收拾掉，把狀況弄得更混亂無章還比較好呢！畢竟奪冠人選的吉爾伽美什，竟然大爆冷門地先被擊沉了呢！」

法蘭契絲卡自顧自地接受一切，放聲大笑，普列拉提則問她：

「比起那件事，我比較在意從醫院竄出的那團黑霧，那是什麼？」

「我哪知道？」

「居然說不知道……那團黑霧怎麼看都不尋常耶，沒關係嗎？」

普列拉提聳肩表示，法蘭契絲卡露出無憂無慮的笑容回答他：

「要是你站在我的立場，你會怎麼做？會又急又哭地大喊不知道、好可怕嗎？」

「……哎呀，既然不知道，我就會說『我哪知道』吧。不過，要是我看到性別不同的自己哭哭啼啼，說不定意外地會覺得興奮，所以妳表演給我看看吧。」

「你的假設我同意，但是好麻煩，等我有興致再說吧～更何況現在的我，對目前局勢發生什麼事都一無所知的這個狀況，可是期盼到不行呢！」

法蘭契絲卡在隨便打發普列拉提的同時，仍然在思考。

「話說回來……雖然繰丘的女兒椿小妹才是主人，這件事是挺有意思的誤算，但我也在意她的是哪種英靈呢。總覺得許多人都被弄得消失無蹤了？」

「還有那個人……是叫哈露莉嗎？她呼喚出怪物的時候，明明樂得內臟都在發疼，怎麼今天卻情緒低落呀？」

「畢竟，在我看不到的地方被擊敗，不是很沒意思嗎？」

這時，法蘭契絲卡一度瞇眼，笑中帶著凶狠地低聲說道：

「吸血種（非人玩意兒）老是恣意妄為地行動……有點討厭呢，對吧？」

× ×

夢境中

「那麼——看起來有不少人被拖進『這個世界』了……事情會如何發展呢～」

外形是年幼少年的吸血種，立場上是刺客主人的魔術師——捷斯塔·卡托雷憑己身之力將肉體「切換」成少年的模樣，從大樓上俯瞰城市街道，見到事情的發展如自己所預料得一樣後，面露淺淺笑容。

「刺客姊姊要是成為這個世界的夥伴，就會與警察們為敵。不過，原本就是敵人了啦。」

捷斯塔一邊竊笑，一邊喃喃自語地繼續說下去：

「要是與這個世界為敵，刺客姊姊就必須殺死本來想保護的椿妹妹了。啊啊，不管她選擇與誰為敵，對我都沒損失。」

露出不適合兒童模樣的邪惡笑容後，捷斯塔繼續說道。

「這是聖杯戰爭，妳周圍的對象都是敵人。是敵人啊！」

最後，捷斯塔的微笑中浮現恍惚神情，他陶醉地敞開雙臂。

彷彿要以身體承受旭日已昇的青天一樣，捷斯塔繼續向這個世界彰顯自己的喜悅。

「就只有我……只有身為妳主人的我能成為妳的夥伴喔……刺客姊姊。」

捷斯塔以如此形式陶醉於自身的快樂當中，但是——

他忽略了一件事。

一起正在這個世界發生的「異變」。

是連椿的使役者蒼白騎士都沒有察覺到的事情。

是在繰丘夫妻的房子下面，正在發生的另一件「某事」。

在房子底下，建有一個比地面部分更大的「魔術工房」。

工房中心有件受到嚴密保管的「觸媒」，其四周正在顯現異變。

「……」

或許，「那個」非常適合以怪異來形容。

至少，「那個」不是任何人的使役者。

「——————為什麼？」

或許「那個」是可能成為的存在，然而卻沒有與任何人有魔力的連繫。

恐怕只是受到某種影響導致浮現，很快就會消失無蹤的存在。

「那個」身穿紅衣，晃蕩四周的水球搖蕩著。

「為什麼，我會在這裡呢？」

相貌端正，難以分辨性別的奇妙姿態——那個存在並無特別的行動，只是在原地不停地搖曳晃動。

「……政啊。」

此刻，尚未有所行動。

第十七章
「第三日　天明之晨與不醒之夢　II」

第三日　早上　史諾菲爾德市警察局　局長室

距離醫院前的那場死鬥，已經度過整整一天的史諾菲爾德。

大馬路的毀壞災情，最後決定以意外事故隱蔽處理。採取的說法為造成沙漠產生隕石坑的天然氣管線爆炸一事，和設置於大馬路底下的天然氣管線與自來水管線產生連鎖反應，進而導致爆炸。

或許是判斷只靠這種說詞，天然氣公司將「撐不到」聖杯戰爭結束，於是又對內容加油添醋，最後對外宣稱——襲擊警察局的恐怖分子事先準備好的破壞工作延遲發動，結果與沙漠那場爆炸造成的一部分破損管線產生連鎖效應，形成了重大災害……這種粉飾用的故事。

雖然城市居民們的怒火都指向根本不存在的恐怖分子，但也因為同時散布了那些恐怖分子尚未遭到逮捕的情報，於是其中有幾成市民懷有危機感，開始不再漫不經心地前往市區等場所。

在那樣的狀況下，一名男人喃喃自語的聲音迴盪在寬敞的房間當中。

「英雄王吉爾伽美什已經戰敗了……是嗎？」

史諾菲爾德市警的警察局長奧蘭德．利夫，一邊確認部下呈送的報告內容——對吉爾伽美什的主人緹妮．契爾克陣營進行的徹底監視——一邊皺眉喃喃自語。

自己昨晚也在這個房間親自用魔力觀測過，這個推測實屬合理。

繰丘夫妻的女兒繰丘椿——一名由於某種作用促使令咒發動，使她在無意識之間成為主人的幼童。

原本是為了保護她，並且確認其使役者的意思才派遣警察隊前往醫院，結果卻出現多名英靈攪局，導致在醫院前大馬路展開了一場混戰——

推測是吉爾伽美什的靈基反應，在觀測到不尋常魔力奔流後的下一瞬間就發生劇烈動盪，如今已無法觀測到反應。

「照理來想……可視為最棘手的敵人已經消失，但是……」

局勢如此一來便不再絕望，但局長的表情仍然顯得嚴厲。

這是因為就算假設強敵已經消失——我方的損失仍過於慘重。

除了幾名另外安排、戒備著第三者趁著這場騷動展開襲擊的部下倖免於難，有二十名以上的部下在英雄王的靈基淡去後，也緊接著消失無蹤。

如果已遭到殺害還能死心放棄，甚至能著手進行下一場布局。

雖然自己的思想不如魔術師那般冷酷，不會對失去部下一事毫無感情起伏，但對於會失去部下甚至自己的性命一事，早已做好覺悟。

只是，就算不會為此哭哭啼啼，既然部下們處於生死未卜的狀態，就必須以此為前提來思考、安排下一步。

畢竟現場甚至毫無屍體的痕跡，僅僅留下環境遭到破壞的跡象。

周圍的監視器大多都在那場鬥爭中遭到破壞，根據幾具安然無事的監視器所拍攝到的畫面觀察到的，黑霧是從醫院方向湧出。

從影像來看只是淡淡的煙霧，但若是受到魔力的影響，那麼在直接目睹的魔術師或英靈眼中，黑霧呈現的色調或許會更為濃烈。

副官貝菈．列維特也消失了。

以局長的立場綜觀狀況，雖然已經失去大半的棋子，確認生死仍是最優先事項。

——就算假設那陣霧奪走了他們的性命，但既然沒有屍體，就表示其中有某種意義才對。

——先揣摩動機。凶手與手法這些事情，之後再思考即可。

——是打算利用屍體？想當作喪屍那樣操控，或者直接對腦髓動手腳、汲取情報嗎……

——如果沒有死……那是想活生生地洗腦，或者嚴刑拷打逼問情報嗎……

不管出於何種目的，局長想到部下們可能會成為敵人，或者被問出情報便覺得陰鬱，但仍然繼續試著揣摩。

——其他的理由……難道繰丘椿的使役者，有必須將大量人類藏匿到某處的需求？

——無論怎麼想，最後的問題仍然是「Whydunit（作案動機）」嗎？

——踏實地搜查情報就姑且不論，但我並不擅長推理這種事情啊。

——主人的指示嗎……不，不是吧。

——繰丘椿一直是昏睡狀態。不是能與使役者溝通交流的狀況。

——……

——慢著，真的是這樣嗎？

——我一直意識性地遮斷與使役者的聯繫，但根據法迪烏斯的說法，藉由魔力連繫的使役者的記憶，會有流入聖杯戰爭主人之中的狀況……

——那麼，有可能反過來嗎？

——繰丘椿雖然處於昏睡狀態，但只要從她的深層意識中讀取她的……

就在局長正要加速思考時，房間裡響起了一道聲音令他停止思考。

「嗨。」

局長目光一瞥，出現的人影是自己的使役者——術士亞歷山大．大仲馬。

「術士，你為什麼在這裡？」

「喔，我來幫忙一點事情啊，剛剛才忙完呢。」

「幫忙……？」

見局長語帶懷疑，大仲馬說道：

「抱歉啊，兄弟。誰教你要拒絕與我進行念話呢。不過，哎呀，我想你絕對會阻止這件事，所以我也沒打電話聯絡你就是啦。」

「慢著，你現在是在提哪件事？」

浮現不祥預感的同時，局長詢問道。大仲馬大剌剌地坐向局長室裡的迎賓沙發，用難以揣測的語氣繼續說道：

「嗯，幸好我觀戰時有保持一段距離呢，若是在舞台邊的座位，這時候我也在那陣黑霧裡啦……若要協助警察隊那些人到底，那樣或許比較好啦。」

「……？你當時在現場嗎！我不記得對你下過那種指示！」

「喔，我的確不記得你有指示過我呢。太好啦，咱們的記憶力都完美無缺啊。如果是在戲曲或小說中，我們都能飾演要角，負責講不在場證明的證言嘍。」

「……！你懂不懂自己的立場？警察隊和我就算死了也能找人填補空缺，但要是身為英靈的你被擊敗，我們陣營就完蛋了啊！」

局長述說帶有平靜怒氣的發言，但是大仲馬僅將局長的情緒結晶當作耳邊風地聳聳肩，並像在點早餐似的輕鬆回答：

「你們不會就這麼完蛋啦。那種只有主人被殺，無處可去的英靈也差不多該出現了，和那種英靈締結契約的辦法要多少有多少。」

「想用那種假設就矇混過去嗎？」

「我的意思是——既然你是主動投入這場戰爭，就不要輕言『完蛋』這種話啊。」

「……！」

聽到大仲馬的話語，局長維持了能調整呼吸數次的沉默，臉上所有的憤怒與焦慮都消失後，懷著自省的念頭開口。

「……你說得對，是我不好。就算包括你我在內，我們陣營的所有勢力全部死光，我也不該做出這種彷彿大勢已去的判斷。」

「哈哈！你這種能在瞬間就恢復冷靜的個性，我可是很中意喔！」

「你的讚美我就收下了……不過就算我已經冷靜，也不代表狀況就會好轉。」

「既然如此，我送你好消息當作禮物吧。消失的警察隊那群人，『目前還平安無事喔』。」

「！」

見到局長雙眼微微睜開，大仲馬嘴角一揚，愉快地繼續說道：

「那些由我調理過的武具，我現在仍然感覺得到其存在。雖然以聖杯戰爭的術士而言，我不算是大人物，但起碼還明白與自己有關的事物目前還『在不在世』。照這種感覺來判斷，我交給他們的那些武具，的確還存在於這個世界的某處……但是我得老實說，那裡似乎不是光靠走路就能抵達的地方。」

「但是，只憑著寶具還在世，並不能保證使用者平安無事吧？」

局長懷疑地詢問，大仲馬又繼續回答。

「不過，至少約翰還活著。」

「你怎麼知道？」

「理由我之後再解釋。總之就是我還有沒告訴兄弟你的寶具啦。」

「……算了，既然你說會解釋，我就等你開口。現在得先搞清楚部下們是否安全。」

局長吞下本來想說的話，重新面對目前面臨的問題。

「不過……想不透呢。該不會是困在某種魔術性結界之中……難道是固有結界？」

固有結界。

想像到這個名詞，局長在心中輕聲唸道。

「固有結界啊。那個以內心風景創造出一個小型世界，並強行將對象塞入其中的大魔術對吧？」

「雖然你的認知有些粗糙，但不算完全搞錯……嗯，如果是固有結界或是近似的魔術，的確有可能將一定程度的人數隔離開來。英靈中有人能辦到一兩項那種神技倒也不奇怪……但是一般來說，那需要耗費龐大的魔力才對。短暫的話姑且不論，要長期困住那些消失的人數是辦不到的。」

固有結界是即使在魔術的世界中，也是人稱接近魔法的大魔術。

這種有時甚至連物理法則都能扭曲，用「世界」覆蓋現實的行徑，即使是英靈來施展，考慮到魔術師們的魔力程度，維持幾分鐘就是極限了吧。

如果有能使其維持得更久的魔力源又是另外一回事，但是若有能達成這種現象的魔力在運作，憑己方的觀測系統理應能察覺到一些蛛絲馬跡。

——也有可能是法迪烏斯早已察覺，卻刻意隱瞞不說……

——不對……實際上，昨天傍晚也突然出現過強大的魔力反應。

——該讓觀測系統繼續運作下去，但考慮到對手連如此巨大的魔力流動都能隱藏起來，或許有必要同時採取別的方式接近、觀測對手吧。

對陷入沉思的局長置之不理，大仲馬一邊瀏覽擺在接待桌的報紙，一邊唸道：

「哦哦，這邊的狀況也挺不妙的不是嗎？颱風朝著這裡筆直前進耶。這個颱風，該不會也是哪個英靈做的好事吧？」

「……發生颱風的地方在遙遠的西邊，我想兩者間應該毫無關係，但是……」

「看你臉色鐵青，就知道沒有那麼樂觀啦。那樣就好。無論有沒有關係，反正這些風風雨雨會把我們的思慮全部打濕、沖走，吹得一乾二淨。像這個國家的大人物好像在一天內也死了不少人，這也算是我說的風風雨雨啦。」

「那件事也有讓我掛念的地方……不過，就算我去詢問法迪烏斯或法蘭契絲卡（那個老狗），想必他們也不會給我能夠接受的答覆。」

正因為許多事情發生的時機實在巧得可疑，如今局長已經陷入所謂的疑心生暗鬼狀態，不禁懷疑國內發生的所有事件是否都與這座城市的「虛偽聖杯戰爭」有所關聯。但就算真的互有關係，也沒有辦法立刻進行確認，讓局長為此咬牙切齒。

看著史諾菲爾德正不斷地陷入窘境，身處核心位置的局長體認到自己有多麼無力。

——不對，這種事情我早就心知肚明。

——能力處於劣勢這一點，我從一開始就做好覺悟了。即使如此，我們還是要……

見局長握緊拳頭，大仲馬語調輕鬆地向他問道：

「那麼，兄弟，你有什麼打算？」

「打算？什麼打算？」

「什麼時候動身救人啊？雖然得先看人是消失到哪裡去了，但如果是我這個英靈能夠潛入的地方，我可是願意為你動身喔。」

聽聞這句話，局長顯露不快。

自己喚來的英靈有什麼能力，雖然不是完全明白，但也掌握了大概。

「……剛才雖然讓你矇混過去了，但是言歸正傳，我不可能讓你站上前線。我不但沒有對你下達那種指示，往後也無意這麼做。你要是再自作主張，我就要用令咒束縛你了。」

聽到局長嚴厲地告誡自己，大仲馬收起平常的笑容，以認真的話語回應。

「不，你下令了呢，而且是一開始。」

「什麼……」

「兄弟，你委託我的事情，是製作警察隊的武器。是協助那些身為魔術師是個菜鳥，和英靈那類玩意兒相比，更如同附近公園的嬰兒車裡給媽媽搖啊搖的小鬼一樣的傢伙，給予他們『能夠戰鬥的力量』。」

大仲馬翻著報紙，指著刊有由居住拉斯維加斯的作家所寫的連載短篇版面，用手指咚咚敲著高談起來。

「兄弟，我可是作家喔。這樣的我能給予你們什麼『力量』？能為你們製作什麼『武器』？是當我成為什麼英靈時，不知從哪裡跟著帶來的『寶具』的力量嗎？還是那個伴隨著我，名為製作道具的能力？好啦，那也算是一種答案，但並不是源頭。」

大仲馬說到這時停下手指，用指尖捏起報紙。

「我能夠給予他人的東西只有一種！沒錯！那就是『故事』！」

下一瞬間，報紙被拋上空中，在向周圍飄散開的文字雨中，亞歷山大．大仲馬高聲謳歌：

「管他是虛構(fiction)創作還是紀實故事(nonfiction)！改編的戲曲或是我的自傳！自始自終都是出於我腦袋的妄想一類！無論是將崇高的人類與歷史的演進重新描寫的小說！甚至是將世界編織的料理歷史統整起來的玩意兒也一樣！無論哪一件，總括起來全都是『故事』啊！」

彷彿在表演戲劇的一幕般，大仲馬朗朗上口地不停述說。

他並沒有放聲吶喊，但是就像在近距離聆聽巨鯨嘶吼一般，聽起來響徹心扉。

就算只是一場錯覺，也是足以引起那般錯覺的一席話——如此判斷的局長，沒有將眼前英靈那一如既往的輕鬆語調當作耳邊風。

見到局長的樣子，大仲馬愉快地繼續說道：

「加里波底閣下說要發動革命時，我的確提供過不少船隻、錢財，還有武器給他。但是，那件事也算是一場『故事』。不管是錢財、火槍，還是名聲，當這些事輾轉相傳給他人知道後，就會帶有許多含意。《三劍客》的作者亞歷山大．仲馬援助轟動世界的英雄啦！這種片段事跡，或許對那時期的我而言並沒有多大的效果，但已經足夠影響一個人的人生了。我有上網稍微查過自己的情報，沒想到我那些事蹟竟然都流傳到現在了。也就是說，至少這一百年來都不曾被人遺忘過啊。」

大仲馬說得彷彿自己就是戲曲的演出者一樣，局長聽完他的話語後陷入片刻的沉默，他一邊整理複雜多樣的感情，一邊吐露回應。

「……我明白你想說的意思了。但是這和你冒險上前線的事根本無關——」

然而，局長的話被大仲馬一聲打斷。

「約翰・溫高德。」

「……？」

聽到大仲馬忽然道出的專有名詞，局長瞬間僵住。

「貝菈・列維特、亞尼・柯朗、東・霍金斯、查德威克・李、由紀・卡波提、艾德利納・愛森斯坦……」

就在局長一邊將剛才還飄舞空中，如今已落地的報紙細心地親自撿起，一邊聆聽大仲馬唸出的一連串人名時，他立刻察覺到意義。

那是冠有「二十八人的怪物」名稱的警察部隊，其所有成員的姓名。

雖然只是單純的一串人名，卻能感受到話語中隱含著不容分說的力量，局長沒有阻止大仲馬，繼續聆聽下去。

「——、——、……蘇菲雅・華倫泰、艾迪・布蘭度……最後就是兄弟你啦，奧蘭德・利夫警察局長閣下？」

「……我早就知道你有詳細地調查過，但沒想到你甚至把成員姓名都背起來了。」

「可不只姓名喔。從長相、聲音、成長背景，到喜歡的香草種類，知道的範圍內全部背得滾瓜爛熟啦。話說回來，兄弟，你也是會熟記所有部下姓名的個性吧。」

絕非說出來自誇，淡然說完一切後，大仲馬將整頓整齊的報紙擺在桌上，移動到局長桌前。

他將高大的身材向前一傾，雙手往桌面一撐，這名英靈將「自己的話語」告訴主人：

「我剛才列舉過的人名，都是所謂的『主要人物一覽』。這些人已經是我作品的主要人物嘍。」

大仲馬賊賊一笑，伸展開雙臂的同時說出結論。

「我無意當自己是神，也沒有控制你們的打算。但是對兄弟你們而言，這次的戲劇《聖杯戰爭》恐怕是你們人生中最初亦最後，僅有一次的舞台啊。所以我才會提供劇本，為這場戲劇援助武器、力量喔。」

「演員設定可是經由我巧妙修繕（扭曲），連我都無從得知結局如何的上乘腳本（人生）喔。怎麼能不坐在最前排欣賞這場戲呢，對吧？」

× ×

結界內

「你的意思是……這裡是虛偽的世界嗎？」

鑽過教會門扉的縫隙走出戶外，看著晴空下這片寬敞遼闊的世界，沙條綾香難以置信地低聲說道。

美麗得彷彿能截取下來當作觀光手冊封面使用的城市街景。

雖然沒有久經歷史的厚重感，但是經過計算而建設的林立大樓井然有序，聳立在城市市中心的賭場旅館與市政廳，在這片建築的襯托下顯得更為莊嚴。

沒有任何改變的城市街景。

但是，也讓她因此在瞬間明白，目前的現狀「顯得異常」。

理由之一，是街道上完全見不到自己與警察隊以外的對象。

另一個理由——教會與醫院前大馬路明明在數小時以前受到非常嚴重的破壞，現在卻彷彿什麼事也沒發生過一樣，一切都得到了修復。

「全部都修好了……為什麼？」

「不對……與其說是修好，不如說感覺一開始就沒有遭到破壞呢。」

回答綾香疑問的，是與她魔力有所連繫的劍兵──獅心王理查。

如他所說，道路並沒有整修過的痕跡，地上的輪胎痕跡與髒汙，看起來就像是好幾天前留下的一樣，原封不動地殘留至今。

即使如此，綾香還是無法徹底相信這一切，她繼續詢問劍兵：

「假如這裡真的是你所說的虛偽的世界……難道魔術連這種事情都辦得到嗎……？」

「其實做到這種地步，已經算接近魔法的領域了。不過，這種行徑只要不計成本，一股腦兒地投注時間、技術與資產，還是能勉強重現，所以果然還是魔術的領域，不是魔法吧。」

劍兵回答的語氣莫名悠哉，對此綾香聽完後有些傻眼地嘆氣說道：

「欸，這應該是很嚴重的異常狀況吧……」

「是啊，妳說得對。不過，好奇心也同時受到刺激了。一想到這樣的大魔術到底是出自何方神聖之手，不覺得就很興奮嗎！萬一那位大魔術師梅林出現該怎麼辦？以這個時代的價值觀來判斷，應該向他要簽名吧？」

「別問我啦。而且我又不認識那個叫梅林的人。」

綾香隨口回應。

「嗯，不過他若是敵人，會是強敵呢。怎麼辦？該試試把他扔去撞月亮嗎……？不對，那應該是母親大人加油添醋的情節吧……但是，那位可是傳說中的魔術師喔……要是能順利捉住他，就握住他的腳，當作『Excalibur（我的寶具）』來揮舞看看好了……？搞不好會成為威力驚人的魔法劍呢……要是能實際見到他，有拜託看看的價值耶！」

看到劍兵看似不動聲色地興奮，並微笑著喃喃自語莫名其妙的事情，綾香一邊心想「啊啊，思考的確繼承自母親呢」一邊邁步前進。

「先別管那種事了，不打倒那個魔術師的話，真的無法離開這裡嗎……？難道就沒有能更簡單、更安全地悄悄離開的辦法嗎……」

畢竟劍兵也身負重傷，綾香希望盡可能迴避紛爭，但是一句否定的話語從不同於劍兵位置的方向回應過來。

「沒錯，我想很困難。就算有可能，但在毫無線索的狀態下要找出辦法，不知道會耗掉多少時間。」

彷彿沒有設定感情一樣，像機器人般面無表情的女警冷靜地告訴綾香。

「呃……妳是貝菈小姐吧？謝謝妳細心地告訴我。」

人煙稀少的世界。

但是，目前綾香與劍兵的周圍卻成為了例外。

因為包括在教會會合的警察隊在內，目前有十多人正圍繞著他們兩人一起邁步前進。

聽聞警察隊的說明，得知這個世界是封閉的閉鎖空間一部分後，基於認為該打倒造就這個空間的元凶，綾香與警察隊決定暫時結盟作戰。

站在綾香的立場，覺得這樣總比遭到逮捕要來得好，劍兵則是沒有反對暫時結盟的理由，因此雙方毫無迷惘地成為共同行動的狀況。

貝菈・列維特。

綾香目光看向這名剛才如此自稱的警察隊隊長女性，綾香保持戒心地詢問她：

「請問，妳也是，那個……聖、聖杯戰爭的主人嗎？」

「不，我不是主人。我不能告訴妳詳細情報，但我是有主人所在陣營的人……妳就這麼認為吧。」

「換句話說，警察與那些進行聖杯戰爭的魔術師聯手了是吧？當時偵訊我的警察們沒有那類跡象，所以並不是所有的警察都有參與吧？」

劍兵用平常的語氣，堂堂說出自己的推測。

「不過，依醫院前那場大戰當時的狀況來看，該視為已有大半兵力都派到那個地點了。再依後續也沒有援兵出現這點，就算有極少數的成員得擔任你們上司——即主人的護衛來推斷，我看警察的同伴數頂多就在三十名前後吧？」

「……關於這部分，我判斷對脫離這裡而言是不需要的情報。」

「妳很老實呢。」

「什麼意思……」

劍兵對面無表情地表露懷疑的貝菈說道：

「的確啦，你們也有可能指派近百人去其他更重要的地方了……但看到妳沉默了一下，視線又亂飄，我就知道自己完全說中了。」

「……」

貝菈陷入沉默。

「……我說你呀，刻意把那種事說出來指摘對方，你個性很差勁喔。」

聽綾香傻眼地這麼說，劍兵慌張地否認她的說法。

「呃，不是這樣啦！我沒有自豪的意思，也不是想嘲諷她！在極短時間內的互動反應老實，就表示這個人本性正直啊。我的意思是她明明是魔術師卻個性正直，這是美德呀！像那個一直跟著我，叫做聖日耳曼的魔術師就不同，他的一言一語我早就分不出到底是真話還是假話了。」

劍兵說完，這次則是從四周出現聲音。

「聖日耳曼……？」

「是那個鍊金術師，聖日耳曼嗎？」

走在四周的警察們紛紛交頭接耳。

「唉，那傢伙果然很有名。他說過自己曾經在許多人面前出現過呢……我真同情那些被他纏上的人啊。不對，既然他是青史名留的大人物，那他古怪的作風或許反而能令人自然地接受吧。」

劍兵聳肩說道，一名警察詢問他：

「你自己還不是一樣，你真的是英靈嗎？總覺得你太鬆懈了……」

那名年輕警察，因為當時正在專心與阿爾喀德斯戰鬥，所以並沒有仔細觀察劍兵與英雄王的交戰過程。

因此他詢問劍兵時的態度，與自己對立過的英靈——襲擊警察局的刺客以及阿爾喀德斯相較之下，實在過於輕率、缺乏緊張感。

周圍的警察們紛紛喊出「喂！」、「被視為挑釁怎麼辦！」勸戒這名年輕人，但是——

年輕警察的話語成為契機，讓劍兵的腦海裡重現了某個人物的聲音。

——「兄長總是這個樣子。」

——「明明在戰場上像惡魔一樣縱橫馳騁，平常卻老是一副鬆懈大意的模樣！」

——「兄長，您有沒有身為國王的自覺啊！」

劍兵對生前親人的那般吶喊心生懷念，向年輕警察問道：

「你是？」

「……我叫約翰．溫高德，叫我約翰就好。」

「……！」

聽完，劍兵驚訝地睜大了眼。

看到劍兵忽然表情大變，警察們與綾香也為此驚訝，不過當事人劍兵並不在意這些事，他面露喜色地說道：

「這樣啊……你就是約翰啊！」

「……？」

「也算是有緣，約翰，我們好好相處吧！就當是我鬆懈時順便跟你攀交情吧！」

劍兵友善地走近警察，啪地拍拍他的背部。

約翰一頭霧水，臉色警戒地看著劍兵。

「你幹嘛突然這樣！我的名字怎麼了嗎？」

「啊啊，呃，嗯。」

劍兵有點不知所措地別開視線。

「你們察覺到我的真名了嗎？依你們的回應，會決定我能不能說出理由呢……不對，等等喔。這樣一來不就彷彿暴露了『約翰』這個名字與我的真名有關係嗎？好吧，讓我想想要怎麼矇混過這關，你們等我一會兒。」

「已經沒辦法了啦，你還是放棄吧。」

綾香語帶嘆息地說道，但是並沒有生氣。

綾香也明白真名相當重要，但是眼前這名英靈可是有著即使明言「不想聽」，仍舊報上了自己英靈身分的前科在身，所以綾香很清楚，劍兵其實不太想隱瞞真名。

如果是正式的主人，就會為預防流出與真名有關的情報，在所不惜地使用令咒吧。但綾香甚至連自己是主人的想法都沒有，所以心態越來越趨向劍兵本人若要說出真名也無能為力。

劍兵無視一副已經受夠自己的綾香，將想到的話一句接一句地說出口。

「沒錯……就像我昨天聽過的傑出現代音樂的作曲家們——艾爾頓、藍儂、威廉斯，還有屈伏塔。你有和他們一樣的名字，所以我認為你或許也有音樂天賦呢。」

「可是『艾爾頓．約翰』應該是姓氏吧……」

雖然有名警察為此吐嘈，但劍兵彷彿想矇混過去地吹起口哨，而且還吹出一首莫名精湛的現代樂曲。

看到劍兵這副模樣，貝菈也露出罕見的困惑表情，喃喃自語。

「很難想像這是理應隱瞞真名的英靈會說的話……」

過去在冬木舉行的第四次聖杯戰爭中，就有過一名在首次見面的參戰者們面前，親自報上名號的英靈——不過不知道有這個案例的貝菈，推測這名劍兵如果不是相當特異的存在，就是一名表面上佯裝成小丑，實則用盡心思的狡詐英靈。

不過，想到這名英靈曾經在電視台的攝影機前，大方宣言要賠償歌劇院毀損的損失，又當著不是魔術師的警察面前靈體化消失無蹤來看，前者的可能性應該比較高。

以此推測為前提，貝菈決定將我方已知的情報，刻意洩露一小部分。

「……其實，局長似乎已經推測出你的真名了。」

雖然貝菈本人與局長之間是共享情報的關係，但是這件情報並沒有讓底下的警察隊成員知道。

因為目前還處於局長從「混雜紅髮的金髮」這個情報，以及他在歌劇院前的舉動來類推真名的階段。隨便將尚未確定的情報散布出去，萬一有所差錯，說不定會導致致命狀況。

因此，貝菈決定先不要指認劍兵就是獅心王，而是營造出「我方已經對你心裡有數了」的狀況來予以牽制。

聽聞上司話語的約翰，再次詢問理查。

「話雖如此，身為一位英雄……你不覺得自己有點鬆懈嗎？這麼輕易地全盤信任我們，萬一我們襲擊那位主人小姐，你要怎麼辦？」

「這個質詢挺有意思的……綾香，妳覺得我該怎麼做？」

「咦？拋給我回答？」

「因為在那種狀況下，是妳的性命遭到覬覦啊。我就趁現在問妳要怎麼處置敵人吧。萬一我在反擊時擊斃敵人後，妳卻一臉難過地說『也不用痛下殺手吧』，我會很頭痛的。」

聽到理查這段彷彿除掉敵人是輕而易舉之事的發言，一名覺得自己被瞧不起的警察，有些不高興地喊道：

「你還真是從容呢。說得好像與我們為敵都還能手下留情——」

說到一半，約翰伸手制止他再說下去。

「唔……約翰，你想幹嘛？」

「……你沒注意到嗎？有人在監視我們。」

聽到這句話的警察看了看約翰的表情，突然恍然大悟。

他的表情在短短數秒之間便認真起來，冷汗直流地巡視四周。

另一方面，理查則是佩服地看著約翰。

「我好驚訝，才一瞬間你就察覺到啦？雖然無論如何我都不覺得你是會從背後偷襲、砍殺綾香的卑鄙男人啦……嗯，看來你不但是一名好官吏，還能成為一名好騎士呢。」

「？」

綾香一頭霧水，不懂劍兵到底在說什麼。另一方面，警察隊則是盯著四周──像約翰一樣警戒、驚訝得臉頰冷汗直流。

「……」

唯獨顯得冷靜的貝菈，下意識地握緊自己垂在腰際的手槍，一邊問道：

「有兩人……不對，是三人。他們是……你們的人嗎？」

「咦？什麼？」

綾香又環顧周圍一遍──總算發現人影。

在大樓屋頂上站著一名一兩天前見過，纏滿繃帶的男人──還能從建築物之間的巷道上看到一名乘馬持騎兵槍的男人，正在窺伺這邊。

「那個人是……！」

「喔，那個弓箭手我已經向綾香妳介紹過了呢。不過，貝菈小姐，妳很行呢，竟然能察覺隱匿了身影的洛克……刺客的氣息。」

「我無法察覺那個人的氣息。不過，既然你要保護沙條綾香的安全，就必須再多一個人才能完全封鎖死角吧？我只是這麼判斷而已。」

「那就更有一套了。原來如此，由妳來率領指揮戰鬥，身邊的人也能綻放更耀眼的光彩吧。」

當理查輕鬆地說完時，弓箭手與騎士的身影也像霧氣散去般消失無蹤。

在緊張尚未解除的狀況下，約翰開口問道：

「這是怎麼回事……他們是誰？」

「是我的夥伴啊。等我確信你們不會覬覦綾香的性命後，再與我的真名一起介紹給你們認識吧。」

「夥伴……是你從結界外頭呼喚進來的？」

貝菈存疑地問道。

「他們就像是與我的靈基融合了一樣，只是自動自發地跟隨著我而已。」

但理查搖頭否定。

「……就牽制來說是大意之舉呢。我方早就對你的真名心裡有數，你不覺得剛才的情報，會讓我方又更接近你的核心一步嗎？」

「妳在擔心我呀？……嗯，與其說你們是魔術師，果然還是比較像騎士呢。」

「……」

貝菈面無表情，瞇細雙眼。理查開朗回答道：

「哎呀，讓妳不高興的話我願意道歉，但我真的沒有侮辱妳喔。我這個人重視騎士道，但不代表會輕視魔術師。不過，我也會以此為前提來評估妳的人性。就我看來，妳的確冷靜沉著，但並非無情冷漠。」

「……這不能當作我的質問的答案。你從剛才就太缺乏對我們的警戒心，雖然在保護沙條綾香這件事情上你有傾注全力，但我認為你缺少一個觀念……結束這段共同作戰的關係後，你自己最後還是必須擊敗我們。以結盟合作的關係來說，你的表現反而讓我們判斷有詐，因此存疑。」

「換句話說……你們認為我背地裡有詐，所以不能放心地將身後交給我啊。」

「什……劍兵他才不是那種……」

綾香才抗議到一半，劍兵就說「沒關係」制止了她。

「謝謝妳，綾香。哎呀，畢竟是置身組織的人，我能明白她的謹慎。不過，為了讓彼此都能平安無事地返回原本的世界，至少聯手合作時還是不要有芥蒂比較好吧？」

劍兵說完這段話，在無車行駛的大馬路上停下腳步，對警察們說出自己的意見。

「這個嘛……確實我對於隱瞞真名這件事情……不對，應該說對於『聖杯戰爭』這場戰鬥，我目前還沒有認真看待。只有和那位金色英雄交手時的個人『戰役』讓我認真。」

「沒有認真……？」

「沒錯，但我並非刻意放水、瞧不起你們。雖然我已經告訴過綾香這件事了……其實，我只是還沒找到能向聖杯高舉祈求的願望而已。」

「你……沒有願望？」

貝菈感到懷疑。

撇開一部分的例外，在聖杯戰爭中受到召喚的英靈，都是自身有想向聖杯這個願望機祈求實現的願望這個目的，才會與活在現世的魔術師們締結契約。

這名劍兵要是沒有任何願望，為什麼會像這樣顯現於此呢？

——因為聖杯是冒牌貨嗎……不，可是……

雖然能自行推測，但貝菈認為超過自身職責的事情，應該交給局長與術士大仲馬來判斷，因此她保持沉默，繼續聆聽劍兵的話語。

「要說想對神祈求的願望，我還活著時的確有過。雖然很難判斷那個願望到底算不算實現了……但那不是能對聖杯祈求——不，是祈求了也沒意義的那類念頭。不過，既然我受喚來到此地，就表示還有連我自己都不曉得的某種願望吧。」

劍兵微微聳肩，對警察們露出坦率的笑容。

「總之，直到我發現那個願望以前，不會去考慮甚至得積極殺死你們這種不惜手段獲勝的事情。現在我的首要目的，就是讓綾香平安無事地回到故鄉。」

「故鄉……？」

為什麼？綾香發出疑問之聲。

「妳是從日本來到這裡的吧？我搞錯了嗎？」

「呃……是沒有搞錯啦……啊，嗯，抱歉，打斷你的話了，繼續說吧。」

口齒不清、結結巴巴的綾香陷入沉思之中。

劍兵雖然對此有些掛念，但還是向警察隊總結自己的話語。

「所以，只要你們沒有傷害綾香的意圖，我就會守護這份合作關係。反正昨日敵是今日友這種敵我關係互換的狀況，在我的時代是稀鬆平常的事情呢。」

劍兵說完後微微一笑，彷彿在問「這個時代又如何呢」。貝菈思考一會兒後，看了看警察同伴們，點頭回覆劍兵。

「我明白了。雖然不會全盤採納你的想法，但我方也會一同守護這份協定。」

確認完這段話後，約翰向綾香說道：

「啊——……剛才真抱歉啊。雖說是為了測試妳的搭擋，但還是說了會偷襲妳之類的發言。身為警察這是不該有的行為，對不起。」

「咦？呃，沒關係……追根究柢都是劍兵害的嘛。」

綾香的隨口回應，讓約翰放下了心中重擔。

「感謝妳……不過，以魔術師來說，妳也很寬容呢。」

「因為我不是魔術師呀。」

「咦？」

連同約翰在內，這句話讓警察們一頭霧水。

不過大概是覺得再繼續解釋下去很麻煩，綾香只是聳聳肩，便與劍兵一起開始邁步前進。

——沙條綾香。

雖然沒有流露在表情上，但貝菈重新思考綾香這個人的存在。

——她是什麼人？

按照偵訊的紀錄內容，她是來到史諾菲爾德的旅客，不過——

根據調查得知的結果，她的入境紀錄是經過偽造的產物。

肯定是經由某人穿針引線，或者旁門左道的辦法違法入境國內，但不可思議的是本人似乎沒有那種自覺。

而且，局長告訴過自己一件由於內容會招致混亂，所以還沒有傳達給「二十八人的怪物」知道的事情。

——有同名同姓的魔術師存在……

——而且已經確認到，那名魔術師本人……「沙條綾香」目前正在羅馬尼亞活動。

——我看過大頭照，除了髮色與眼睛顏色以外，其他部分都非常相似。

——如果這她是冒牌貨，目的是什麼？若是想代替本人，又為何改變髮色？

——反過來說，若沒有取代本人的念頭，為什麼要使用如此相似的容貌？

——「沙條綾香」好像有姊姊，但沒有存在雙胞胎姊妹的情報。

——無論如何……只能繼續警戒這個人了。

如今無法與局長取得聯繫，貝菈已成為實質意義上的部隊隊長。她在心底懷著最低限度的警戒心後，決定與劍兵和綾香兩人共同行動。

貝菈認為雖然自己這方也有帶多數的「寶具」來到這個世界，但考慮到個人的戰鬥能力，與劍兵敵對絕非上策。

接著——劍兵在邁步的同時提出疑問。

「喂。」

「？怎麼了？」

「你們說過要排除造成目前狀況的元凶魔術師，或是使役者吧？」

「……是的。要破壞這個結界世界，我推測這是最確實的辦法。」

劍兵稍作思考，嘴巴自言自語般地微有動作，不過——

「……嗯，妳說得對。我的『術士』夥伴也說那是最迅速的辦法。」

「夥伴……」

「和剛才那個繃帶弓箭手差不多啦，妳就這樣想吧。」

「……」

明明不是正式的使役者，卻擁有強大靈基，遠遠凌駕那些不成材的魔術師的神祕存在——想到這些存在恐怕都是屬於劍兵靈基的一部分，貝菈心想「連能擔任魔術師的棋子都具備嗎？」，又更加警戒了。

但是對貝菈這樣的警戒心，以及下定決心要賭命脫離這裡的警察隊成員而言，劍兵接下來的話無疑是潑了冷水。

「不過呢，我的『夥伴』多數都對這個打算很消極呢。」

「？為什麼？」

「為什麼？還問我為什麼……你們是不是忘記很重要的可能性啊？」

劍兵再次停下腳步，至今為止的鬆懈氛圍不再，此刻的表情更可窺見他身為一名英靈的認真。劍兵問道：

「你們一直試圖收容保護的小女孩……是叫椿吧？」

「！」

「我也從昨天認識的傭兵那裡聽說過這件事。雖然聽說了……不過按照至今的狀況來思考，將我們關進這個世界的始作俑者……也有可能是那個椿小姑娘的使役者吧？」

「……」

早已對這個可能性做好覺悟的貝菈和部分警察們微微閉起眼，至於到現在才察覺此事的約翰以及其他數人，瞬間愣住後也紛紛流露各種表情。

「唉，也可能是最後和那名金色弓兵交戰的可怕傢伙所為，又或是還有其他我也沒見過的使役者搞的鬼，不過……」

劍兵暫時中斷話語，隨即用淡然的口氣問出殘酷的問題。

「當那個小女孩是元凶的時候，你們能對她痛下殺手嗎？」

×

同時刻 被封閉的城市 水晶之丘 賭場內

×

就在劍兵與警察隊在醫院前大馬路上行走的時候——
距離該處不遠的地方，還有一支與他們分別行動的集團。
並非兵分兩路的警察隊的另一邊小隊。
而是從一開始就未與劍兵、警察隊會合的成員。

其中一人一邊旋轉俄羅斯輪盤的輪盤，神情興奮地說道：
「哇啊，好厲害！我只有在費姆先生的賭場見過這種輪盤，所以不太了解，自己轉過才發現意外很輕呢！」
聽到青年——費拉特·厄斯克德司說著孩童般的話語，其手腕上的手錶發聲說道：
『在這種狀況下會在意這種事情的人，我看也只有你了。』
接著，化身手錶的英靈——狂戰士開膛手傑克一邊觀察四周，一邊述說感想。

『嗯……寂靜無聲，毫無喧囂噪音的賭場，有點令人不舒服呢。』

「咦？傑克先生，你知道賭場是什麼嗎？」

「僅限於知識啦。大概是聖杯賦予我的，或者是我的真實身分為活在永恆時間裡的賭博師——有這種假說存在才會知道吧。無論如何，見到這些氣派的裝潢就可想而知，這裡平常有多麼人聲鼎沸了。」

一直看著他們倆那般互動的「同行者」一邊聳肩，加入了對話。

「嗯，的確覺得不協調呢。雖然電力似乎有正常供給，但沒有人讓角子機運作起來，就會那麼安靜啊。」

這個人的外觀特徵十足，身穿神父制服並戴著眼罩，是一名年齡看起來三十過半左右的男性。

在他身後還跟隨著四名年輕女性，每個人都身穿奇裝異服，一臉認真地各自環顧著周圍狀況。

神父的名字是漢薩·賽凡提斯。

他是由教會派遣來的監督官，不過與修女部下們一起在醫院前遭受「黑霧」包覆，目前也被囚禁在這個世界中。

「不過神父，我想警察先生們也來到這裡了，你不和他們會合沒關係嗎？」

費拉特語調輕快地向那樣的監督官說道。

「教會雖然提供過協助，但如果目前的處境也是使役者所為，那就是屬於『聖杯戰爭』的一環。我和他們會合並協助脫離此地的話，就是偏坦他們了。對你們當然也是，雖然會像這樣與兩位共享情報，但若要我一起摧毀這個結界世界的話……我無意出手幫忙。」

當漢薩察覺自己被關進這個模仿城市的結界內之後，他便獨自在外進行調查，並在過程中遇見了費拉特，他們會合後目前正在調查城市。

「這樣啊……那就沒辦法了。畢竟贏了裁判偏坦的比賽也開心不起來嘛。而且要是做那種事，感覺聖堂教會的人會在最後一刻收走聖杯呢。」

費拉特一臉遺憾地說出對聖堂教會的負面印象，但漢薩只是苦笑著一起點頭。

「是啊，你說得對。萬一上頭下達那種指示，或許就會這麼做吧。追根究柢，讓魔術師得到願望機這種東西絕對不會有好事發生，這是可以預見的事。」

「話說回來，聖杯戰爭的監督官是日本的冬木市才有的機制吧？」

「不過，教會以這個機制為理由，介入了此地的聖杯戰爭也是事實。要是上頭明白這裡的聖杯與冬木的差距甚遠，或許採取的方針也會有所改變吧。」

漢薩刻意不指出這個改變會傾向好的方面，還是不好的方面，接著看向修女們。

「……狀況如何？」

問完，修女之一一邊搖頭，一邊仔細地回答狀況。

「還是沒辦法。觀測不到在這一帶有構成結界的魔術性核心存在的跡象。或許是巧妙地隱藏起來了，但若是如此，靠我們的禮裝很難找出來吧。」

「這樣啊……既然整座城市都完整重現了，我有想過或許是直接使用了聖杯的力量……但不知道最關鍵的核心在哪裡的話，那也束手無策了。」

不管是聖杯也好，結界世界的「核心」也罷，因為覺得這座位於城市中央最高的大樓很可疑，才會來到這裡一探究竟，但似乎是落空了。

「電力有正常供給對吧？」

聽到費拉特提問，漢薩仰望天花板的水晶吊燈回答：

「沒錯。不過既然不知道供給的源頭在哪裡，何時會斷電就無從得知了。」

「那……我想趁著電梯還能運作，到最頂樓去看看。」

「哦？你認為『核心』在那裡嗎？的確，這座大樓無論上下都有延伸的領域，或許值得調查看看……」

神父說完，費拉特揮手否認。

「啊，不是這樣。我不是要去找核心。呃，如果那裡有的話，是很好運沒錯啦。」

「？」

「我是想，只要上去屋頂……就能環顧整座城市了。」

『……難道你有什麼計畫嗎？』

費拉特對傑克的話輕輕點頭，幹勁十足地拍拍自己的臉頰，開口說道：

「用『我』的眼睛看一看……說不定就能明白什麼……」

「只要能設法找到防禦薄弱的部分，或許就能與『外面』聯絡了！」

× ×

同時刻 美國 洛杉磯

『……報……z……§#……傳達……特別警報……z……』

『……發生的颱風，出現……z……不……尋……動向……z……』

『氣象局……決定……z……該颱……不照往例用颱風命名表的……z……』

『……將採用……特別的稱呼……z……‡……§……』

『……Z……利……Z……貝爾……────』

廣播到這邊，防災收音機的聲音變得更模糊不清，最後只剩下完全的雜音支配了狹窄的空間。

傾倒在路旁的卡車駕駛座。

受到暴雨以及豪雨的肆虐，水開始從破掉的窗戶浸入車內。

收音機絲毫不在意那樣的狀況，只是繼續恣意地發出雜音，但是完全被水淹沒也只是時間的問題吧。

駕駛人似乎早已離開避難，周圍雖然隨處可見傾倒的招牌、斷木等等雜物，但卻見不到任何人影。

無視氣象預告突然產生、足以留下紀錄的巨大颱風。

洛杉磯的中心地區，後來也只有幾台車輛與建築物出現損壞就沒事，然而──

在這陣暴風之中，一邊忍受不斷打上臉頰的雨滴，一邊仰望天空的人們，後來都這麼形容當時的情景。

從天空翩然降臨大地的四道巨大龍捲風。

其纏繞雷光，闊步於大地的姿態——

彷彿高聳入雲，欲將世界踐踏踩碎的巨獸之足。

幕間
「傭兵、刺客、蒼白騎士」

「太好了！大哥哥、大姊姊，你們恢復精神了！」

和煦的陽光灑落，庭園中響徹天真無邪的少女聲音。

修剪整齊的草皮上，松鼠與小貓正四處追來跑去，庭園裡種植的樹梢枝幹上，則在上演一場由小鳥的鳥囀交織而成的小型音樂會。

如果要具體表現「溫馨暖意」這種形容詞句，或許就是像這樣的風景。

這種實際上僅能在繪本等書籍中看到的光景，此刻正實際上演。

然而——受到少女呼喊的兩人，卻與那樣的氣氛顯得完全格格不入。

其中一人是黑衣的青年。

年齡為青年的年紀，雖然外貌尚存稚氣，即使稱為少年也沒問題，但與外表背道而馳，槍套中收納著槍枝、野戰刀等物品，危險至極。

另一人則是用黑衣包覆全身的少女。

在極力隱藏容貌與肌膚的黑色外套底下，她正以有些困惑的表情環顧四周。如果只是這樣，看起來就是頭戴尼卡布的尋常女性而已，但是在她的黑衣底下佩帶著各種武器等物品。與其服裝無關，她整體散發著某種危險的氛圍。

青年的名字是西格瑪。

至於少女，則是以刺客職階的身分，在這場「虛偽聖杯戰爭」中受喚現界的使役者。

經歷各種狀況後，兩人如今這般共同行動，而現在一起被關入了這個異質的空間當中。

「嗯，謝謝妳的幫助。」

「……感謝妳。」

西格瑪與刺客少女分別表示謝意。

聽到兩人的致謝，幼童——繰丘椿既開心又害羞地小步跑進家裡。

「……那個女孩就是繰丘椿。」

「她就是在無意識間得到英靈隨侍的少女嗎？」

兩人已經明白了。

雖然與那名孩童同住家裡的雙親，很明顯地正遭到某種事物支配精神——但只有那名少女不一樣。

她的心並未遭到束縛，是完全自由自在的狀態。

「換句話說，剛才的那團黑影……就是她的使役者吧。」

繰丘椿把介紹給他們認識的巨大黑影，稱為「黑漆漆先生」。

那個身高相當於庭園大樹般的黑影團塊，在彷彿將周圍光芒都吸入其中的顏色內，到處浮現著青白色的光輝。

雖然現在退居到家裡面了，但由於看不出它有實體，就算突然從地下湧出來也毫不奇怪。

西格瑪如此思考，持續全方位的警戒。刺客少女沉思後問道：

「那個……真的是英靈嗎？」

「也有可能是魔物，或是怨靈吧……」

西格瑪低聲說道，但少女搖頭否定。

「不……應該不是吧。那個存在並沒有讓我感覺到足以稱為惡意、憎惡的波動……不對，我甚至連魔力的波動都感覺不到……」

他們想起在這片庭園醒來時，身為使用魔術的傭兵、使役者兩人，同時被那個「黑影」乘虛而入，繞至身後的光景。

萬一它有敵意，兩人早就被收拾掉了——而且考慮到在兩人醒來前也不曾發動過攻擊來看，他們有可能甚至不被視為敵人看待。

「我感覺不到有意志之類的東西在它之中。但是，它確實隨侍著那個孩童。」

聽完刺客的話，西格瑪擴大推測範圍。

「會不會那個『黑影』只是使魔，其實有別的使役者存在……？」

「也有可能……但是，現在的我們缺乏情報。如果是那頭魔物……那個吸血種或許知道些什麼……」

刺客說完後咬牙切齒，遮臉布底下發出嘰哩的聲音。

但是，也感覺不到那個吸血種的氣息。

能確定他懷有某種企圖，但是既然沒有主動來接觸，要由我方去找出他也不容易。

兩人剛才已經假借散步的名義觀察過周圍的狀況，但人的氣息實在稀少。

偶爾能見到人影，但感覺也像繰丘椿的雙親一樣，正遭受某種精神的支配。

雖然能夠進行交談，但是也僅只如此。

這些人就連見到西格瑪那身誇張的服裝，也沒有特別警戒他，看起來也不像知道關於這個世界的情報。

就算好幾次試著詢問，也只能得知對方是反應淡薄的一般人，沒有更有用的情報了。

不過有一件情報，而且是共通點——有不少人告訴他們，在街上漫步的人們原本都居住在工廠地區，是因為遭遇火災之類的事故才逃來這個地方。

「工廠的火災……是昨天聽說過的，英靈之間的交戰嗎？」

根據在斷絕聯絡前從「看守」那裡聽到的內容，關於在工廠地區遭受破壞的區塊，其受害狀況都由身為第三者的英靈使用幻術隱蔽掉了，但是發生過火災的事實應該不可能抹消掉。

不過，看到住在那裡的人們都有奇怪的舉動，西格瑪認為他們應該也和繰丘椿的雙親一樣，正處於某種洗腦狀態之中。

雖然也有對那樣的「人」與「城市」進行破壞活動，試探他們的反應這種調查辦法，但在尚未清楚這個世界的構造與敵人能力的時候就這麼做，無疑是自殺行為。

西格瑪冷靜地思考，決定依循「能進行對話」這點，做進一步的調查。

「如果是一般人，不管精神有沒有遭到支配，理應都掌握不到狀況才對。」

「但是……如果是知道聖杯戰爭內幕的魔術師，又會如何呢？」

×　　×

「有事想詢問我？」

繰丘椿的父親眼神莫名空泛地說道。

「……是的，如果您方便，想在令千金不在場的地方進行。」

走到玄關前的那名魔術師，聽完西格瑪的提議後朝房子一瞥，隨即說道：

「不太方便呢，我和小女說好要唸故事書給她聽，不能離開太遠……」

「不會太遠，到一旁的路邊就可以。」

「原來如此，那就沒關係。」

沒有特別抗拒，椿的父親乾脆地走出自宅的範圍，跟隨西格瑪走到住宅區中的一座小公園。

「您在那個家裡真的是純屬偶然，不過我認識您，繰丘夕鶴先生。」

「哎呀……我們在哪裡見過嗎？」

「……我的上司叫做法蘭契絲卡，交易的對象是法迪烏斯氏。」

聽完，繰丘夕鶴的表情略顯陰霾。

「喔，看過你的裝備後，我就一直覺得你是使用魔術的，果然沒錯。不過……如同我向法迪烏斯先生傳達過的一樣，我現在無暇參與聖杯戰爭。如果你需要幫手，恕我……」

「不是的，我不會事到如今才要求您協助……不過能不能請您告訴我，目前這個狀況是怎麼回事呢？」

西格瑪淡然地問道。

雖然有慎選遣詞用字，但是其中並沒有流露感情。

在「魔術師」面前擺出一副「使用魔術的傭兵」表情的同時，西格瑪也預設過對方可能會突然朝自己攻擊，因此一直全神貫注地戒備這個人。

刺客目前也藏身在公園的一角，警戒周圍的動向。

既然能夠對話，那究竟能從精神遭受支配的狀態下問出多少情報——反過來說，從什麼角度會問不出情報？西格瑪決定試探看看，找出那名在支配精神的人的意圖。

不過——

「好的，事情是這樣，依照我的評斷，這個世界是使役者想要保護可愛的椿，意識性地創造出來的結界吧。雖然這方面不是我的專業領域，但我想應該是一種固有結界才對。」

「……？」

「椿的使役者，恐怕是某種概念具體化那類。我判斷是意圖性地將人格賦予在死亡、虛無，或者疾病這種概念上所誕生的產物。譬如我的故鄉日本，就為了將地板看似無緣無故發出摩擦聲的現象付諸理由，誕生了名為『家鳴』的妖怪。算是將無形的現象化為有意識的存在，賦予形體，從精神層面著手應付的一種民間魔術……不過，考慮到那名使役者的力量，我想它原本可能是遍及世界、廣為所知的存在，仔細調查應該就能正確地分析出原形吧。但我已退出聖杯戰爭，現在只想與小女安穩度日，沒有為那種事情撥出時間的閒暇。」

平平靜靜，而且輕鬆地——

繰丘夕鶴居然以宛如沒什麼的語氣，講述起自己身為魔術師的見解。

不過，這樣的用字遣詞，更讓西格瑪明白他處於「精神遭受支配」的狀態。

——他……不僅魔術性的話題……甚至連對使役者真面目的推測都沒有遭到「封口」嗎？

——不對，會不會其實是受到控制，在散布假情報？

——可是，如果要這麼做，支配精神的程度不是該施加得更模糊嗎？

只要利用身為使用魔術者的經驗與技術，西格瑪有自信至少能看穿一般人的謊言。

但是，如果要看穿魔術師——而且還對自己下過暗示，處於「將其認定為事實的謊言」狀態的謊言，就必須具備更老道的經驗、才能，以及使用專門的魔術才辦得到。

——要是能與看守取得聯繫，就能配合影子們提供的情報來判斷了……

一直在收集所有發生在城市裡的視覺情報、聲音情報的西格瑪的使役者，目前處於無法聯絡的狀態。

因此，西格瑪無論如何都需要能脫離此地的情報。但是要辦到這件事，就必須問出更多的情報。

「您不曾想過要出去到結界之外嗎？」

「為什麼？我們的女兒明明就在這裡，而且還這麼健康活潑。」

「你們難道沒想過，自己有可能正遭到使役者支配精神，才會這麼想嗎？」

「嗯，有啊，而且恐怕就是這麼回事……『那又有什麼問題嗎』？」

聽到這句話，西格瑪理解精神支配的效果方向了。

如果繰丘椿的使役者早已預見會出現這種事態，那麼這名英靈的行動恐怕一直都不是為了打贏聖杯戰爭而為之。

一切只是為了椿。真的是以她為中心在行動著。

——但是，既然是要參與聖杯戰爭的魔術師……

——對精神支配這種狀況，應該有做好一定的對策才對，但是……

西格瑪雖然這麼思考，但他清楚有對策不表示就能完全預防的道理。

曾經發生過一場事件——老練魔術師們聚集在以具有魔術性價值的歷史遺物為商品所舉辦的拍賣會中，遭到同盟人士背叛而被迫成為部下的事件。

經過鐘塔某個君主的努力，獲得援救的魔術師們有愧於自己的疏忽大意，便將親信中能夠信任的人，送去那個君主負責的教室接受教導。

西格瑪會記得這件事，是因為該君主隨著那樣的發展，最後與有力的魔術師們締結關係，因此得到力量。這件事有段時期在使用魔術的傭兵之間蔚為話題——不過詳細內容與目前狀況毫無關係，西格瑪於是蓋上記憶的蓋子。

重要的是只要存在某種因素，即使有做好精神支配的對策，仍然會輕輕鬆鬆地遭到破解。

——促使他興起脫離的念頭，或是解除精神支配的狀態……好像都辦不到呢。

——待會兒也該問問刺客，看看她有沒有能解除洗腦的寶具……不過就我見過的她的寶具，

似乎是專精於屠殺敵人的類型，應該無法期待。

西格瑪如此思考後，決定從別的方向著手切入。

「……請問，您知道結界外有人正覬覦令千金的性命嗎？」

「哎呀……有這回事？那可不得了了。」

雖然看起來不怎麼焦慮，但這個人至少臉上有了一絲陰霾。接著，繰丘夕鶴準備掉頭回家，並向西格瑪說道：

「謝謝你告訴我這件事。不過，椿的使役者好像已越來越堅如磐石，相信它一定能徹底地保護椿到最後吧。」

「越來越……堅如磐石？」

「沒錯。就在你提醒我的稍早以前──它已經派出非常傑出的看門狗了。」

「看門狗……？」

就在西格瑪這麼說道的同時，刺客過來了。

西格瑪原本打算不在意她地阻止走向返家路的夕鶴，但見刺客的眼神十分認真，他認為應該是出事了，於是決定停下並詢問她狀況。

「怎麼了？」

「……你剛才的話……似乎被它聽到了。」

「……？」

「當你說出『椿的性命遭到覬覦』的時候……『那個』就動起來了。」

刺客一邊說道，一邊朝椿的家的方位望去。

接著，西格瑪也受到影響看過去——他彷彿時間停止般僵住。

因為大腦無法掌握事態，使意識產生了零點幾秒的空白。

讓使用魔術的、傭兵經驗豐富的西格瑪有這種反應的——是一頭巨犬。

而且該不該稱其為「一頭」，判斷或許各有不同。

西格瑪又親眼確認一次，位於繰丘夕鶴正若無其事地前往之處的物體是什麼。

但是西格瑪無法瞬間聯想到，該物體與他印象中的「那個」是同一件事物。

因為在醫院前大馬路遭到屠殺的「那個」，體型頂多是一頭成年大象的尺寸才對。

微微冒出冷汗的西格瑪與刺客，他們仰望的物體是——

體格已經成長得比民宅更為巨大，三顆頭蠢蠢欲動的地獄看門狗（地獄三頭犬）的姿態。

×

史諾菲爾德　工業地區

×

「關於你的寶具……鳥和狗那些還能用嗎？」

史夸堤奧家族的成員們，正在匆匆忙忙地進行工房的修復作業，巴茲迪洛．柯狄里翁一邊保養手槍型的禮裝，一邊問道。

對於這個問題，解除了靈體化的阿爾喀德斯，一邊看著自己的手，一邊回答：

「……鳥沒問題。不過要使用地獄三頭犬的話，恐怕不容易。」

「難道要讓個體再生必須具備條件？」

「不，原本只要有你的魔力，過個一天就能再使用了。不過……現在沒辦法。包括三匹馬在內，牠們的靈基本身似乎遭到那團『黑霧』削下奪走了。」

「具備掠奪寶具的寶具的你，竟然會反過來遭到掠奪啊。不過，若只是狗或馬這種程度的棋子落到敵人手中，倒是還不成問題。」

巴茲迪洛一邊繼續保養禮裝，一邊淡然說道。但是——阿爾喀德斯靜靜地搖頭。

「不見得。」

「……有什麼讓你掛念的部分嗎？」

「雖然已遭掠奪，但吾之王命的末路乃本身靈基的根幹。就算目前被奪走，但要是出現變化，我自然會明白。」

復仇的弓兵，在其遮頭布下一邊皺著眉頭，一邊慎重地尋找與自身靈基「連繫」相關的變化。

「但是……這種感覺……」

短暫思考後，阿爾喀德斯握緊拳頭。

接著，混雜了血與汙泥的魔力自拳頭的縫隙間滴落。阿爾喀德斯喃喃自語，語氣中混著寂靜的怒火。

同時從那傳來的些許魔力連繫中，想起懷念的彼岸之黑暗。

「操縱那團黑霧的……恐怕是與冥界（黑帝斯）的系譜有關聯之輩。」

阿爾喀德斯最後緩緩鬆開拳頭，以巴茲迪洛聽不見的聲音，喃喃說出帶有一絲憐憫的話語：

「若是這樣……就算我不出手……遭到獵殺的命運，遲早會撲向那名主人吧。」

「經由保護人民……真正的英雄們之手。」

第十八章
「倘若夢境現實皆化為虛幻　I」

被封閉的城市　大馬路

「咦……？」

對於劍兵的提問，第一個出聲的並不是警察隊的人——

而是本來在一旁覺得事不關己，隨便聽聽的綾香。

——「當那個小女孩是元凶的時候，你們能對她痛下殺手嗎？」

綾香明白劍兵這句話的意思。

當問題中的女生確定是將自己等人拖進這個無人世界的原因時，只要將她「處理」掉就有很大的可能性能回到原本的世界，就是這麼回事。

綾香在自己心中如此整理完的瞬間——

怦怦。似乎有什麼鼓動了一下。

綾香調整呼吸，慢慢地眨眼。

然後靜靜地睜開緊閉的眼瞼時——

「她」已經出現在視線的前方。

就在穿過警察隊之間的縫隙，大馬路遙遠的那一頭。

雖然遠到連長相都無法判別，但是綾香瞬間就明白那個人是誰。

紅色的、紅色的兜帽。僅是以紅兜帽似的物體藏住相貌的——年幼少女。

年齡看起來像三歲程度，又好像有六歲左右，甚至覺得應該還要更年長。

身高與年齡都無法辨識。

唯獨紅色這個色彩情報鑽過眼睛，在綾香的腦中粗魯大鬧。

——為什麼，要這樣……

然後，下一瞬間——

小紅帽不知何時之間靠近這邊。

不是跑過來的。

當綾香察覺到時，小紅帽已經逼近警察隊的身後。

剛才看到時明明還在遠方，但是此刻就近在眼前，清晰明白。

那是綾香一直恐懼，來到這個國家的原因之一——「小紅帽」。

——這裡明明沒有電梯，為什麼會出現……

理應只會在電梯中出現，甚至連是幻覺或者現實都不清楚的存在。

但是，自從來到這座城市後，這個規則開始出現了偏差。

每當在鎮上快要想起什麼事情時，綾香就會覺得小紅帽好像又更接近自己。全身直冒冷汗，但無法避開目光。

綾香看著小紅帽的兜帽出現動靜，底下的臉正慢慢地轉向自己。

——啊啊，啊啊，不行。

——我不知道理由，不過……

——「我要結束了」。要是看到兜帽底下的臉，我一定會「結束」的。

即使想放聲大叫，肺也痙攣得連呼吸都做不到。

就算想別開臉甚至閉眼不看，綾香也全身僵硬、動彈不得，只能眼睜睜地看著面前的小紅帽將兜帽掀得更開——當那勾起的嘴角映入眼簾時，小紅帽的身影突然從綾香的視野裡消失無蹤。

伴隨想窺探自己，傾斜身體的劍兵身影。

「綾香，妳怎麼了？臉色鐵青耶。」

綾香動彈不得的身體同時獲得了解放。

她慌張地往旁移動身體，往劍兵的身後看去，但那裡已經不存在任何事物。

「……呃，沒事。沒什麼啦。只是看到討厭的幻影而已。」

「綾香，妳偶爾會出現這種感覺呢。是不是遭受什麼詛咒纏身了？是的話，我說不定能幫妳解咒喔。」

「……謝謝。不過，我想不是那一類的……大概吧。」

如此拒絕後，綾香再次望著劍兵的臉——

心想恐怕是某種不協調感才導致自己看到了「小紅帽」，綾香決定追究下去。

突然膨脹的不協調感與不安，讓她的聲帶反射性地動起來。

「……劍兵，別管這個了。那個……你剛才說的小女孩，是之前提過的那個意識不明的女孩吧？」

「對啊。不過，那也要確定她以某種形式成為主人了才行……」

「不……我不是在說那個……」

綾香讓心中萌生的不協調感的真面目來到嘴邊，帶著不安問道：

「為什麼……你提問的時候，不是問『要不要』殺，而是問……『能不能』下手？」

「……」

「呃……我說得不太好……不是殺不殺的問題，該怎麼說呢……是我搞錯的話我願意道歉……因為在我聽起來，彷彿有種『如果你們不能，我就自己動手』的氣氛……」
聽完綾香一邊慎選字句一邊提出的問題，劍兵沉默了片刻——最後，他露出彷彿很為難的微笑，對綾香說道：
「真是的，綾香真的有敏銳的第六感呢。」
「劍兵？你——！」
「啊，慢著慢著，妳放心。我不會說『殺死小女孩就是正確答案』這種話，更不是非要殺死她不可的殺人魔。我跟妳一樣想救她。」
「這、這樣啊……」
雖然綾香有些鬆口氣，但還是在舒緩心情的同時詢問劍兵。
「既然如此，為什麼要那樣問問題……」
雖然綾香的話語沒有好好表達出想問的事情，但劍兵揣摩她的意圖，一邊謹言慎行地回應綾香。
「我當然不想放棄，也想拯救那位小女孩。但是，就算我再怎麼試圖阻止，只要他們為了救誰而打算殺死小女孩的話……最後就算是我也無法阻止，除非我盡全力打倒他們。」
劍兵的表情與至今為止，連自己的生死都能用超然語調述說時不同。
不是騎士也並非劍兵——而是綾香不認識，體現了「某種事物」的存在。劍兵繼續說道：

「所以……萬一因果輪轉，發生某人非得那麼做不可的狀況——那時候，就由我動手。」

「為什麼！」

綾香想也不想地放聲大喊。

道理她明白。

如果「犧牲」無論如何都必須發生，那勢必得有人做這件事。

即使考慮到自己，要是被告知「救得了女孩，但自己將永遠被留在這座無人的城市裡」，也不知道該如何是好。

——不對，我……我一定會……

——那名甚至未曾見過面的女孩……我或許會選擇犧牲她。

——不對，我一定會「那麼做」吧。

渲染的紅色。

——因為，我……

渲染的紅色。

——連見過面的人都……

渲染的紅色。

鮮紅、赤紅地，渲染綻開。

——見死不救……

綾香的眼瞼內側——鮮明強烈地烙印著「小紅帽」的兜帽色彩。

很想放聲大叫，但是做不到。

要是在這裡倒下，會無法再和劍兵對話。

會無法阻止他。

綾香如此思考，忍著彷彿世界正在打轉旋繞一般的暈眩，將自己的話語擠出喉嚨。

「為什麼……？你不用做那種事情……明明可以不做……為什麼還要那樣……」

話語斷斷續續，幾乎沒構成完整的質問。

「這個嘛……」

可是，劍兵仍然盡力地揣摩綾香話語中的意圖，並且答道：

「直到最後，我還是沒辦法成為心中一直憧憬的騎士。就是這麼回事吧。」

接著，劍兵轉身看向雖然反應不及綾香，但也相當困惑的警察們，抬頭挺胸地說道：

「但是，你們不一樣。你們都是優秀的騎士。」

「你在說什麼……」

貝菈的話隨即被打斷。生前為「王」的劍兵彷彿在讚揚自己的部下一樣，對警察隊表以祝言。

「面對那名可怕的弓兵，你們不僅賭上榮譽與他作戰，而且活了下來！不是為拯救家人，而是為救一名素未謀面的少女！既然如此，你們就該成為持續保護無辜人民的存在！不對，『你們必須持續如此』！哪怕是為保護其他人民，甚至整個社會本身亦然！所以那種行徑你們最好不要做。」

劍兵微微低下頭，彷彿看著並非此地的某個地方一樣沉默了瞬間，又繼續說道：

「因為一旦做過、跨過那條線就再也不能回頭了……那個責任，由我扛就好。」

「劍兵！」

綾香再次放聲吶喊。

「不可以！你不能那麼做！你不是那種人吧……！你是任何時候都會露著笑臉，不對任何人見死不救的人！」

綾香無法明白，自己為什麼會發出如此帶有感情的吶喊。

但是，並非道理使然。

要是自己現在不喊出來，總覺得劍兵——這名直到剛才都還能與自己一同歡笑的英靈，彷彿將會就這麼消失無蹤。

因此，她順從自己的情感，繼續喊出肺腑之言。

雖然綾香認為，連聖杯戰爭的「聖」字都不知道的自己所說的話，只是過慣和平生活的愚蠢傢伙才說得出口的任性話——即使如此，她還是將湧自心底的話語一句接一句地擠出。

「老實說，當我聽到你的真名時，我根本完全不知道你的歷史背景！但是，就算我不懂歷史，還是了解現在的你！雖然見面才不過幾天，但你已經幫過我好多次了……」

「……綾香，妳太抬舉我了，我只是……」

「不是因為我是主人的替代品。就算是路過的小孩子，劍兵也一定會自然地幫助人家，這點事情我明白！因為你『和我不同』！不一樣！我不會說『絕對不能殺任何人』這種任性話，因為我連說的資格都沒有！可是……」

說到這裡，綾香一度語塞。但她隨即咬緊牙關，將累積在喉嚨深處的不滿、自身的吶喊以及情感直接地宣洩喊出。

「就算最後髒了也沒關係，你曾經救過我的事實永遠不會消失！但是……『骯髒的角色由我當就好』這種話……只有這種話你絕對不可以說啦……」

然後，綾香宣告跨越那條線的話語，為這段激情的吐露做出總結。

「所以……如果非要有人當骯髒的角色……『就由我來做』。」

「……」

聽到綾香這句不是責備自己，而是彷彿在責備她自身的話語，看到那樣的她所流露的哀傷

——不知何時，劍兵將綾香的身影與生前的部下們重疊在一起。

——「為什麼！陛下——理查！」

——「您沒有必要自己背負罪孽！為什麼不交給我們承擔！」

——「您是該成為英雄的男人！為何要『佯裝不知』該交給我們負責的樣子！」

——「啊啊，啊啊……陛下，您的獅心氣概過於茁壯，讓您太不知恐懼了！」

彷彿打斷這段回憶般，曾經以宮廷魔術師身分隨侍的男人，其話語也隨之甦醒。

——「真是的，雖然我早就知道會變成這樣。」

——「我姑且試過阻止你嘍。但結局還是變成這樣啦。」

——「唉，雖然沒變成這樣的話，你有可能會被疏枝淘汰掉吧。」

——「不過，連我這個聖日耳曼都覺得有點反感，相信連偉大聖人都會嚇到吧。」

——「啊啊，沒錯！就是這樣！你實在勇猛得傑出！獅心王(Lionheart)！」

——「正因如此，你才會無所畏懼。天下事物皆無例外！」

——「哪怕是千軍萬馬之敵、實力遠勝自己的將軍、神祕的報復暗算、超乎人智的怪物，甚至——」

——「用眾多無辜人民的鮮血染紅自己的手……你也毫不恐懼。」

最後，血親的弟弟曾說過的話語也隨之甦醒——彷彿很久以前就被施加的詛咒。

——「啊啊，到底有什麼好擔心的呢，兄長？」

——「無論兄長讓那雙手沾染多少汙穢，這個國家的人民已全是您的俘虜。」

——「看樣子，承擔兄長的汙穢，遭遇莫名的扔石頭暴行，就是我的任務了。」

——「如何，兄長？我滑稽的模樣很有趣吧？請您儘管笑吧，兄長！」

——「……笑啊，說自己幸運啊。您是國家的英雄吧？」

——「既然是英雄……就『給我笑』啊！」

「這樣啊……」

劍兵垂下視線，暫時沉默。

當他緩緩睜開眼睛時，方才眼中混雜放棄念頭，宛如黑暗火焰一般的光芒已然消失，恢復成了劍兵往常的眼神。

「綾香還是一樣，老是在意小事……我是很想這麼說，但我錯了。」

「那還用說。對我而言，和你的相遇已經不再是小事了。」

「……我明白了，這次我就讓步吧。但是，下次我不會輸給妳嘍。」

「咦！……這有分誰輸誰贏嗎？」

感到困惑的綾香瞠目問道，劍兵故意將她的問題當作耳邊風，以平常的口吻高聲說道：

「我不可以讓綾香去做骯髒的工作，但她也不肯讓我做這件事……既然如此，我只能賭上性命拯救那個小女孩了！而且還要讓所有人平安地離開這裡！」

「劍兵……？」

綾香為突然恢復往常狀態的劍兵感到疑惑，劍兵則滿臉笑容地看向她。

「沒差啦。在這個結界世界，我們的起點就是教會。那乾脆代替神父保護成為出局者的小女孩，把監督官的聲望全部搶過來吧！」

「……說得也是，那我也協助你吧。」

綾香流露放心的笑容，但是——

某種奇怪的不安忽地湧現，讓她疑惑地歪著頭。

「……教會……保護……」

「妳怎麼了？」

或許是確認過兩人的交談已經告一段落，保持沉默到現在的貝菈，詢問樣子不太對勁的綾香。

綾香稍作思考，並且慢慢地述說想法。

「那個身穿金色盔甲的人……我好像曾經見過他……」

「咦？」

「不過……是在哪裡……？」

綾香試圖想起些什麼。

那個從教會的屋簷上差點殺死理查的金色英靈，果然還是覺得似曾相識。

而且，「教會」與「保護兒童」這些關鍵字，讓綾香那以老舊鑰匙封印住的大腦開始發生劇烈搖蕩。

不過，每次出現這種狀況，綾香就會覺得「小紅帽」的氣息更為濃烈，而且「不可以再想起更多事情」的恐懼就會繼續關閉她的記憶門扉。

——明明必須想起來才行……

——為什麼……

拚命地想追溯自己記憶的綾香。

覺得「小紅帽」已經在自己的正後方出現。

覺得她似乎想告訴自己什麼事。

甚至覺得似乎聽得見小紅帽的聲音了。

一邊忍耐那股恐懼的綾香，還想再繼續思考下去，但是——

看到劍兵與警察隊成員紛紛開始東張西望、環顧周圍的模樣，綾香才察覺到在搖蕩的並非只有自己的大腦這件事情。

「？……怎麼了？」

「呃，咦！地震？」

正當綾香疑惑地呢喃時，她的腳下也開始感受到明顯的大地鼓動。

——不，不對。

——有什麼東西，正在接近……

接著——

當振動逐漸增強，「那個」從大樓背後出現了。

是一頭體型輕鬆超過十五公尺的漆黑巨犬。

巨犬不僅全身散發著彷彿瘴氣一般的煙霧，其嘴角不斷溢出與體毛顏色相同的黑焰，而且還是——

受到黑帝斯加護的，三顆頭的怪物。

×　　　×

數年前　歐洲某處

「妳要參與那件事？吾姑且阻止一下好啦。」

說出語帶老奸巨猾感話語的魔術師，外觀是一副年幼少女的模樣。

雖然身穿的高級衣裳，散發著彷彿大家閨秀的氣氛，但是配上停在她肩膀的一隻烏鴉，使人感到一股奇妙協調，呈現出她乃非比尋常存在的氛圍。

她雖然是隸屬鐘塔的一名魔術師，但因為討厭權力鬥爭，於是一直與眾人保持距離。

聽似可愛的聲音卻有老人般的口吻，是因為她的實際年齡已經超過八十，也可說是因為已將連同知識的魔術迴路，傳給他人所產生的結果，但最正確的原因一直都受到隱匿。

與全身纏繞那般老練氣息的魔術師談話的人，是一名年符其實，呈現年輕感的「使用魔術的」少女。

「……是因為妳想保護魔術世界嗎？」

「哈哈！魔術世界倘若會因為一項儀式就毀滅，那早就從這個世界消失嘍……吾是很想這麼說，不過……聽聞最近的消息，遠東的儀式似乎已經踏進相當不妙的程度呢。雖然吾一直覺得，明明十年前有一名君主死在那個叫『聖杯戰爭』的玩意兒裡，結果反而因此受到注目實在很奇怪，不過似乎有巧妙地操作情報的流動呢。」

聖杯戰爭。

據傳原先是在遠東之地舉行的小儀式，但受到重視是在幾個月前發生的「第五次儀式」之後。

那裡到底進行了什麼？又成就了什麼？這些詳細內容並沒有流出傳聞。

但是，要是隨便打聽聖杯戰爭的情報，阿特拉斯院的隱者們口中的「終局」說不定會降臨自身——唯有這個謠言千真萬確地流傳開來。

「那個聖杯戰爭將在美國之地重現——這話本身就已經荒唐無稽，而且甚至沒有魔術協會當靠山。在這種狀態下，正經的魔術師根本不會把它當一回事。對方會找上妳，恐怕是因為妳的血脈優良，而且對魔術協會有積怨……是看上這一點吧。吾承認妳有才能，但是對那個魔物……法蘭契絲卡而言，個別的才能只是其次呢。」

「……即使如此，我也心甘情願。」

佇立在帶著烏鴉的魔術師面前的少女，此刻仍是未滿十五歲的年紀。

儘管如此，眼眸卻充滿了對世間一切已然達觀的眼神，其中尚存的微微光芒，是燃著幽暗的憎恨之火。

至少，驅使烏鴉的魔術師如此確信著。

「……偷偷告訴妳吧，吾上次參加魔眼列車的拍賣會時，曾經看見過境界紀錄帶（Ghostliner）……也就是俗稱英靈的玩意兒。那可不是使魔之流的水準，完全就是留存於地球本身的人理之影喔。妳若打算懷著私怨去驅使那種存在，肯定會吃不完兜著走。」

「……」

少女低下頭，輕輕握起拳頭。帶著烏鴉的魔術師繼續說下去。

「要摧毀巨大的事物，就必須付出代價。要摧毀魔術協會，就等同於要與整個魔術世界為敵。雖然有覺悟到自己最後也會毀壞的人不計其數，但妳可要銘記在心喔。放棄當人的妳的祖父雖然也曾是如此……但順序可是相反的啊。想摧毀的事物越龐大，自己就越容易先一步毀壞。就是所謂的『預付』啦。」

外觀年幼的狡獪魔術師女性，對自己監護已久的使用魔術的少女繼續說道：

「妳看看那些試圖摧毀世間法則，抵達根源的魔術師們。每個人都毀壞了，毫無例外吧？」

魔術師有些自虐地微笑後抹消表情，詢問自己監護已久的少女。

「哈露莉．波爾扎克，妳準備毀壞的是身為『人』的妳，還是『使用魔術的』妳？」

「都不對，老師。」

名喚哈露莉的少女，清楚地回答凌駕自己太多的魔術師。

「我這個人早已毀壞。而且是毀於鐘塔那群人之手……」

「……」

「我的爸爸媽媽，曾經只是平凡的魔術師。但是……我爸媽繼承了捨棄人類身分的祖父留下的研究成果後，那群人僅僅為了奪走它，就恣意妄為地把他們視為異端，最後掠奪了一切！」

「……但是妳的命沒有被奪走。雖然只是一部分，能讓妳繼承刻印並成功逃走，也算波爾扎克家的眼光敏銳了。而且，要是妳加入那個……加入法蘭契絲卡為她效力，一切不就會白費了嗎？」

雖然魔術師的語氣稍微重了一些，但是哈露莉的表情絲毫不變。

身為監護人的魔術師見到少女這樣，搖搖頭嘆了口氣。

「既然妳也是魔術師，就知道鐘塔篡奪他人心血是『家常便飯』，總該懂得放下……不過，當妳的期望不是以魔術師的身分再興家族，而是為家人報仇時，妳就不再是魔術師了。妳還沒有壞掉，還能重來。偷偷地運用魔術，度過比其他人輕鬆一點的人生，也是一種選擇啊。」

她嘴上雖然這麼說，但沒有想更進一步勸阻的跡象。

少女並非自己的學生，只是自己監護的對象，而且兩人之間的關係甚至不具備魔術性的制約。魔術師是認為再深入下去，便會與自己信奉的道路毫無瓜葛，才會做出如此判斷吧。

與波爾扎克雖有交情，對其子孫有該照顧的人情存在，但那不是能輕易改變的心情。

雖然與鐘塔的人保持著距離，但她也具備一定程度的身為魔術師的作風。

「吾在魔眼列車上見過一名叫做艾梅洛閣下二世的君主，如果是他開的教室，即使是反對魔術世界、與其不合的妳，我想他也會接納才對。但再繼續勸阻妳留下來，就是吾不通人情了吧。」

促使烏鴉的眼睛閃爍詭譎光芒，魔術師朝夜晚的黑暗邁步走去。

她的步伐一如彷彿擔心是否會在夜路中迷路的少女外觀，但是停在肩上的烏鴉露出銳利恐怖的眼神，直盯著名為哈露莉的少女，久久不離。

「——妳要銘記在心，哈露莉……」

在身影完全沒入黑暗前響起的那道聲音，究竟是洩露自少女的嘴，還是響自烏鴉的羽翼呢？

鼓膜與背脊為之振動的少女，已經無法區分出那種事情。

「即使對自己將毀滅壞去之事，懷有再多再強烈的覺悟——」

不過，唯獨最後那句話語，在使用魔術的她——名為哈露莉的少女心中留下了繚繞不去的殘響。

「在『最初就是毀壞狀態之輩』的面前，覺悟沒有任何意義。」

×　×

現在　史諾菲爾德　高級住宅區

「唔……」

在「現實的」史諾菲爾德中，響起一道彷彿偏離現實的美麗女聲。

「還以為他會飛奔過來找我……結果太陽（烏圖）都高昇（起身）了還是沒有看到他行動，明明摯友都遭到擊潰了，沒想到這麼慎重啊。」

這裡是史諾貝爾克市區中的高級住宅區。

其中最大間的宅邸，屬於史諾菲爾德市中心賭場旅館的所有人之物。

至少，對外公開的資料是這麼一回事。

這個所有人是在建造這座城市時安置的替身，實際上只是動了手腳，讓年紀輕輕便病逝的實業家看起來仍然活著。

實際在經營賭場旅館的人，是一名屬於「那一邊」的魔術師。至今以來每當無論如何都必須在人前現身時，就會以魔術變裝成那名實業家，瞞騙世人的耳目。

因此，這棟有點像是由好萊塢明星打造的優雅宅邸，只有最低限度的維護業者進進出出，並沒有實際的屋主。

然而——

目前有一派人正以屋主自居於此處。

醞釀著高級感，彷彿一張的價格就足夠買下一棟小房子的純白沙發上，坐著一名姿勢隨性的女性。

但是，明明只是隨性地坐著，彷彿就已能用「美麗」形容這名女性，無論是誰用哪種角度欣賞，她都帶給人宛如一幅畫的印象。

「算了。不管怎樣，我都要把那個『爛東西』從這個世界上消滅掉。而且還要讓古伽蘭那（天之公牛）去做。」

接著，得將那名女性的印象好好烙於眼中的，是年紀尚處十五歲左右的少女。

哈露莉．波爾扎克——一直待在寬敞房間的角落看著那名女神的她，用莫名陰鬱的眼神注視著沙發上的女性——菲莉雅。

「妳怎麼啦？為什麼一副那麼沒精神的表情？」

聽到菲莉雅的話，哈露莉以夾雜警戒與畏懼的語氣問道：

「……請問，能不能告訴我妳的名字？」

「哎呀，現在才問那種事？我不是說過嗎？只要察覺到我的魅力，就不需要知道其他的事了。」

「但現在……我感覺到的不只有魅力，還有恐懼。妳是我的恩人，除此以外的事雖然都不重要，但是……我希望至少能知道一起戰鬥的人的真正名字。」

哈露莉雖然害怕，但還是注視著對方的眼睛並清楚地尋問。菲莉雅露出帶有妖豔感的微笑回答她。

「哦？妳變得挺會說話了嘛。」

「……妳對巴茲迪洛等人自稱是『女神』，以魔術師來說難以置信……至少，妳和魔術師不太一樣，是處於更『上位』的某種存在……對吧？」

「妳問那種再清楚不過的問題讓我很頭痛呢。這樣我不就只能回答『妳說得沒錯』這種沒意思的答案嗎？」

坐在沙發上的菲莉雅一邊聳肩，一邊啜飲玻璃杯中的飲品。就連這樣的舉動都美麗到足以令人產生「那就是最完美的放鬆姿態」的誤解。

「啊啊，不過也是。反正吉爾伽美什幾乎形同已經收拾，我也沒有特別需要隱瞞名字的理由……對吧。而且預料妳捲入其中肯定會死，叫妳趕快離開醫院前戰場的人也是我嘛。」

菲莉雅稍作思考後，從沙發上緩緩起身，再次對哈露莉繼續說道：

「我向復仇者那群人提過的自稱並不是比喻，也並非指我是受人讚揚為女神的人類這種情形……而是無庸置疑的真正女神喔。」

「咦？」

「掌管大地的豐饒，對心懷金星光輝的戰士們施予獎勵以及破滅，保護人們的女神——以魔術師來說，這些描述夠妳理出頭緒了吧？」

「……！」

聽到「女神」這個名詞是直接表示其意義，哈露莉不禁倒抽一口氣。

不過，因為已大致預料到，所以並沒因此疑惑與混亂。

雖然有預想過狀況允許的話，或許她不希望有人猜測自己的身分，但既然都已將生命託付出去了，事到如今拒絕也沒有意義。

接著，從她說出的片斷話語中，能追溯到一個名字。

「金星的女神……阿芙蘿黛蒂……維納斯……阿斯塔蒂。不對……更接近始源的是……伊南娜……？」

「雖然那也是『我』沒錯，但非要選一個的話，我比較中意用蘇美語言稱呼我的名字喔。不過，還是要看現界時的心情再決定啦。」

「女神……伊絲塔。」

「沒錯，正確答案。太好了，妳沒有搞錯呢。」

將尚未喝完杯中物的玻璃杯擱在大理石桌上後，菲莉雅一邊輕快地走著，一邊拿起電視搖控器，按下開機鈕。

就這麼連續按了幾次選台鍵，直到出現購物頻道的寶石販售節目才停下目光，頗有興趣地脫口說道：

「切割的技術很棒呢。魔術雖然衰退了，但若這就是往技術方面專精的結果，也不算多糟的事吧。雖然裝飾部分的品味，我與烏魯克的寶石工匠比較合得來……不過算了。這點小事情，我就尊重這個時代的價值觀吧。」

她如此說，並將屋內發現的寶石類物體拿在手中把玩，愉快笑道：

「畢竟無論技術或品味，最後都只有適合（配得上）我與否的問題。」

這些寶石恐怕是作為接待賓客時的偽裝，或是真正的持有人準備用於魔術的觸媒。即使如此，若拿到一般的寶石店陳列販售，這些寶石恐怕都是售價能輕易超過五萬美元的珍品。

不過看在哈露莉眼裡，會覺得寶石的價格高低根本無關緊要也是沒辦法的事。

哪怕是廉價的寶石、玻璃工藝品或者彈珠之類，只要伊絲塔拿在手上就能構成美的基準，提昇那些物品的基本存在價值——就是會令人有這種想法。

「美之……女神……」

的確是就連直視都會令人感到畏懼的美。

同時，哈露莉也為此覺得恐怖。

在真正意義上已是登峰造極的「美」，本身就可能成為接近魔法的大魔術。

舉例而言，哈露莉耳聞過鐘塔創造科(巴爾耶)的有力魔術師——伊澤盧瑪家的「黃金公主」與「白銀公主」的謠傳。

累積了好幾世代關於魔術性方面的鑽研成果、恣意創造出的那對具備究極之美的雙胞胎，光是存在該處就足以改變周圍人物對美的認識，充滿了登峰造極的「美」。

雖然沒有親眼見過那兩人的臉，但哈露莉推測，存在眼前的美之女神的美與那對雙胞胎的美，應該是截然不同的別種事物。

如果伊澤盧瑪家的兩個公主，是魔術師們為了從「美」的觀點接近根源而累積鑽研，最終抵達如同以其模樣映出宇宙本身的高度成果，那麼若同樣要用「美」這個詞形容女神，就該將其列為完全不同的分類。

伊澤盧瑪家對「美」的目標，終究是為到達根源的手段——萬一真的到達，也該視為不同次元的美的領域。

這麼說雖然諷刺，但目前女神反而是將本該屬天之領域、不同次元的「美」塞入世界之形當中，淪為在人的領域內所能感受，含意最接近「美」的頂點。

是從遙不可攀的高度墜落於此，並以自身影響周圍色彩之類型的「完成品」。

若硬要形容眼前這名自稱為「女神」的存在，就是「將自身具備的黃金比例定義為流行，並使周圍對象將其認知視為習慣」，這種完全該形容為犯規的存在方式。

若將對人類而言的美感，定義成是為生存所需而培養，用以避開危機或一種獲得快樂的裝置，那她的美則為相反。她具備的美，是屬於對人類的「施予方」。

那名女神非常清楚自身具備登峰造極的美，自身就是美的基準。因此對女神而言，美是必然該歸自身所有的事物，所以對於親自鑽研「美」的這種行為，女神應該是認為此乃與自身無緣之事吧。

不過，正因女神只是站在自己眼前，自己就能「不禁」推測到這種事，哈露莉反而對女神那自由奔放、毫無虛假的態度心懷憧憬，同時也心懷畏懼——害怕在「對美的意識」這方面，若與這名超越人智的對象所認定的基準有些許的偏差，恐怕就會遭到排除消滅。

心中湧起與敬畏相稱的感情，哈露莉一邊抗拒想要立刻跪拜的衝動，一邊將湧出的疑問說出口。

「我記得聖杯戰爭，應該不能召喚出已達神格的存在……」

「嗯，沒錯。一般來說靠聖杯是辦不到。雖然有幾種旁門左道的辦法，但是這種只拘限於一處的儀式，而且用的還是喪失原有機能的『虛偽聖杯』的話，是不可能喚出我這種水準的神格存在吧。啊啊，不過……舉例來說，只要在儀式最後將聖杯當作願望機使用，或許還能辦到讓那類存在聽聽許願者的話這種事喔。」

「既然如此，為什麼……」

哈露莉更是問道，菲莉雅中的女神若無其事地回答：

「我會現界於此，只是因為原本就殘留於世界的力量發動了而已。」

「力量？」

「沒錯。就是我曾賜予世界的祝福喔。」

「……？」

自己能存在於此，是給予世界的祝福所造就的成果。

哈露莉流露出對這個解釋一頭霧水的表情，菲莉雅一邊聳肩，一邊繼續說下去：

「雖然對那些『不敬的傢伙』而言，會成為詛咒就是了。」

「換句話說就是……那具『容器』裡，棲宿著神的力量嗎？」

「不只有力量啊，還有人格喔。不過呢，對我們這樣的存在而言，其實都是差不多的東西……畢竟原本在這具身體裡的不過是程式，要覆蓋取代輕而易舉啦。我想，這個本來應該是要當作在最後接收聖杯力量的裝置，是事先準備好用來犧牲的巫女之類的玩意兒吧。」

大概是對容器本身的背景沒有興趣，女神一邊愉快地眺望寶石裝飾品，一邊將話題拉回自己的存在方式上。

「雖然我們也曾有能以原本姿態現界的時代，但若是處於那個時代下，我看這座城市的人民早就都迸裂死光了吧。」

「因為現代人類的身體，承受不住神代的魔力……」

哈露莉以前聽說過這類事情。

有個諸神與人類共存的時代步入終結，魔力自世界上消失後繼續發展下去的現代，人類雖然已經適應了那種環境，身體反而成為再也無法承受當初環境的狀態了。

雖然不知道那算是進化還是退化，但就如同人類無法在氧氣濃度過高的大氣環境下生存的道理，這個世界的人們，也正逐漸地與魔術世界訣別離去。

不是指文化性的那一面——能實際地持續運用魔力的魔術師，或者那些使用魔術的人除外。

「嗯——環境變化與我不能現界之間還有別的理由就是了。就算重現相同的環境再直接召喚我也……這麼說吧，就算當作有祭品即有尊敬之意，但若沒有以此交換我的加護並讚頌我的人存在，那也沒有意義啊。」

「既然如此，為什麼妳還要特地來到這種世代……」

「我說過啦。只是我曾賜予世界的祝福，順利地發動了而已。」

女神此時一度瞇細了眼，露出一抹妖豔的微笑，再說道：

「不過……沒想到這種事情真的能發生呢。都想稱讚那時的我幾句啦。」

「？」

「我啊，在被那個不敬的王侮辱，還用神獸的臟腑扔我的時候，就已經將祝福深深地留在世界上了，直到我融入人理並消散的那一刻都沒有停過。」

恐怖即是美，美即是根源性的恐怖。

看著菲莉雅的眼神，哈露莉產生了這種錯覺。

眼神銳利澄澈，彷彿能凍住自己的心的那張容貌，實在過於美麗——如果她投予憎恨的對象是自己，別說是心生抗拒，哈露莉覺得自己反而會心懷感激吧。

美之女神懷著的憤怒與憎恨，完成度就是如此高。

正確地說，是過去曾經支配這顆星球的諸神的激情「殘渣」，在名為菲莉雅的容器中再次燃起的太古怒火。

「要是有一天，『那兩個人』再臨這顆星球，並且讓我遇到的話……」

在從無限擴展的可能性之中所抵達的奇蹟面前，自稱女神的存在，將足以能使心臟凍結的美麗微笑，貼上目睹的人的心頭，並說道：

「到時我將會全『神』貫注地——『保護人類們』……」

接著，彷彿是呼應這句話一樣，從豪宅的中庭響起某種事物在摩擦般的聲音。

哈露莉沒有轉頭看過去。

因為她知道就算看了，也什麼都看不到。

哈露莉的使役者，目前正藉由魔術使身影透明化、盤踞在寬敞的中庭內。

因為在摧毀巴茲迪洛的工房時，毀壞的瓦礫陷入其身，靈體化反而會成為負擔，所以目前是藉由透明化魔術與魔力來隱蔽身影。

即使如此，自稱伊絲塔的女性似乎還是能清楚認識到使役者的身影，她透過玻璃狀的牆壁仰望中庭，開口說道：

「你也是這麼想的吧？」

說完，像是在回應這句話一樣，中庭出現宛如巨大船隻的螺旋槳在摩擦般的迴蕩聲。

「真是的，這孩子好像把那些高樓大廈（石塔）的林立景色，當作是黎巴嫩雪松森林了呢。」

女神一邊聳肩，一邊彷彿對寵物犬露出苦笑般地說下去：

「好吧，待會兒就帶你去真正的森林玩玩吧。雖然那個爛東西搞不好就在那裡……」

「反正吉爾伽美什已殞落的如今，得到理性的那傢伙，根本構不成任何威脅嘛。」

×　　×

遙遠的太古　巨樹森林

——你必須了解。

——了解人類為何物。

——烏圖在恩利爾的森林裡誕生了「完全的人類」。

——去看，與其交談，並且模仿其外形吧。

——在那之後，尼努爾塔就會將力量分授予你吧。

——將你投放到烏魯克以前，你必須先與烏圖培育的「人」共處才行。

——去完成吧，成為人偶吧。

——因為你是模倣一切生命的土塊。

諸神的意志。

當那個毫無抗拒、微睡得舒服的土塊，其靈魂被刻入那件「使命」，在這個世界中甦醒的時候——

「————————————————————————」

世界已被撕裂天空與大地的嘶吼籠罩其中。

那陣嘶吼，不具言語的意義——

唯獨毫無意志的感情，盤旋迴蕩其中。

名為恩奇都的「道具」，在這個世界上第一次觀測到的景象，是無窮盡的嘶吼造成的連鎖反應。

只是聲音的連鎖便摧毀了周圍的物體，最後讓一切盡歸塵土。

伴隨著諸神誕生這件道具的「過程」，他最後被捨棄於嘶吼旋渦的中心。

但是——形容他「被捨棄」終究是以客觀的角度來看。

實際上，他可謂由諸神全神貫注，期望造就出的最高級兵器。

是美索不達米亞的諸神，為了讓墮落成人類的孩子能再次與神維繫而創造，既是道具、兵器，也是自律運算機械的神造人工生命體。

正因為如此，諸神將恩奇都擱置於災禍之聲中這件事，可謂是必要的處置。

就像要為甫誕生的嬰兒洗第一次澡一樣，諸神是一邊給予他近乎愛的某種感情，一邊期望完美地將他拋於那個場所。

恩奇都將那陣轟聲的連鎖認識為「人之聲」，是在聲音中度過八十天的時候。

以無瑕狀態被墜落於世界的運算裝置，僅有諸神賦予的責任與輸入其中的最低限度情報，其處於為了完成責任需要什麼事物、累積何種知識，以及從何得到這些需要，一切都必須累積達成的狀態。

而且，關於不斷地持續嘶吼的「那個」的真面目，諸神早已定義答案，並將其作為知識灌輸給恩奇都。

那就是所謂「人類」的存在。

諸神說過，那是恩奇都往後必須面對的「人類」，更是這個物種的究極形態，徹底完成的姿態。

對尚未知曉何為言語，處於初期狀態的恩奇都而言，蘊含諸神力量的話語是以「感覺」的形式不停影響他的事物。

儘管如此，恩奇都還是面對那個「完全的人類」，繼續將自身曝於那陣嘶吼之中。

以結果而言，恩奇都為了回應那陣聲音，身形漸漸地轉變，成為了宛如巨大泥人偶的模樣。

萬一那個自動人偶在這時期就適應了「嘶吼」——後來與聖妓姍漢特相遇時，就無法溝通意識了吧。

又或者，可能連將姍漢特視為「人類」都辦不到。

由諸神引導邂逅的「完全的人類」與雙腳闊步於巴比倫尼亞的人們，兩者之間的影響力就是如此差距懸殊。

至於好不容易才讓恩奇都有緣在後來的世界與人類社會連繫的則是——

在無限的嘶吼中，浮起了宛如脫離水藻的泡泡，響起年幼少女的聲音。

——「是誰？」

——「誰在那裡嗎？」

回過神時，恩奇都四周綻放著小花。

諸神的運算裝置開始學習。

暴風般的嘶吼彷彿一場騙局般地止歇，僅止於花朵綻放的短短時間之內，被認為蘊含某種意義的「微弱」聲音接連響起。

恩奇都花費漫長時間，才理解那些聲音的意義，即為「話語」。

於是，自律運算裝置終於知曉。

如不間斷的雷鳴般的嘶吼，確實沒有話語上的意義，但是知曉了——

嘶吼正不斷地以詛咒的形式，將「怨嘆」這種感情刻劃於世界之中。

永無止盡，毫無目標——「人類」們僅是不斷地嘶吼。

在對恩奇都而言是世界開始的場所，嘶吼著永遠沒有結果的詛咒。

但是，即使理解了那件事，恩奇都仍然毫無動搖。

如果這種存在就是諸神所說的「人類」……原來如此，人類就是這種存在吧——恩奇都僅是淡然地將這件事當作運算的材料，記錄於自身之內。

夾在無止盡的嘶吼，以及偶爾浮上的溫柔少女的話語之間——甚至連區分出「溫柔」都辦不到的運算裝置，就這樣淡然地累積對人類的學習。

唯獨諸神賦予的使命，在身為伽藍堂的恩奇都靈魂中回聲不斷。

——和人類交談吧。

——穿過，然後縫合吧。

演算的土塊，連人偶的模樣都尚未形成。

僅是為完成使命，判斷「此乃必要之事」的恩奇都，嘗試與「完全的人類」進行更進一步的情報交換。

現狀不過是記住了「少女」低語過的話語，並且掌握了狀況。

還沒有達到能夠進行交談的階段。

為了完成賦予自身的責任，恩奇都摸索辦法，嘗試以多種方式與「完全的人類」進行溝通。

在這段過程中——某天，恩奇都綻放了花朵。

為什麼自己會想這麼做，就連紀錄裡也沒留下記憶。或許是出自某種巧合的產物，又或許當時還是未完成品的自己，有無法認知的要素纏身也說不定。

然而，只有「結果」在迴路中深刻地留下印象。

當怨嘆的聲音出現緩和的一瞬間，「少女」親自浮現身影。

——「謝謝。」

——「花……好美呢。」

聽聞其聲的恩奇都，並未發現在自己的系統中，產生了細微的不穩反應。

但是，兵器後來明白了。

那個反應，正是他首次辦到的，彼此互通「意識」的瞬間。

時間流動，話語亦然。

恩奇都雖然記得正確的日數，但並未從中發現意義。

因為對兵器而言，重要的並非過了多久，只有是否已經了解「人類」為何。

——「欸。」

——「欸。」

——「我們是恩奇都的朋友喔。」

——「不過，就快要不是了。」

——「因為我們已經去不了任何地方。」

——「再也見不到與你（妳）一樣的事物了。」

——「最後一定會遺忘妳（你）的事。」

——「對我們來說，恩奇都就像花朵一樣。」

——「從寂寞中拯救了我們。」

——「希望總有一天，恩奇都也能見到像花朵一樣的人。」

——「即使枯萎，或者凋零，最後仍然會為你（妳）綻放的人。」

——「察覺到時才發現隨處都有綻放的……像花一樣的人。」

曾幾何時，「少女」從旋繞的怨嘆聲中浮現的時候，已經形成了小小的個體之形。

恩奇都看向「小小的身體」中裝著發音裝置、視覺與聽覺感測器的部位。

頭部、臉蛋、頭。

將諸神給予自己的知識印象，與學習自「少女」的話語重合到一致。

彷彿自己只要一使力就能輕易毀掉的頭上，正戴著前幾天恩奇都使其綻放的花朵。

然後——「少女」手裡拿著別的花朵。

那是在「少女」首次浮現的時候所綻放的……與「少女」首次邂逅的那天綻放的小小花朵。

「少女」將那朵花裝飾到不過僅是巨大土塊的恩奇都頭上，她頭部的視覺感測器與聲音的輸出部分，呈現著奇怪的扭曲。

恩奇都要知曉那即是「笑容」，還是更久以後的事。

因此，恩奇都那時候在意的，是飄浮於少女周圍的事物。

是七個以保護少女的形式飄浮著，綻放如雨後虹彩般光輝的小小光環。

恩奇都判斷那些光環是「正邁向完成的事物」，並將那些光輝留存於靈魂。

當少女的身影沉沒消失時，「那些人」隨即發出怨嘆。大得能夠承受那一切，精神機構也會隨其配合調整的巨大土塊，其靈魂深處頭一次湧現如同人類所言之，彷彿「希望」般的事物。

就算是自己遵從諸神之命，離開這片森林——

哪怕是為了使命，經歷過消滅人類之事後——

都必須要再一次見到那已然完成的美麗光輝。

恩奇都沒有分析理由，直接將那個願望留存於己身的系統。

經過漫長的時光後，兵器懷抱的願望終於實現。

然而——

再次見到「少女」的時候，

那道光輝——

× ×

現在　史諾菲爾德　水晶之丘　上層區域

初次邂逅「少女」時，記得綻放著花。

那是什麼顏色的花呢？

水晶之丘的上層區域

直達最頂樓套房的電梯，目前以突然的強風造成玻璃出現破損等等理由實行管制，僅開放給一部分人使用。

恩奇都在鋪設著紅色地毯的走廊上走著，從低一樓的樓層走向最頂樓的套房途中，忽地思考起關於生前的事。

與名為胡姆巴巴的存在一同共存，於森林深處茂盛生長的花。

後來漸漸記住了自己使其綻放的花的顏色。

為了「少女」而使其綻放的，是一片淺藍色的花叢。

因為沒必要，所以不會為了自己綻放花朵。但如果有人拜託恩奇都「希望能立刻讓我見到」，他能夠輕易重現那片花田吧。

但是「少女」——與自稱胡姆巴巴的人格共存的花，如今已想不起來是什麼顏色了。

為了實現「完成」，連紀錄還是記憶都曖昧不清的領域中的那朵花，為何如今還會想起呢？

自我分析完理由的恩奇都，立刻就想到兩個答案，目光低垂地露出微笑。

與其說像是在自嘲，不如說是正在純粹緬懷過去般莞爾。

理由之一，是知道了從前的同胞——胡姆巴巴正現界於世的事。

另一個理由是——

「不是個性與靈魂的顏色……而是那虛幻飄渺的感覺，總覺得有點相似呢。」

感受到位於最頂樓深處的少女氣息，恩奇都繼續往目的地前進。

「？」

恩奇都往通路轉角一轉身，便看見幾名黑衣男女紛紛面露困惑與警戒的神情。

「喂，你是誰啊？停下來！」

「前方禁止進入……等等，赤腳……」

「啊啊，騙人吧……？這個人不是魔術師，如此……彷彿大地本身一般的驚人魔力……」

「是使役者……難道是那名槍兵！」

這些占據套房的組織成員中，僅有極少數人知道恩奇都的外貌。

只有在第一天利用使魔，直接觀戰了他與吉爾伽美什之鬥爭的人知道。

雖然問過其特徵，但沒人想過他會在這樣的大白天下自然地從走廊出現。

流於那名英靈體內的魔力奔流，與流於大地龍脈的魔力屬於同樣性質，而且與無風的海面同樣平靜，因此半吊子的魔術師們或使用魔術的人，並沒辦法感知到英靈的接近。

也因此，感知到的現在才明白。

就像在海邊感覺到浪潮的氣味後，才突然察覺眼前有隻巨鯨一樣。

發動攻擊已經太遲，先下手為強也不覺得對這名英靈管用。

實際上，沒有與英靈締結契約的他們，幾乎可說是無能為力，何況組織高層也早已嚴命「就算英靈出現，也不要出手」。

即使清楚懷中有槍械與攻擊用的魔術禮裝，也沒有人伸手去拿那些武器。

看到他們的表現，英靈露出平穩笑容交織出詞彙。

雖然從英靈的聲音無法判斷出性別，但對這些黑衣人而言，性別之類已無所謂。

因為他們理解到——外觀呈現的美感自然不用說，從內部感受到的魔力，以及走向這邊時的肢體動作也包含在內，那名英靈已是「完美無缺的肉體」。

當這個事實擺在眼前時，年齡、性別等都不過是瑣碎的情報，就算是根據男女不同而有所差異的詛咒、魔術一類亦是如此。無論如何，面對如此強而有力的存在，一切都無法構成任何意義。

「我過去嘍。」

英靈僅以沉穩的聲音說出這麼一句。

「……」

黑衣人集團全身直冒冷汗，無法有任何作為。

從僵硬得如岩石般的他們身邊經過時，英靈稍微思考似的低頭，一度停下腳步，接著開口說道：

「放心吧，我並非為戰鬥而來。不如說，你們如果判斷要展開戰鬥，說不定就會把你們該守護的事物牽連進來，招致摧毀。」

「……？」

黑衣人們臉上流著汗水，一副不懂英靈想說什麼的表情。恩奇都既沒挖苦，也沒讚美他們，僅僅保持微笑的神情，淡然地吐露事實。

「你們的判斷沒有錯，如此而已。所以不需要自責……希望你們往後也能繼續做出正確的判斷喔。」

那究竟是「對誰而言」的正確判斷？

雖然想要詢問，但黑衣人們甚至無法好好地開口。

只能看著從身邊經過的英靈，懷著好像一切都已被掌握般的錯覺，膽戰心驚——此時英靈稍微回過頭，並且說道：

「主人，可以了。這條通路的防禦機構『全部解除了』……已經安全嘍。」

「……！」

主人。

聽到這個詞，黑衣人們的緊張感終於達到極限。

雖然也為英靈在看似毫無作為下，便已解除了所有防禦用魔術一事感到驚愕，但是「解除的理由」才是問題。

不是只有使役者在場。

表示了主人已經直接強行進到陣地的這件事實。

己方應要保護的主人，目前正處在相當於失去使役者的狀態。

如果那名主人的目的是提議組成共同戰線，要是知道了這個狀況，不就會直接處理掉己方的主人嗎？

懷著那種掛念的黑衣人集團，將注意力轉向走廊的轉角處。

接著，下一瞬間，出現在那裡的是——

來者步步為營地嗅著地面，緩緩地走向這邊——其模樣為一匹飄逸著銀色體毛的狼。

×　　×

水晶之丘　最頂樓　套房

「……你是……為了討伐王而來嗎？」

當套房的門扉一開，恩奇都隨之現身時，少女——緹妮．契爾克平靜地如此詢問。

室內有多達十名以上，隨侍少女的黑衣部下存在。

但是，與在走廊戒備的那些人一樣，在這名突然現身的使役者面前，他們都處於不能大意亂動的狀態。

眾人聽聞緹妮發出的話語，房間內的氣氛忽然緊張起來。

但是，與銀狼一同進入屋內的恩奇都，隨即說出毫無惡意企圖的話語，緩和了這股緊張氣氛。

「作為聖杯戰爭的主人，這個推測雖然正確，但與事實不一致呢。」

「那麼……就是為誅殺我而來了？玷汙了你摯友——即王的榮譽的我。」

「那也不對呢。」

恩奇都淡然地說，同時微笑搖頭。

雖然注意力都投向了恩奇都，但是少女並沒有轉頭看他。

緹妮正待在套房——陳列設置英雄王的私人家具，某種意義而言實屬奢華的「魔術工房」中央，對躺在其中心的存在不斷地輸入龐大的魔力。

看見她的模樣，恩奇都佩服似的說出話語。

「妳的魔術迴路……不對，妳本身與這片土地連繫著呢……原來如此，『難怪氛圍相像』……你們一族做了類似古老諸神的行徑呢。」

「……？」

恩奇都話中的奇妙遣詞，讓緹妮有點一頭霧水，不過像是連追問的時間都要把握一樣，她仍然沒有望向恩奇都，繼續將魔力環繞於房間中心。

「妳知道我嗎？」

「我知道王稱你為摯友。」

緹妮仍然沒有投以視線，全身冒汗地操縱不尋常的魔力。

即使處在這種狀態，她仍彷彿不願示弱一樣，語帶剛強地回答。

「吾王稱你為摯友，而且我想你是唯一一位能與王爭鋒的英雄。」

「很難說。如果是我還在世的時候，可能就是那樣呢。」

恩奇都岔開話題似的答道。這時候，室內那些一直無法動彈的黑衣人，以及待在緹妮身旁的人已經逐漸能動彈了。

中年男人保持警戒地詢問恩奇都。

「……如果目的不是鬥爭，那你為何來這裡？」

男人的聲音中除了掛念，還伴隨一絲期待。

推測男人的話中之意，恩奇都抱歉似的搖搖頭。

「如果認為我是為了救吉爾伽美什王而來，恕我不能回應你的期待。」

「……！」

英靈的話讓室內的大部分人都顯露氣餒，緹妮的肩膀也稍微顫了一下。

房間的中央——在恩奇都視線前方的物體，正是英雄王的「亡骸」。

吉爾伽美什稱為「伊絲塔」，艾因茲貝倫的人工生命體。

由於她出手妨害，吉爾伽美什遭到阿爾喀德斯的箭矢射穿，隨即又遭到出現的巨大「某物」所攻擊，軀體遭到貫穿。

無論怎麼思考，那都是成為致命傷的一擊。

而且，王的肉體更受到某種力量所侵蝕，目前處於雖然活著，傷口卻仍然持續腐爛的狀態。

肉體仍然存在並未消滅，是因為緹妮使用自地脈抽出的龐大魔力，為了阻止王的靈基化成粒子而崩潰，強硬維持住了人的模樣。

以那種方式僅是留下使役者模樣的吉爾伽美什，恩奇都觀察過後淡然地說出自己的判斷。

「目前在侵蝕吉爾身體的毒有兩種。如果只有水蛇的毒，只要我強硬地撬開吉爾的倉庫，應該至少能找到一種解毒劑，因為他曾說過總有一天會狩獵身處世界盡頭的毒蛇。說不定他的倉庫裡不只有蛇的屍體與解毒劑，還能找出一兩件專用的烹飪廚具呢。」

說得彷彿像是日常玩笑一般，恩奇都語調輕快地交織出詞彙。

緹妮完全沒看那樣的英靈一眼，咬牙切齒地怒吼：

「你……是王的摯友吧……？既然如此，為什麼能說得那麼若無其事……！」

就尚存稚氣的少女而言，這聲咆哮未免過於沉重。

在少女身旁承受了這句話的恩奇都，雖然笑容已經消失，但仍然以沉穩的表情回應她的話。

「正因為是摯友喔。」

「咦……？」

「我與吉爾曾經一起度過無可取代的生活。正因為如此，永遠的離別與隨附的悲傷早在我們之間結束了。對『此刻』只是留存於人理、身為影子的我們來說，就算會為重逢而喜悅，也沒必要為離別再次悲傷。就算此時此地正逐漸消滅的是我，吉爾也不會流下一滴淚水吧，而且我也不求那種東西。」

「……」

緹妮的側臉染上困惑的色彩。

雖然一度朝向恩奇都看了過去，但要從英靈的表情評估其言是真是假，以緹妮的人生而言，歷練實在不夠成熟。

「我想妳難以理解，我也能推測到妳對我動怒的原因。所以，要是這樣做能讓妳覺得舒坦，我不會介意喔。妳想罵就儘管罵吧。」

「……」

聽到這段話的緹妮，終於完整地轉頭看向恩奇度一次——而她的眼中流露著憤怒、悲傷、恐懼，以及各式各樣的感情。接著，就在一瞬間露出好似乞求幫助的表情之後，緹妮低下頭，懊悔似的交織出話語。

「不對……不是這樣……對不起……我……很抱歉……」

從尚存稚氣的魔術師口中所流瀉出的，是對恩奇都表以明確的謝罪話語。

「我憎恨的，並不是你……」

龐大的魔力在緹妮的魔術迴路中流竄，壓迫摩擦全身的神經。

但並非由於那陣痛苦，而是出於悔恨，緹妮扭曲臉孔並呻吟似的交織出話語。

「我……做不到任何事……『不曾做過』任何事……」

緹妮就這麼陷入沉默。恩奇都沒有表示安慰，也沒有勸諫，自然地說道：

「令咒，妳用掉兩道了呢。」

「……！」

恩奇都注視著緹妮的左手背。

形同主人的證明，手背上的令咒已消去大半，僅勉強地還留著一道。

「妳用一道喚回他到這裡，又用一道嘗試為他治療……以主人來說，妳的判斷很好。要是妳沒這麼做，吉爾伽美什能一直維持靈基模樣的可能性，就是零了。」

「毒……你剛才說過有兩種吧？」

是快要掌握住恩奇都的個性了嗎？緹妮的臉上開始浮現被打造出來，身為魔術師的那一面。她毫無鬆懈地維持住吉爾伽美什的靈基，同時詢問恩奇都。

「對，另一種與其說是毒，更接近詛咒呢。」

恩奇都一邊觀察吉爾伽美什軀體遭到貫穿的傷口，瞇眼說道：

「……這就是所謂的諷刺嗎？」

「？」

「貫穿吉爾伽美什王身體的攻擊，該不會是虹彩的光輝？」

「……！你知道嗎？那是什麼？」

吉爾伽美什遭到擊墜時的瞬間光景，在緹妮的腦海中甦醒。

宛如巨大機械裝置的「某物」所纏繞著的七色光環。

那個形狀扭轉成如鑽岩機前端，就這麼貫穿吉爾伽美什腹部的模樣。

「那個是『諸神的加護』喔。同時，對人類這個物種來說也是詛咒……注入吉爾體內的光就是其中一種，以『疫病』為始祖的詛咒。」

「疫病……」

「或許該感謝水蛇的猛毒。幸好有那個毒在與疫病互相侵蝕抗拒……死病才一直沒有從吉爾的身體擴散開來。如果不是這個緣故，你們——可能連我也無法倖免，現在都極有可能困在死的淵藪當中了。」

恩奇都若無其事說出的這段話，讓緹妮與周圍的黑衣人都倒抽一口氣。

「啊，不過不需要改變處置喔。根據我的判斷，不管是毒還是詛咒，當這具名為吉爾伽美什的肉體的靈基消滅時，都會隨著消失。此刻在這裡的已經不是『他』的靈基，不過是一具古代人類的亡骸罷了。」

「那個……那具鋼鐵巨獸到底是什麼？感覺你好像知道……」

「說得也是。該從哪裡開始說起呢……」

恩奇都沉思似的低下頭，開始一點一滴地說出自己來到這裡的理由。

「我會來這裡，是因為想稍微了解你們的事情。」

「了解我們？」

「吉爾居然沒有殺掉圖謀利用自己的對象，讓我在意對方到底是什麼樣的人。雖然吉爾也一樣，一直在意我的主人是何等存在……」

恩奇都看著緹妮。臉上浮現微笑的他，並沒有告訴緹妮自己對她的評斷，繼續說下去。

「如果要聯手，沒有比確認這件事情更重要的了。因為，我自己也想用盡所有能採取的手段……將那名『邪神』從這個舞台排除掉呢。」

「……邪神？是指那具打穿王的鋼鐵魔獸嗎……？」

「不，不是。我說的邪神是……嗯……？」

下一瞬間，恩奇都好像察覺到什麼一般，臉抬了起來。

「好像……有人在呢。」

「咦？」

沒有回答緹妮的問題，恩奇都慢慢地環顧周圍空間。

「這種感覺是……人？不對……很像是人，但……」

「你是說，有人正躲在這個房間？」

疑惑的緹妮嘗試尋找周圍的魔力，但毫無感覺。

不過，恩奇都像是確信有其存在一樣，在臉上的表情消失同時，交織詞彙。

「不……不是正躲著……恐怕是相反吧。」

「？」

「似乎有某種事物……正從世界的內側找進這個地方。」

×　　×

被封閉的城市　水晶之丘　最頂樓　套房

「果然沒錯，這個房間『看』起來就是最『薄的牆』呢！」

重現於神祕結界之中的史諾菲爾德。

正處於其中的水晶之丘最頂樓套房裡的，分別是費拉特．厄斯克德司、狂戰士開膛手傑克，以及漢薩為首的聖堂教會成員。

『嗯……不過，這裡是怎麼回事？雖然是旅館的頂樓，卻不像住宿設施，比較類似魔術師的工房，可是裝潢又豪華得過分。』

對於傑克的評論，費拉特則是興奮地觀賞房間各處。

「這裡好像博物館一樣呢！不只有美麗寶石和黃金餐具之類，琳瑯滿目的好壯觀啊！」

原本應該呈現旅館最頂尖套房模樣的空間，裝飾著琳瑯滿目、充滿古董品味，又綻放新品般

光輝的寶物。憑這些收藏品的程度，被說成是展覽場也的確能令人接受。

「我在教授的課上看過呢。這些應該是與美索不達米亞有關的寶物……嗯……怎麼回事？按照這種作工，應該能多少儲存魔力在裡面，但完全感覺不到……看起來不像贗品，有種像空殼一樣奇怪的感覺。」

費拉特不客氣地看著裝飾在此的寶物說道，在他身後的漢薩隨即搭話。

「不過，你說這裡是結界中牆壁最薄的地方，就表示從地面到這裡的高度，就是關鍵嗎？」

「不，我想不是這麼一回事。不過……我覺得只有這個地方與結界之外取得強烈協調。該說是表理相連嗎……」

費拉特說到這裡，看向複數隔間相連構成的套房中的某一處。

寬敞空間的中央。

地板上描繪著在鐘塔不熟悉的系統的魔法陣。但是其中心卻沒有擺著該作為魔術對象的物體。

「咦？這是使某種事物維持安定的魔法陣吧……可是沒有擺東西呢。」

『照這些狀況來看，這裡果然是某個陣營的工房吧。』

「我姑且算是中立身分。雖然推測得出是屬於哪個陣營，但就不表達意見了。」

漢薩一邊聳肩，一邊刻意說出不提也罷的事情。

維持手錶型態的傑克，對那樣的漢薩與搜尋房間狀況的修女們維持最低限度的戒心，繼續說道：

『魔法陣的中心沒東西，不就表示儀式尚未開始而已嗎？』

「不……這樣不正常。『我』覺得這裡已經正在進行什麼了……實際上，這邊的魔法陣雖然沒有在發動效果……但的確就在這裡喔。」

費拉特偏著頭表示疑惑，伸手觸摸空無一物的魔法陣中央一帶。

「該說是『結界之外』嗎……有個與真正城市的連繫非常強烈的……」

×　　×

史諾菲爾德　水晶之丘　最頂樓

在結界之外——即所謂「真正的」水晶之丘最頂樓，恩奇都的聲音響起。

「啊啊，的確有什麼存在，不過我只感受得到氣息。」

聽到恩奇都這麼說，緹妮的部下們各自拿起武器與魔術禮裝，焦慮地環顧房間周圍。

不過，或許是因為連魔力的痕跡都無法找到的緣故，所有人都浮現困惑的神色。

但是恩奇都強大的感知氣息技能，確實感受到了那股「不穩定」。

然後，就在他要確認不穩的中心在什麼地方的時候——有些吃驚地看向半亡骸化的摯友的臉。

「這應該……不在你計算之內吧？」

平靜浮現的一抹微笑，與平時近似毫無感情的微笑不同，是隱約帶有人味的莞爾表情，不過——在這個房間內，沒有任何人看到。

「話雖如此……你真是一點兒也沒變喔，吉爾。」

推測遭受毒與詛咒所侵蝕，吉爾伽美什的身上發生過的事情，恩奇都平靜地接受了那個「發展」。

即使內心深處，不像運算裝置會擁有的希望之光正搖蕩著。

「甚至連機能遭到停止之後，還將世界的命運拉近自己呢。」

接著，從衣服的下緣伸出眾多閃爍金光的鎖鏈，瞬間向房間的四面八方鋪張展開。

「！你要做什麼……」

緹妮大喊，黑衣人們緊張得全身僵硬。

不過，彷彿要讓那樣的眾人放心一般，恩奇都敞開雙臂，一邊展現自己毫無防備的態度，一邊開口說道：

「希望你們不要在意，我不是在對你們施展攻擊。不過也並非要保護你們，請原諒。」

僅有對躺在腳邊歇息的銀狼──自己的主人施加幾重防護措施的恩奇都，一邊像惡作劇的少年一樣單眼閉上，一邊思念那些懷念的「冒險的日子」交織詞彙。

「我只是像往常一樣，『成為』某個人的『道具』而已。」

「目前的狀況……配合你們的說法，就是『增幅器(booster)』吧。」

×　　×

被封閉的城市　水晶之丘　最頂樓

「奇怪！」

費拉特發出驚訝的大喊，周圍的人紛紛注視他。

「怎麼了？出問題了嗎？」

聽到漢薩的問題，費拉特疑惑地回答：

「不是，該說是出問題了……還是問題已經解決了呢……」

費拉特一臉困惑，同時以雙手的指尖操作魔力，在描繪於地板的魔法陣上開始覆寫東西上去。

『你想做什麼？』

聽到傑克的詢問，費拉特一邊持續作業，一邊說道：

「現實那邊已經毀掉的柏油路等等，在這邊都完好無損。這就表示……大規模的毀壞等等，不用恣意『複製貼上』可以無視。不過，敵方陣營的魔法陣留了下來，就表示『複製貼上會導致不利』的範圍非常狹窄吧。」

「竟然形容成對現實城市進行複製，然後在結界裡貼上重現啊？鐘塔的年輕魔術師，連用詞都十分現代化呢。」

漢薩一邊聳肩，深感興趣地窺視正在作業的費拉特。

「謝謝誇獎！別看我這副模樣，我是現代魔術科的喔！用詞比較現代化，都是多虧有老師的教導！」

費拉特回以感覺牛頭不對馬嘴的話語後，又繼續觀察周圍的狀況。

「這個世界的原理，果然還是最接近固有結界吧……不，可是……嗯——要用言語來描述，還是老師才擅長吧。我以前只是見過，沒有在課堂上學過耶。」

「見過？」

「我以前曾經在威爾斯見過與這個類似的狀況。雖然那時候是一片墓地啦……如果把那裡形容成『重現了過去的結界世界』，那這裡就是『重現了現在的結界世界』吧。」

「……威爾斯？難道是指與死徒關係深厚的一族開設的『布拉克摩爾墓地』的事情？我認識的祭司，還有與我不合的修女曾經差點死在那邊的騷動裡……不過，沒想到你也和那個墓地有關聯啊。」

漢薩驚訝似的說道，費拉特不知為何顯得很開心，興奮回答：

「啊，原來你知道啊！沒錯，這個結界內部的世界，就像將城市的贗品做成一件壯大的舞台裝置……這是遊戲偶爾會有的設定呢。金．凱瑞的電影也演過那樣的題材。」

「我覺得那就不能形容為重現，而是全新搭建成的城市模型吧……這部分就不管了，那部電影最後的展開實在秀逸，是部傑作。」

「就是說嘛！我都想找個機會，讓朋友的水銀禮裝記住那段問候了！」

『那件事以後再說吧。你不先離開這個世界，也無法與那個水銀禮裝重逢。』

「噢。對、對不起……」

被傑克用力潑了一桶冷水的費拉特，無精打采地把話題拉回正軌。

「街上的車輛就這麼停著，賭場的角子機也沒有在運作，這就表示這個世界並非是連續地、持續地反映現實的城市狀況，應該只是定期地擷取一幕又一幕『世界』的瞬間景象，再複製而成吧？因為停駐的車輛等等在這邊也有，所以我認為在『擷取的瞬間』時，位置情報有劇烈偏移的物體，就不會在這個世界反映出來。」

『原來如此……如果事情真如你所說，就表示在現實世界中，與這個魔法陣呈現對應關係的套房中，正在進行什麼事情了。又或者，那邊會不會正在試圖弄出來到我們這邊的通路？』

「嗯——直到剛才，我是沒看到有那種魔力的不穩狀況啦……不過，剛才出現變化了喔。就好像明明正在搭地鐵，手機的訊號卻突然滿格一樣……對！沒錯！就是手機啦！」

費拉特慌忙地拿出手機，擱置在最靠近自己的大理石桌上，然後開始搜括四周的物品。

「呃，借用一下喔……這個和那個……」

費拉特從裝飾在房間內的那些歷史悠久，令人推測出自美索不達米亞文明的大量物品中挑選出幾件，並在其中注入自己的魔力，讓這些原本身為「祭具」的物品漸漸恢復力量。

『你打算做什麼？』

「嗯，這些裝飾品中有好像能當作魔術禮裝來用的物品，所以我想試試利用這些做成一組簡易的祭壇，然後再這樣那樣……怎麼解釋呢，感覺就像透過敲擊牆壁產生回音一樣？順利的話，應該就能將手機與『外面』連接起來，進行通話了吧。」

『原來如此……呃，慢著，雖然我這麼回話了，但真的辦得到嗎？』

「我做過好多次類似的事情了，沒問題喔。電波與魔力的變換這部分，我和同班同學卡雷斯常常做，應該辦得到吧。」

費拉特輕鬆地進行作業。

雖然傑克對他那些粗略的解釋感到不放心，但想到費拉特已有多次以那種感覺施展出高水準魔術的表現，所以決定看看狀況再說。

——當我藉由那名術士的力量，和主人的思想交錯的時候……我隱約理解到他魔術的存在姿態。

——是類似東方的思想呢。以順其自然的形式呈現自我的境界，並不會將魔術只拘限在一種系統上……不對，是辦不到吧。

——費拉特一直都只靠感覺來當場編組、施展幾近所有的魔術。就算要他「再編組一遍完全一樣的魔術」，他也只能重現大概而已。

——與其說他是打破形式的魔術師，不如說本身就沒有形式。那名叫艾梅洛二世的魔術師，竟然能培育這麼特異的人。

倘若是尋常魔術師得到那種弟子，應該當下就會毀壞掉什麼，或是反過來企圖摧毀費拉特

——傑克一邊思考這些事情，一邊看著費拉特進行作業。

或許是來自「開膛手傑克事件的犯人是一名魔術師」這種傳說，傑克也具備魔術方面的基礎

知識。但就算以這個範疇的身分評估，或者是經由術士之手，已經與主人的一部分「混合」了的特殊使役者身分來看，費拉特的存在姿態仍屬異常。

——連自己的真面目都不清楚的我，說這種話雖然奇怪，但是……

——我這個既危險又可靠的主人，究竟是什麼人啊？

就在主人與英靈呈現那種互動的背地裡，漢薩正從最頂樓觀察城市的模樣。

「這樣一看，感覺與平常的街道沒什麼不同……不過，看來果然就是他們所說的『被封閉的世界』呢。」

從摩天大樓最頂樓這種高度看向遠處，就能明白距離城市相當遙遠的地方有陣濃霧般的事物在那裡形成。

這個世界的範圍，應該沒有延伸到那陣霧之外。要完整重現世界本身，實在超出單純的魔術這個範疇。

「要是走到那麼遠，與其說是世界的重現，比較像是移動到平行世界去吧……算了，光是目前的狀況，就夠偏離常識了吧。」

就在漢薩一邊聳肩，一邊眺望著寂靜的城市時，一名修女快步地接近過來。

「漢薩。」

「怎麼了？」

「那個方位好像不太對勁。」

修女淡然地說道。漢薩看向她所說的方位時，其餘三名修女也聚集到同樣方位的窗戶邊，俯瞰城市。

「發生什麼事？」

「……漢薩神父，有動靜了。在那邊。」

漢薩朝戴著眼罩，語氣穩重的修女指示的位置看過去，該處正在發生塵埃般的現象。

「那是……」

塵埃中不時閃爍光芒與爆炎。

那種反應，與昨晚從教堂看到的醫院前大戰的狀況非常相似。

最後，才想說產生了格外眩目的光芒後——眾人從那片塵埃中，看見了某種向後仰著的巨大物體。

「……昨天見過呢，是地獄三頭犬……不過，本來有這麼巨大嗎？」

體型大得簡直超過一般民宅，有三顆頭的巨大怪物。

漢薩看到怪物的模樣，疑惑的念頭比警戒出現得更快。

「之前使喚牠的英靈……那個披著布塊的弓兵也在這個世界？不對，可是……要是能做到那種事，昨晚那時候就會要牠巨大化了吧……」

幾種推測在漢薩的腦海裡竄過。

──那頭魔獸的屍骸，當時應該直接留在馬路上了才對。

──既然如此，那頭魔獸是與我們一樣被拉進這裡了？

──是創造了這個世界的使役者，給予牠力量嗎……？

至少能推測，疑似該使役者之主人的綠丘椿，本身應該不具備那樣的魔力與技術才對。

既然如此，就繼續過濾答案。

是使役者？或者是處於想利用這座城市狀況的陣營？再不然就是與狀況無關，純粹只想大鬧一場的危險存在？

「漢薩先生，怎麼辦？如果要前往那裡，我們得先更衣才行。」

金髮修女的發言，讓漢薩認真思考了瞬間。

接著，他看了看身後費拉特等人的狀況，摘掉自己的眼罩說道：

「不用，這是好機會。若要大範圍地觀測狀況，從這裡最方便。」

從眼罩底下露出的，是一顆經過魔術性處理、加工過的水晶。其內部裝設了許多種類的魔術禮裝──從生物性、機械性，乃至電子性等等一應俱全，是一件義眼型的魔術禮裝。

伴隨著彷彿科幻電影中的機器人那樣的摩擦聲，水晶內部的鏡頭改變組合。

接著，漢薩開始以受到強化，比一般人強上數十倍的視野觀察狀況，觀察的對象不是戰鬥本身，而是其四周的大樓等景物。

「如果有使役者正在使喚那頭魔獸，那對方應該很可能待在周圍某處觀測戰鬥才對。最低限度，只要能找出魔力的流動痕跡……」

才說到這裡，漢薩便沉默不語。

因為他看到了在距離喧噪作響的地方有些遠的大樓上，佇立著一個小小的人影。

「那是……」

那個人影——呈現著漢薩眼熟的模樣。

漢薩立刻從記憶的大海裡，喚出那個人影是在哪裡見過的記憶。

是在警察局的騷動之後，追著一名吸血種進入的旅館走道上。

當時，「他」就在那裡。

理應是正好路過，卻被怪物——吸血種捷斯塔．卡托雷——襲擊的那名受害少年。

「……竟敢擺我一道啊。」

漢薩嘴角一揚，眼神充滿憤怒地盯著那個身影不放。

如果用遠視——能看到遠達對方所處空間一類的魔術，應該會被察覺這邊正在觀察他吧。

不過，目前的遠視只是直接強化了自己的義眼，單純提昇視力而已。

某種意義而言，與用望遠鏡進行窺視沒兩樣的視野中——少年模樣的「那個」正在愉快地眺望街上的喧囂。

並不清楚是不是他在操縱那頭巨獸。

但至少能確定目前的狀況，與那個吸血種有關吧。

「變身能力嗎……連氣息都能變得與人類完全一樣，真有一套。」

如果是使用半吊子的魔術，或者根據吸血種的特性進行的變化或偽裝，不只漢薩能看穿，大部分的「代行者」也都辨得到。

不過，看到那種變化——彷彿將靈魂替換一樣的狀態，漢薩重新認識到傑斯塔是不容輕視的「敵人」這件事。

「妳們快點整裝。趁著還在這裡的期間，我們要討伐掉那個吸血種。」

「那名孩童就是你說的吸血種？」

「他會不會只是被操控了？」

收到指示的修女們懷疑問道，漢薩輕輕地搖頭。

他瞪著在視線遙遠前方的那名少年的表情說道：

「就算改變了靈魂的顏色……那種扭曲的笑容也改不了。」

然後——同一時間，從身後響起開朗的聲音。

「連上啦！」

漢薩他們回頭一看，費拉特正單手拿著手機，在搭好的奇妙祭壇前滿臉笑容地手舞足蹈。

在這個瞬間，手機的電波與費拉特為發出電波而運行的魔力，與「外面的世界」——即現實的史諾菲爾德連繫了。

換句話說，即使大小微不足道，結界的牆壁上終於打通了讓魔力與電波通過的小孔。

對費拉特等人而言，這僅是「通往外面的第一步」而已。

這小小的變化，將為史諾菲爾德這個世界招致巨大的改變。

千里之堤，潰於蟻穴。

某種意義而言，這細微的變化足以稱為契機，為史諾菲爾德的各陣營打破僵局——只是，目前還沒人知道這件事。

不過，無論有無人知道，城市的命運之輪已不容分說地開始轉動。

彷彿在表示——一度開始擴散的罅隙，遲早會毀滅一切。

×　×

史諾菲爾德上空　空中工房

「找到了！」

現實城市的遙遠上空。

在距離地面高得遙遠，就算在結界內也無法重現的巨大飛行船內部，正在喃喃自語的法蘭契絲卡，臉上顯露著恍惚的笑容。

「辦到了、辦到了，『孔』終於開了！雖然不知道是誰做的，但我都想頒發諾貝爾獎了呢！諾貝爾我個人獎！」

「什麼啊？」

身為自己影子的術士問道，法蘭契絲卡在床上一邊用腳踩踏床墊，一邊愉快地回答：

「我要把諾貝爾獎的獎金送給有幫助到我的人當禮物！收到的人一定會高興，而且我也會高興，因為不用花到我自己的錢。雖然諾貝爾財團會有損失，但有兩個陣營賺到了，所以加加減減後還是正數呢！這樣做世界就會越來越好喔！」

「不是啦，我的意思是……什麼是諾貝爾獎？」

「哎呀？『聖杯』沒有給你那部分的知識嗎？」

「嗯，因為和聖杯戰爭明顯沒有關係吧～畢竟要視狀況決定，如果是在『來歷正確』的聖杯戰爭中，會怎麼樣就不知道了。」

少年普列拉堤一邊將高級品牌的松露巧克力塞到嘴裡，一邊說道。法蘭契絲卡對他這番話頗具興趣地看向他說道：

「嗯——你這樣說讓我好在意呢。冬木的人到底了解到什麼程度啊？因為是在日本活動，那政治系統與法令條規這些部分，總是會設想應付吧？欸欸，你知道現在的美國總統是誰嗎？」

「我哪知道啊。腦袋裡只有隱約知道總統制度是什麼玩意兒，電視的構造我也了解，還能毫無障礙地使用手機。可是，手機製造商的名稱之類的就不曉得了。」

「這樣啊～嗯～其他英靈也都像你這樣嗎？搞不好因為『你就是我』，所以在締結契約、連結魔力的時候，你的知識就與我的連繫在一起了也說不定。」

「那種事情根本無所謂吧？首先試著了解狀況，等之後再湊齊需要的手牌就好啦。用現有的手牌賭所有財產，搞到身敗名裂了也很有趣，對吧？」

普列拉堤依偎似的靠在法蘭契絲卡的背上，用沾了融化巧克力的指尖輕撫她的嘴角。

法蘭契絲卡抿嘴一笑，伸出妖豔的舌頭慢慢舔拭那根手指後——流露出不懷好意的笑容，將頭靠上普列拉提的臉頰。

「好了好了，就算想讓自己墮落也沒用喔。畢竟早就墮落啦，對吧？」

「妳還不是想誘惑我，好意思說喔。欸，我們這樣算是自戀了吧。」

「這樣算嗎？好想召喚納西瑟斯出來問問看喔——但再怎樣我都沒有那麼異想天開的觸媒可用。」

法蘭契絲卡提到成為「自戀」語源的希臘少年，打算藉此轉移話題。不過這對身為自身影子的普列拉提並不管用，他將話題拉回到原本的軌道上說道：

「不過，都是為了把世界變有趣這個目標而努力吧？」

「哎呀，追根究柢，交給別人才是最省事的手段吧？」

「真期待呢。要是能託付聖杯去攻略那座連找到入口都很麻煩的『大迷宮』，並成功得到位於深處的『世界的縮圖』，究竟能『暴露』這個世界的多少面貌呢？」

「總之，先不管那件事。在這座城市完成的『小迷宮』……通往奇怪使役者創造的奇怪世界的門，剛才已經找到嘍！」

法蘭契絲卡一邊竊笑一邊指著空中，隨即浮出幾面鏡子。

「在那些被關住的人之中，我最感興趣的……是獅心王小弟吧～為什麼召喚來的不是阿特莉亞妹妹，而是她的粉絲呢？我真的覺得很不可思議。」

已經和警察陣營一樣，對劍兵的真正身分懷有確信的法蘭契絲卡，一邊看著其中一面鏡子上映出的劍兵——當時站在警車上進行演說的那幕光景，一邊舔著嘴唇說道：

「啊啊，他很不錯吧。是個受到過去傳說所照耀，光彩又增強好幾倍的『很有國王樣的國王』。」

「妳的內臟不是陣陣疼痛個不停嗎？」

普列拉提賊賊一笑問道，對此法蘭契絲卡以天真無邪的笑容回答：

「當然啊！那個劍兵可是讓我一直一直興奮不停呢！我都成為他的粉絲嘍！雖然程度不及貞德妹妹與吉爾那時候，但感覺就是那麼類似喔！這樣形容你能理解吧？你懂我吧！」

法蘭契絲卡表現得像十多歲的少女一樣，一邊述說喜歡的偶像，一邊用力地揮舞手臂。

看著那樣的她，普列拉提平靜地接話：

「嗯，我懂妳喔。因為妳就是我啊。也因為這樣，妳想對那位好喜歡、喜歡到成為粉絲的國王做什麼事，我也非常清楚喔。」

「你能和我一起去嗎？因為現在的我，沒辦法像你一樣駕輕就熟地使用幻術呢。」

「可以啊。到結界中時再動手就行了吧？」

「嗯，不然在這裡動手，法迪烏斯又要囉嗦了。」

兩名少年少女你一言我一句，彷彿有某種企圖。
雖然外表是年輕人，但在其容器內側蠕動的，是只能形容為魔物的烏黑臟腑。
飄浮在他們周圍的鏡子，映於其鏡面的是過去的紀錄。
雖然是事實，但不會映出真實，只是影像的殘渣。
法蘭契絲卡猶豫思索，該附加哪種真實上去再展示給「獅心王」欣賞，並陶醉地眺望那些長達十年以前的影像。
那是曾經獲得一切勝利，又失去一切所有——
身穿藍色衣裝、白銀色盔甲的一名聖劍士的姿態。

×　×

夢境中
總覺得城市好像吵吵鬧鬧的。

風也很悶很悶。

對尚且年幼的繰丘椿而言，她無法順利地將心中的忐忑不安化為言語。

原本的她應該連那種異變都感受不到，但是——受到她具備的魔術迴路，以及與從其中湧現的魔力相連的蒼白騎士所影響，她周圍的「世界」與身為其支配者之英靈的異變，都活生生地響徹於她之內。

在午間的小睡中一直感受著那些的少女，靠在家中的沙發上，在夢的世界裡又繼續作著夢。

在只有她的小睡中持續呻吟。

爸爸，我好害怕。

媽媽，我好害怕。

我不清楚是什麼，但是有可怕的東西要過來了。

黑漆漆先生跑去哪裡了呢？

——「少女啊。」

傑斯塔也是，今天也還沒有來找我玩。
難道，大家又要去哪裡了嗎？

我又要孤伶伶了嗎？
因為我不能把事情做好。
大家又要生氣了嗎？

該怎麼做，我才能好好地做好呢？
爸爸和媽媽都對我笑。

——「少女啊。」

——「聽得到我說話嗎？」

——「聽不到我說話嗎？」

——「雖然政立刻就注意到我了……」

——「人類這個物種，經過了兩千年也改變了嗎？」

該怎麼做，他們才會今後也一直對我笑呢？
才會願意，一直陪著我呢？

——「莫非是語言不通？」

好可怕。
我好怕。

——「歐嗨唷？姑娘？」

——「Hello,girl？」

——「早上好，女孩？」

——「Bonjour？」

——「Chào buổi sang.」

……？

……是誰？

……黑漆漆先生？

「……？」

——「Are you OK？」

——「……ＯＫ什麼啊？」

——「我是笨蛋嗎？」

——「只用這房間裡的書籍學習語言，還是有極限。」

——「……只能趁『那個人』正在分心的現在了……」

——「！」

——「妳注意到我了嗎！」

——「少女啊，謝謝妳！」

少女自小睡中醒了過來。

在夢中世界甦醒的少女，就這麼在冒牌家中的冒牌沙發上東張西望，但是沒有看到任何人在身邊。

雖然能看到父母在庭園交談的身影，但是沒有其他人的身影，就連「黑漆漆先生」的身影目前也沒看到。

剛才是夢嗎？年幼的少女這麼想著，為了消除不安，打算跑到戶外的雙親身邊去，但是——

（……早安，受夢所惑的少女啊。）

「？」

清楚聽見的聲音，使椿停下動作。

（無須害怕。我不會傷害妳，也不會生氣。）

看不到的人的聲音。

倘若是平常，年幼的少女就算怕得又哭又喊也不奇怪，但是不可思議地，椿對那道聲音沒有恐懼的感覺。

如同面對「黑漆漆先生」的時候一樣不可思議——椿判斷那道聲音，是站在自己這一邊的。

面對「黑漆漆先生」——蒼白騎士的時候，她體內身為魔術師的本能，是將那名英靈視為

「與自己連繫的一部分」。

而這一次，對從中感受到暖意般感覺的那道聲音，椿身為人類的本能，將其視為「能放心的某種事物」接納了對方的存在。

「你是誰？我叫做繰丘椿。」

對於像第一次邂逅蒼白騎士時一樣詢問的椿——發出中性般美麗聲音的「那個」靜靜地道出自己的存在。

（謝謝妳，少女。我沒有名字。以前雖然有過，但早已失去。）

「？」

椿歪著頭，聽不懂這句話的意思。「聲音的主人」語調沉穩地描述自己的事。

（我是……曾經在某個地方，有「神」之稱呼的人喔。）

（到了如今，不過只是渣滓……啊～就是……「剩下的東西」吧。）

幕間
「傭兵乃自由之身　I」

結界世界　繰丘邸

時間稍微回溯。

「啊啊……太好了。女兒看來平安無事，安靜地沉睡著呢。」

返家來到中庭的繰丘夕鶴，從窗外觀察女兒的狀況後淡然說道。

跟隨他身後的西格瑪，正在思考現況是怎麼回事。

刺客說要去觀察那頭有三顆頭的魔獸狀況後，就分開自己行動了。

西格瑪為了得到更多情報，追著椿的父親夕鶴回到繰丘邸，但最重要的椿似乎在睡覺，沒有明確的情報可尋。

——既然如此，硬闖看看吧。

——試探構成「椿」這個女孩根基的繰丘的魔術。

「請問，您平常都進行哪種魔術的研究呢？」

問完，繰丘夕鶴面無表情地答道：

「你認為這是能告訴外人的事嗎？」

身為魔術師，有此反應理所當然。

如果是在鐘塔，就能從隸屬的學科了解方向，也有許多為獲得認可而公開的狀況。但是即使如此，也鮮少人會說出自身魔術的具體內容。這種現象不僅是在魔術世界，在一般企業與研究家之間也存在。

但是——西格瑪為了確認自己的推測，刻意深入這個話題。

「為了確保椿妹妹能安全無虞，我想知道這部分的事。」

這句話沒有騙人。

雖然西格瑪現的目的是脫離這個結界世界，但是在來到這裡以前的目的，就是與刺客同行，確保繰丘椿的人身安全。

雖然不清楚那名漆黑的使役者究竟具備什麼能力，但是倘若能力中具有能看破謊言與敵意等等的性質，欺騙對方就有可能導致致命的狀況發生。

最重要的是這個問題，同時也是為確認「某件事」而提出的質詢。

繰丘夕鶴的眼神好像瞬間失神了一樣空虛，過一會兒後，他露出沉穩的笑容並說道：

「原來如此。既然是為椿著想，那就沒辦法了。」

確認過這點後，西格瑪得以確信。

──果然沒錯。這個世界裡所有人，包含受控制的人的人格在內，都存在「只為保護主人」這個原則。他剛才的片刻沉默，就是正在支配精神的使役者做出判斷，對繰丘夕鶴的精神進行誘導所用的時間吧。

──而且，那個使役者屬於只要我方不撒謊，就不會懷疑發言是否可信的類型。

──雖然推測過可能是纏繞著死亡、疾病的概念性存在……

西格瑪一邊對誕生出這個世界的使役者進行考察，一邊想起用魔術性手法製造出的具備擬人格的禮裝等事。

自己曾經與那種禮裝敵對過，也曾經反過來結盟、順利完成任務。

那個在使用魔術者之間也很有名、艾梅洛家的下任當家時常使用、呈現女性外形的水銀禮裝。基本上是能妥協處理使用者的命令，類似忠實機器人的東西。但在很多狀況下，自律思考的部分遠比目前的ＡＩ技術更利於應用。

──但對方是使役者。是否該認為思路上會比艾梅洛家的水銀禮裝更接近人的思考模式？

──……但願不是偏向魔術師的思考。

如此思考著的西格瑪，擺出彷彿自己是毫無感情存在的機器人一樣的表情。

然而西格瑪並未察覺自己的表情，只是嚴肅地繼續詢問夕鶴。

「府上是鑽研哪方面的魔術？有用那種魔術對令千金進行特殊處理嗎？請回答我。」

「喔，處理……處理啊……這個嘛，當然有啊。」

在西格瑪繼續追問前，乾脆說出的父親逕自地開始講述。

「我……沒錯，我找到了。指引我的路標。」

處於洗腦狀態中的夕鶴，顯露看似恍惚的表情。

彷彿在誇耀自己的事蹟一樣，對西格瑪說出一句又一句充滿感情的話語：

「用正常的做法『贏不過馬奇里』。他們已經是整個血族都成了宛如蟲群的存在……驅使蟲的技術已達完成境界，極為美麗……但是，魔術本應為使役之物，所以我的目標便是與之『共生』。那是比寄生蟲更高明、自然的形態……沒錯，你可有想過人體之內究竟有多少細菌棲宿其中？人類一直是由超過數百種的細菌與人類的細胞共同形成的一種智慧生命體，而人類的細胞數量和細菌的數量相比之下只有一半，這可是值得期待、研究的部分啊。」

馬奇里這個家名，西格瑪也曾耳聞。

那是遠東的魔術師一族，也是誕生出元祖聖杯戰爭的三大魔術師家族之一。

記得法蘭契絲卡說過，該魔術師一族藉由旁門左道的做法，將刻印蟲之類的蟲體植入體內使其與臟腑融合，來有效率地完成擬似性的魔術迴路。

雖然不是蟲子，但因為西格瑪小時候有過被植入某種東西到體內的經驗，所以他判斷大概是類似的做法。

不過兩邊的手法都有共同點，那就是從魔術師以外的人的角度來看，都屬慘無人道的行徑。

就在聽眾回想那般過去的期間，魔術師繼續口若懸河，頌揚自己用人生累積至今的功績。

因為是魔術師，所以不能公開這些經歷。但是想昭告天下自己的功績這種欲望，還是累積了不少吧。

「我觀察在南美的遺跡周邊採取到的微生物時，可是全身顫抖呢。沒想到會有在魔術性方面如此適合人類的細菌。是在神代時期成功進化、適應了那些存在後所留下來的殘餘？還是具備與地球的平常菌種完全不同起源的微生物呢？雖然不清楚……但要從一開始起步雖然辦不到，只要對細菌加工，讓其適應我們的魔力就能辦到。」

看來繰丘家是將馬奇里一族的魔術，與在南美發現的特殊微生物相互雜交、開發出了應稱之為「細菌使魔」的存在了吧。

也或許有可能是比細菌更微小的濾過性微生物（病毒），不過其中差異所帶來的結果已超出西格瑪的專業，所以他決定暫時撇開這個部分。

「所以，我把經過魔術性處理所加工、創造出來的微生物植入椿的魔術迴路中與之共生了。雖然我錯估結果，導致椿連大腦都遭到侵蝕，但椿的魔路迴路在一代之內就有明顯的巨大變化。你明白這在魔術性方面是多麼有價值的事情吧！」

「……的確。」

魔術迴路——既是魔術師的力量源頭，也可謂是為讓魔力流動而存在的血管。通常要培育魔術迴路，需費時好幾代才能逐漸茁壯，而且一名魔術師能擁有的魔術迴路數量是固定的。即使打開了沉睡的迴路，迴路本身的數量也不會增加。

像馬奇里那樣後天性地將蟲植入體內，取代魔術迴路的技術完全是例外。

但是，這個人說繰丘家成功辦到了。

——不可能。

彷彿讀到了西格瑪那樣的念頭，夕鶴再說道：

「啊啊，沒錯。並不是魔術迴路的數量增加了，改變的是質與流量。我創造的這些微生物，能使魔術迴路自動性地甦醒，以最有效率的形式運用魔術迴路喔。為了使自己的住處更加舒適呢。」

「……」

「帶來的恩惠，就是椿能夠更有效率地讓魔力循環全身，而且凌駕那些與她的迴路數量相當的人喔。那樣活性化過的魔術迴路，將來會使椿成為優良的母體吧。說不定到了子世代，魔術迴路的數量本身就會大幅增加了。」

與剛才以「父親」身分說話的時候相比，夕鶴此時的語調更有魔術師的樣子。聽完他的回答，西格瑪的感情沒有特別的起伏。

因為他原本就是在政府的實驗下所誕生的使用魔術的人

自幼就接受過許多次生命被輕視的實驗，等他知道人權一類的概念時，早已是國家毀滅後的事了。

因此，就算西格瑪聽到椿被雙親視為實驗體般對待的境遇，他既沒有對椿萌生同情，也沒有對夕鶴感到憤怒。

不過——雖然沒有感情湧現，但他仍思索，接著再問道：

「那種細菌也有植入你們體內嗎？」

「沒錯。雖然只是試作階段的產物。因為椿感染的最新型細菌，必須趁著內臟尚未發育完全的幼兒階段就植入，才能穩定地融合。調整真的很辛苦呢。她失去意識時我可是急得要命，聽醫生說留下子孫的機能平安無事後我才放心……嗯……不對，椿如今已醒過來了……這結果算是最好的吧。子孫那些根本無所謂……沒錯，椿本身就是完成品了……」

聽到一半，夕鶴便逕自地喃喃自語起來，西格瑪判斷他是對自己過去的行為與目前的精神狀態有所矛盾，所以陷入混亂了吧。

才這種程度就會混亂，就表示他對自己女兒的所作所為，內心真的毫無一絲忌諱吧。

西格瑪一邊想著這些，忽地思考起自己雙親的事。

自己從未見過雙親的長相。

沒有人告訴過自己父親是誰，母親則是聽法蘭契絲卡提過，在遙遠的國家死掉了。

雖然那時候是用少年肉體，而且自稱法蘭索瓦，但是為什麼法蘭契絲卡在剛相遇那時，就「已經知道」自己母親的事了呢？

雖然詢問過，卻得到這樣的回應：

——「你、你可別搞錯喔！我對你的背景有興趣，不代表對你本人有興趣喔！……這樣說你高興嗎？沒任何感覺？喔，這樣啊。那這個話題就到此為止啦！」

她只回了這些莫名其妙的話。

不知道雙親長相的西格瑪，一直不清楚在由雙親養育的椿面前，自己該如何表現才好，但是剛才聽過夕鶴所言後，自己明白了一件事。

不管養育自己的是親生父母還是政府組織，只以此為標準而言，在幸福與否這些部分似乎沒有差異。

當然還是會有程度上的差別。但是魔術師這種人，原本就是與人類情感這類事物近乎無緣的存在。

如果自己處於椿的立場會怎麼想？無論是自由行動、消失離去，甚至連好好完成接獲的指示都無法做到，只是長期地沉睡，被視為用來形成魔術迴路的「工廠」對待——以這狀態為前提思考應該就行了吧。

稍微思考後，得到的是「感覺沒多大差異」這般曖昧模糊的結論。

就這樣的意義而言，繰丘椿這個存在，或許與自己很像。

西格瑪如此想著。

對她而言，自己所尋求的「安眠」，已經在這個虛偽的世界得到了吧。

擊潰使役者這件事，形同這片安寧將會毀滅。

——既然如此，我該怎麼做才對？

這個問題得不到上層的指示。只要不脫離這個世界，就連呈報上去都辦不到吧。

想起了在虛偽聖杯戰爭即將開始之前，法蘭契絲卡曾經這麼告訴自己——

「召喚出英雄後，剩下的隨你怎麼做都行！」

——隨我怎麼做都行……是嗎？

目前與法蘭契絲卡和法迪烏斯等人的聯絡都遭到切斷，只能靠自己思考行動。在這種狀況下，西格瑪望著自己的雙手，認真地開始思考。

因為現在的他除了思考，沒有任何辦得到的事情。

——我……該做什麼？

×　×

就在西格瑪進行自我問答的時候，刺客發動了寶具之一。

「沉於暗獄中……瞑想神經(zabaniyah)——」

那是將自身化作彷彿世界的影子，與周圍的空間同步後，察覺周圍的魔力、風的流動等等的感知型寶具。

刺客打算藉由掌握這些流動，找出她推測是那頭巨犬的使喚者「漆黑的巨大影子」的所在地，或是恐怕與這個世界有所關聯的吸血種的氣息。

「……？」

然而，她卻察覺到有另一股魔力流動存在。

是正在產生，彷彿會打破城市全體魔力均衡的奇妙流動。

那股流動十分微弱，倘若沒使用寶具，或許無法察覺。

——這是……魔力正在外漏？

——不對，相反嗎？還是……

彷彿這個世界全體，正以那處為通氣口在呼吸魔力一樣的流動。

示。

該去追巨大的三頭犬嗎？刺客稍微思考過後，決定去追出現魔力搖蕩的地方。

因為那個流動的終點處實在具備象徵性，而且認為那裡或許能為脫離這個世界的辦法帶來提示。

刺客前往那個地方。

一直維持均衡的這個世界，如今產生奇妙的魔力流動的場所，也就是——

水晶之丘的最頂層。

第十九章
「倘若夢境現實皆化為虛幻　II」

沙條綾香。

這個人為何會配合「虛偽聖杯戰爭」的舉行，造訪這座城市呢？

問其理由——「連她自己也不清楚」。

當自己在居住的冬木市迷惘徘徊時，迷路走進了位於森林深處，一座類似城堡的建築物。

在那裡遭到白髮的美麗女性逮住，還被做了某些事情。

現在想想，恐怕是叫做精神支配的那類魔術吧。不過對於缺乏魔術類知識的綾香而言，並不清楚正確答案。

但是自己回過神時，已經接受「去參加在美國舉行的聖杯戰爭」的指示，搭上航向美國的船了。

雖然不清楚為什麼是搭船，但想到自己並沒有護照，十之八九是偷渡吧。

事實上，護照和簽證都在船內獲得了，但也沒有正常地通過海關。

在船上的記憶不僅模模糊糊，察覺到時也已經會說英文，這些恐怕都與某種魔術有關係。

綾香就在那樣的狀態下被迫在美國西海岸下船，靠獲得的少許錢財前往史諾菲爾德。

「會幫妳消除留存心中的，那個叫小紅帽的玩意兒」這句話——因為從那句曖昧的話中看到希望，自己才會來到這種地方，但或許那也是一種暗示。

又或者，只是害怕那句「要是逃走，詛咒就會把妳的命吃乾抹淨」——作為詛咒之言來說，實在太過單純的威脅話語。

——綾香。

——我是沙條……綾香。

重新思考以英文習慣該唸為Ayaka Sajyou（綾香・沙條）嗎，少女反覆唸著「綾香」。

——一邊就讀大學……然後在蟬菜公寓……

——大學……？

——「哪裡的」？

記憶逐漸模糊不清。

有種被囚進在彷彿出生以來到現在為止的一切，正漸漸地沉沒於濃霧之中的錯覺。

不對，不是錯覺。

實際上，她的記憶確實逐漸變得曖昧模糊。

——綾香。

——沙條……綾香……

——我是……綾香。

如同明月旁那些形影逐漸淡去的星星一樣，對自我正在逐漸淡去的這名少女而言——

唯獨這個名字的存在，是能夠維持自我的暗號。

×　　×

現在　結界內的城市

有風逼近。

風在逼近。

將綾香腦海裡宛如霧般搖擺不定的模糊記憶，連同其性命一同刮散的死之風正逼近而來。

「啊……」

連反應都做不到。

體型比民房更大的巨犬，高速揮掃宛如挖土機的巨爪，在道路上刮起劇烈的強風。

三顆頭的巨獸——地獄三頭犬開始襲擊警察隊，不知道已經過了多久。

感覺才僅僅經過幾分鐘，但又覺得彷彿已超過三十分鐘。

綾香聽從劍兵的指示正躲在一旁的大樓內避難，但是巨獸攻擊所造成的餘波，使得大樓內部開始出現了崩落。

而且，就在綾香慌張地退到戶外時，地獄三頭犬彷彿早已覬覦這一刻，堵在她的面前。

地獄三頭犬的爪子，彷彿一把又一把細心研磨過的大劍。

要是被那巨爪碰到，自己必死無疑。

就在綾香為那種事產生實感的時候，巨爪已經逼近到數公尺前了。

不管現在採取什麼行動，都不可能躲開。

——咦？

——我剛才……怎麼了……

腦海裡浮現出的是自己的名字「沙條綾香」——又或者是意識到自己這個存在即將消失，大腦讓自己看到了彷彿人生走馬燈一樣的東西。

在記憶正處於模糊狀態的現在，代替走馬燈浮現於腦海的，只有自己的名字。

「……」

身體僵硬不已。

但是，在那樣的綾香面前——

出現了不是過去的記憶，而是無庸置疑的「現在」，將逼近的絕望斬斷。

伴隨著衝擊聲，宛如大劍的巨爪在途中被折斷，飛舞空中。

「劍兵！」

「綾香，妳沒事吧？」

劍兵手上握著的，是像斧槍的一把武器。

綻放著與尋常武器不同光輝的斧槍，即使是綾香這個外行人也看得出來絕對不是平凡的武器。

可是，那並不是劍兵原本帶著的劍。

追根究柢，劍兵自己的裝飾劍早就遭到警察沒收，在洋房得到的裝飾劍，也在與金色的使役者的戰鬥中遺失了。

「啊……我的武器！」

大喊這句話的是站在稍遠處，留著短爆炸頭的男警。

從他交互看自己的手與劍兵手握武器的舉動，綾香明白大概是劍兵偷走了那名男警手中的武器。

「抱歉！剛才事態緊急所以借來一用！希望你見諒！」

劍兵如此解釋後，輕輕地將武器拋還到男警手上。

男警慌張地接回武器，一瞬間對劍兵怒瞪似的瞥了一眼。

不過，當他看了平安無事的綾香一眼後，便不再表示意見，重新握好自己的武器備戰。

「這次就算了，下次就用竊盜罪名義逮捕你。」

「真可怕！我可不想上絞刑台呀！」

劍兵一邊笑道，一邊撿起掉在腳邊的魔獸爪子。

「咦？你要做什……」

比綾香的發言更快一步——劍兵握緊隨手抓住的爪子前端，像揮動棒球棒一樣地用力揮舞爪子。

「『恆久遙遠的（Ex）——勝利之劍（calibur）』……！」

劍兵撿起的魔獸爪子在瞬間光芒倍增，擊出光帶。

光的斬擊一邊劈開城市的大馬路，一邊轟向占據著十字路口的魔獸。

斬擊刺入魔獸的側腹，其巨大的身體也在黑色血液四處飛濺的同時失去平衡。

「幹掉了嗎？」

「……不，看起來成效不大。」

約翰才問道，隨即得到貝菈冷靜的回答。

那頭魔獸不只是巨大而已。

無論是肉體的頑強、巨爪的銳利度，以及纏繞全身的濃烈死亡氣息，每一處都與在醫院前見到時不同，水準有相當懸殊的提昇。

彷彿這個世界才是這頭魔獸本該待的主場一樣，纏繞其身的力量宛如正在證明這一點。

周圍的警察們與綾香，原本預測劍兵會直接地繼續展開追擊，但是劍兵僅是握著巨獸的爪子立於大地，接著高聲「詢問巨獸」。

「看門犬——無底之穴的守護者啊！你若有智慧就聽我一說！並且回答我的問題！」

「咦？」

「……！」

綾香發出彷彿愣住的聲音，以貝菈與約翰為首的警察們也目瞪口呆地看向劍兵。

劍兵毫不在乎周圍的狀況，像一名在戰場上向對峙的敵方將領堂堂報上姓名的武將般大聲說道：

「我等並非不敢面對冥界，意圖抗拒判決與安眠的亡魂！我等皆是立於正道上，朝向終將一死的路途邁步的生者！若你判斷英靈的我是逃避死亡的靈魂也無妨！但是，除我之外的人們皆是無庸置疑的活人！若你是向冥府之王發誓過忠誠之輩，但願能正確執行應當履行之事！好嗎！」

劍兵的姿態，實在過於堂而皇之。

就連一直顯得困惑的綾香，彷彿也在瞬間為那段演說陶醉。

劍兵的舉止姿態就是那麼地堂堂正正，與在談論是否該殺死一名少女的話題時，以及誓言要保護綾香時的表情看起來完全不同。

硬要形容的話，比較像站在警車上演講的時候。但是劍兵不僅在這種充滿危機的狀況中演講，聽眾甚至是連能否溝通都不知道的巨獸，這種舉動實在異於常理。

不過，劍兵那威風凜凜的表現，反而讓綾香與警察隊產生「那才是唯一的正確答案」的錯覺，並且囚於其中。

「──────」

聽眾當事者地獄三頭犬，懷疑似的凝視劍兵，臉也慢慢地靠近他。

「喂，牠停止攻擊了！」

「不會吧，牠真的能溝通喔……？」

約翰等人竊竊私語地眺望巨獸，只見地獄三頭犬將三張臉貼近劍兵，開始嗅起他的氣味。

大得彷彿能一口吞下牛的下顎，而且是從三個方向逼近而來，但是劍兵仍然不為所動地佇立原地。

最後，地獄三頭犬三顆頭彼此蠢動，彷彿互看彼此一樣──下一瞬間，巨獸向後一仰，三顆頭朝向天空伸去的同時，發出響徹全場的嚎叫。

「Grrrrrrooooooooooaaaaaaa……」

那是彷彿吐著火焰，能夠感受到熱能的咆哮三重奏。

綾香雖然不禁受到震懾，但是不可思議地沒有「快逃離這裡」的念頭。

或許她本能地感覺到了一件事。

這個結界世界中最安全的地方，正是這個目前聚集最多「戰力」的十字路口。

但是也並非就因此抹去了不安。

而且別說是沒消除不安，當綾香看到隨即出現於眼前的光景，更差一點被純粹的恐怖感完全吞噬。

響徹的咆哮，震撼周圍的空間。

接著，彷彿配合著那些振動，存在於城市各處的「影子」開始蠢動。

照不到日光的小巷、停止的車輛底下，以及人孔蓋下的遼闊地下空間。

從許許多多的場所湧出黑靄般的現象，並在十字路口的四周開始凝聚，成為具備實體的塊狀物。

最後，那些纏繞在幾個位置的塊狀物體，各自顯現出與坐鎮的地獄三頭犬一樣的形體。

「這些是……」

約翰冒著冷汗環顧四周。

直到剛才還只有一隻的三頭巨獸，如今已增加了好幾隻，並且分別坐鎮在大樓上與道路的前後方，形成將警察隊、理查與綾香完全包圍的陣形。

幾分鐘前還寧靜無聲的城市街道，瞬間遭到死亡的氣息籠罩於其中。

巨獸群並沒有作亂，只是靜靜地，用那充滿深沉黑暗的眼眸盯著眾人。

甚至，在牠們腳下誕生的「影子」又再蠢動、化為黑靄，並像蒼蠅群一樣包覆周圍。

「……」　「z……」　「r……」　「……哦……」

「……」　「……z……啊……」

「……」　「……——」　「z」「……g……」　「……」

振翅般的噪音在十字路口迴盪繚繞。

配合著這些聲音，黑靄帶給眾人彷彿如同蒼蠅群一樣的印象，讓這個世界的氣氛顯得更充滿了濃烈的死亡氛圍。

下一瞬間——

噪音化為帶有意義的「說話聲」，振動被包圍其中的眾人的鼓膜。

【生者】　【曾為　生者之　人們】

【告】

【汝等之身】　【乃不具生】

接著——

「影子」向城市擴散開來。

彷彿要揭曉這個世界的真實面貌一樣。

抑或，企圖對「某人」隱瞞這個世界的真相。

×

×

「啊啊，真不錯。開始以不錯的感覺混合起來嘍……」

在距離劍兵等人所在的十字路口有些遙遠的大樓屋頂上，一直觀察著狀況的人影——變身成少年模樣的捷斯塔．卡托雷看著逐漸改變的城市景致，表情恍惚地喃喃自語。

「沒想到會是地獄的看門犬。椿妹妹的騎兵真的撿到好東西了呢。」

捷斯塔以孩童般的語氣說著，臉上一邊顯露難以形容為純真的扭曲笑容，一邊用自身感覺巡視城市。

「……哦~刺客姊姊往那邊過去啦。」

透過背部感覺到的刺客魔力，感受到她正前往城市中心處的某棟大樓的捷斯塔，嘴角扭曲成詭譎的笑容，還可窺見口中的銳利犬齒。

「看來她還沒有捨棄希望呢。」

「那麼，我先去推她一把好了。」

×　×

結界內的城市　繰丘宅邸

「是誰？你在哪裡？」

彷彿回答椿的發問一樣，家中某處響起了中性的聲音，傳進椿的耳裡。

（呵呵呵，小姑娘，妳找找看吧。）

彷彿受到聲音誘惑一樣，椿開始在家中小跑步地找了起來。

（不如說，不找到我的話，我會困擾。）

「？」

（現世出了什麼事情？理應消滅於世界的我的意識如今浮出，就表示事態不尋常啊。政……總該下黃泉或前往仙鄉，如今已無人知曉我了吧。）

聲音與其說是向椿搭話，不如說彷彿在分析現況地一句接一句說道。

（不對……有「複數」宛如神代存在的感覺在……在天上的是……啊啊，是既為我祖又為他人，亦是係累的「看守」之化身啊。另一個是西方的神？自然神……不對，是其分身……？從遙遠的西方還有一股分量不合常理的水之氣息正在接近。一切皆屬偶然，還是必然呢？）

「？？」

（想測試我嗎？好吧，沾滿人理的世界啊。既不完全又金甌無缺的人世啊，我接受這個挑戰！我莫慌、莫輸！遍布的森羅萬象啊，如同川流般優美高雅、高尚不俗……）

「？？？呃……對不起，我聽不懂。」

聽不懂這段話的椿顯得一頭霧水，「聲音」困擾似的沉默之後，又繼續說道。

（噢，抱歉…………我現在正困擾，妳願意幫幫我嗎？）

「幫幫你？」

（我們來玩捉迷藏吧！要是找到我，就算妳贏喔。）

「捉迷藏！」

（好～一、二、三、四……我躲好嘍。只要找到我，就送妳很甜很甜的麥芽糖，好不好？）

「！……好！」

正常地思考，這簡直是極為可疑的綁匪才會說出的話語。

即使是不諳世事的椿，通常遇到這種狀況，也會害怕地去向雙親呼救才對。但是不知為何，她聽從了那道「聲音」。

椿還是一樣，確信那道聲音是「同伴」。

因為那是非常溫柔，彷彿將自己包住的聲音。

彷彿少女期盼至今的雙親的聲音一樣。

椿像受到引導一樣地在家中走來走去，最後來到一面牆壁前方。

「？聲音聽起來明明是從這個方向傳來的啊……」

聞聲而來的椿，其實一直將聲音主人的「氣息」誤會成聲音，於是來到這裡的她困惑地停下腳步，但是——

（啊，沒問題的……試著許願看看，請牆壁讓妳通過這裡。）

「咦？嗯～……」

（放心，妳的爸爸媽媽都會用魔術吧？那妳一定也辦得到。）

「！好！」

椿用力地點頭，對著「牆壁」祈求願望。

「呃……求求您讓我過去，芝麻開門！」

椿將這幾天中讀過的，在遙遠國家的「童話故事」中出現的那段台詞喃喃喊出。

身體接著便感受到暖意出現。

那股感覺竄過背部——那是從前父母告訴她「這是實驗」，一邊對她做某些事情時，總是會

竄過劇烈疼痛的部位。椿雖然在瞬間嚇到了，但並沒有感覺到疼痛，而是覺得有一股如同和煦陽光般溫暖的感覺，正靜靜地流遍全身。

椿本人並沒有意識到那就是魔術迴路的反應，魔力不斷從她的身體滑溜流出，吸入牆壁之中。

下一瞬間，牆壁彷彿蠢動的生物張開嘴，一條通往地下室的階梯在家中顯現。

「哇啊……」

見識到這副不可思議光景的椿，顯得興奮無比。

（好啦，小公主，妳能找到我嗎？）

再次受到聲音引導的椿，慢慢地步下階梯。

接著，椿在穿過數道如同方才的牆壁一樣，自動解除封印的結界後，來到的地方是——陳列著大量書籍與魔術禮裝等，布置了各式各樣實驗器材的魔術師工房。

「啊……」

椿的身體不自覺地顫抖起來。

——不。

少女對這個地方有印象。

——這裡是……

一直在這個房間裡面「幫忙」的印象。

——不行，不行。

「幫忙」父母所說的「實驗」。

疼痛的記憶，再次竄過少女的腦海。

「咿……！」

——要忍住。必須忍耐。

——必須忍耐，要當乖小孩。不然……

——爸爸媽媽，就不會再對我笑了。

彷彿搖蕩過去的東西，又回到原處一樣。

這幾天體驗過的，自幼就夢想著的「幸福時光」。

正因為有那些幸福的經驗，才得以忘卻的苦痛，重新於年幼的少女心中甦醒。

彷彿潰堤的水壩般溢出負面的記憶與感情，使椿的眼裡充滿淚水，不過——

「嗨。」

聲音響起。

就在椿差一點遭到過去的陰影吞噬，那道聲音響徹了這個房間。

僅僅短短一句。

但已足夠讓椿放心，使滿溢出的恐懼煙消雲散。

直到剛才為止，那道聲音都只在椿的腦海中迴響。

然而，如今不同了。

那透澈的聲音，確實地令房間裡的空氣為之振動。

「妳找到我了呢。來～給妳麥芽糖喔。」

這麼說道，一隻優美的手向椿遞上一枚雙殼貝，如蜜糖般的黏稠物就裝在其中。

那隻手的主人是——美麗的存在。

外觀呈現中性，無法判斷其性別。

若椿看到了恩奇都，或許會懷有類似的印象。

但是這名人物與服裝質樸的恩奇都不同，妝容獨具一格，身穿色彩豔麗的紅色衣裳，顯得高貴豪華，椿一眼看到的瞬間，便認為這個人應該是某個國家的國王或女王。

「呃，那個……你是很偉大的人嗎？」

看到眼前存在的穿著實在輝煌得不合時宜，讓椿不禁問道。

聽到少女的詢問，麗人隨即回答：

「可惜啊。我偉大是過去的事，而且也不是人。不對，我的存在之處一直是和偉大與否這種價值觀無緣的地方……」

「？」

「啊啊，又說到難懂的話題去了。抱歉。我已經有兩千數百年沒與人類說過話了。正確來說也不對，因為我只是形同殘響般的存在……啊，怎麼又說到難懂的事情去了！我就是因為這般與人無法相容，最終夢與水才都追逐著我，落得乾枯的下場啊……！」

麗人用演戲般的舉止，在房間的角落痛哭流涕。

「請、請問，你……還好嗎？」

椿擔心得甚至忘記自己的恐懼，跑到麗人身旁撫背安慰。

「謝謝妳，人之子。妳好溫柔啊。」

恢復平靜的麗人靜靜地調整呼吸後，對椿說道：

「啊啊，不過，妳不用在意。因為我能與妳說話的時間，只有短短一下子而已。正因如此，我才想知道自己是為了什麼原因才會來到此地，僅此而已。話雖如此，能與我結緣的也只有這個世界的主人——只有妳了……」

「世界的主人？」

「就是童話故事的主角……類似那樣的事物……啊啊，還是不行嗎？『死』的團塊開始活性化了……」

麗人流露苦悶的表情。椿擔心地望著，繼續撫摸其背。

一邊勉強自己對那樣的女童顯露笑容，麗人一邊指向房間的某處。

「別擔心，只要妳把那樣東西拿來給我就好。」

看了看麗人指示的物體後，椿點頭同意。

椿本人並不知道那個是用來做什麼事情的物品。

只覺得和繪本裡出現過，叫做弓的東西很相似。

但是那個物體的形狀更為複雜，總覺得和名為《小紅帽》的繪本裡的獵人所擁有，最後用來射死大野狼的工具很像。

「那個叫做『擊墜神之弩』喔。是以前的偉大國王……不對，是由國王中的國王，初次自稱『皇帝』的好事之人所命名、擁有的可怕武器。」

「武器……用這個就能打敗壞蛋嗎？」

「雖然被打敗的人是我啦……以當時人類的價值觀來說，就是那樣。」

椿興奮的表情讓麗人有些尷尬地別過臉，含糊回答後又繼續說道：

「總之，就那樣吧。妳幫我帶著那個，只要它在妳身邊，直到我消失為止的短暫期間，我就能把力量借給妳用。我只想知道現在出了什麼事情而已。只要妳幫我把那個搬到外面去，我就為妳完成心願，當作回禮吧。」

「……嗯！」

雖然不是完全明白對方在說什麼，但是就椿所理解的，就像在說「這個不可思議、好像家人一樣讓我放心的人，要幫我實現願望」。

椿在腦海裡一邊想起書名為《灰姑娘》的繪本，一邊天真純粹地將那把弩弓抬起——沒想到比外觀看起來的還要沉重，讓椿重心不穩地一屁股跌坐在地。

「哦哦！危險危險！妳沒受傷吧？」

「……嗯。」

椿有些難受地回答。

雖然總算能好好地站起來，但對即使在同年代的人當中仍屬身材矮小的椿而言，光用拖拉的方式搬運弩弓，似乎就費盡力氣。

「沒辦法拿著走啊……？咕……沒計算到人類的弱小力氣嗎……政那個臭小子，這把誅殺我的工具上安裝太多禮裝、裝飾之類的玩意兒了吧！真是的，戰力過剩啦！像那個長城和還沒建好的阿房宮也是，那傢伙是不是以為東西只要蓋得又大又氣派就行啦？真是的……」

不知在大聲責備何方人物的麗人，忽地想起了什麼，又向椿說道：

「等等喔。既然在這個世界妳才是『主人』，只要妳相信它很輕，應該就能輕鬆地抬起來吧……不對，可是，這孩子好像還沒認知到這裡是夢境吧……？」

彷彿不想讓話語的後半段傳到椿的耳裡，麗人喃喃地低聲說道。

「這樣吧，誰都行，妳叫個願意幫你的人過來。找妳的爸爸媽媽也行喔。妳去拜託一下，他們一定會願意幫妳吧。」

「會嗎……」

「妳聽，好像有人來嘍。快去拜託那個人來幫忙吧。」

聽到有腳步聲從階梯的方向響起，麗人如此提議。

「嗯……啊！」

覺得來者大概是父親或母親的椿，正想著要拜託這幾天對自己非常溫柔的兩人，不過——從階梯下來、出現的人既不是父親，也不是母親。

「原來妳在這種地方……這裡是妳家的工房嗎……？」

穿得全身漆黑的傭兵西格瑪，目光才停留在椿身上——

「……！什麼人？」

接著馬上就察覺到待在椿身後的麗人，並擺出警戒姿態。當他見到麗人那身豔紅得不得了的衣裳，確認對方毫無敵意的同時，懷疑地低聲說道。

「宗教審判……？」

×　　×

結界內的城市　水晶之丘　最頂樓

「啊！喂，教授！是我啦，是我是我！」

『費拉特嗎！這股反應是……怎麼回事？你到底從哪裡打這通電話給我的！』

費拉特當場完成的「祭壇」上，擺著一支手機。

從切換為擴音模式的機體響出的話語，是交雜著放心與困惑情緒的男人聲音。

「啊，老師！抱歉，太晚聯絡您了。呃，怎麼解釋呢……這裡彷彿就像在夢裡一樣……」

『……什麼？費拉特，難道你真的是睡過頭才怠慢了聯絡嗎！』

「哇哇！您在說什麼呀？沒有啦！我不是那個意思，呃……結界！對，我在結界裡啦！有點類似之前和老師您還有格蕾他們，一起在威爾斯的墓地遭到囚禁的『過去的重演』，但這邊該說是『現在的重演』版本嗎……」

『……？慢著，先等等！冷靜下來，從頭解釋狀況給我聽。』

聽到語氣回到平常訓斥學生般口吻的男人——君主艾梅洛閣下二世的聲音，費拉特愉快地笑了。

因為他早已明白。

在這個狀況下——不對，正因成了這種狀況，才能以最棒的狀態接受艾梅洛教室的「講座」。

而且，費拉特相信講座結束後，一定會有能夠突破現狀的計策出現。

不過，是否能成功完成那個計策，就得看費拉特的表現了。

聽完來龍去脈後的鐘塔君主，說出難以理解的名詞。

『是……冥界吧。』

費拉特對艾梅洛二世的發言感到茫然費解。

「呃，請等一下！老師，您的意思是我們已經死掉了嗎？」

『行了，費拉特，你先安靜一會兒。然後……監督官閣下，我可以認定在脫離此處一事上，能得到您的協助吧？』

「可以。不過陣營之間的鬥爭我不會干涉喔。而且，聖堂教會也欠了你一份恩情。你曾經救過與我有段孽緣的伊露米亞修女，而且——」

『不，若要提及「個人方面」的恩情問題，那我也受過卡拉博閣下的幫助。但是，將狀況替換到組織層面的範圍上，對你我兩邊都會有些尷尬。這次的事件，請您純粹以監督官的立場身分，對我的學生提供協助就足夠了。我無意要您曝於危險當中。』

聽到這席話，漢薩苦笑搖搖頭說道：

「費拉特，你師父的性質正如傳聞所言，與魔術師相差甚遠呢。這般作風，真虧他能一直在鐘塔那個伏魔殿裡活得好好的。」

『……只是承蒙運氣好與有緣人施我恩惠而已。自身能力不足這種事，不用您說我也心知肚明。』

「失敬，我是在讚譽，並非侮辱你啊。正因為你具備那種性質，我的同事與前輩們才會願意助你一臂之力吧。無論你如何否認，恩情就是恩情。我一定會回報我個人得以回報的部分。就算日後你成為吸血種，只要不行惡事，我就對你的存在睜一隻眼閉一隻眼吧。」

『……以聖堂教會的神父來說，您似乎也有些偏離常軌呢。不過當然了，我既無成為吸血種的計畫，也沒有相應的實力。』

略微傻眼地說完後，二世重新開始解釋。

『雖然說是冥界，但當然不代表你們已經真的死去。我指的是那個結界內的性質。』

「什麼意思？我在這裡不覺得有像是地獄，或者天國般的感覺啊。」

『費拉特，我很清楚你平常都沒有好好聽課了。快點把那種一般人的既定觀念全都給我扔掉。話說在前，這個解釋帶有我的推測。你們待的地方，恐怕是以叫做繰丘椿的少女，與其魔術迴路、精神作為起點形成的地方吧。神父遠遠見到的魔獸……不，算神獸嗎？既然那頭地獄三頭犬在那個世界出現了活性化的現象，表示那個地方恐怕含有冥界的【容貌】。』

「是像『互相對應』那類狀況嗎？」

『剛才費拉特形容「彷彿在夢裡一樣」的表現算是說中了。在魔術性含意這方面，也有將夢理解為死後世界的例子。那名使役者恐怕是以昏睡狀態的少女——繰丘椿的夢作為觸媒，製造出擬似性的冥府了吧……我當然想過其他假說，但配合費拉特你們的經歷，與我獨自得到的情報加以組合後，這個可能性可說是最高的吧。』

二世說完後，一直保持沉默的漢薩詢問道：

「嗯……我的立場是不能談論『死後世界』的多樣性啦。換句話說……這裡是將實際存在的城市，以鏡射呈現出來的冥界嗎？」

『與現實相似的冥界要多少有多少。與其用你那種說法，不如說是像法老與皇帝的墳墓那樣，將其本身作為一個都市整個帶進冥界的儀式。世界上多得是「見到死後的祖先，在完全一樣的地方過著一模一樣的生活……」這種記述。而且，既然那裡形成與生者生活的地方完全一樣的世界形態，我認為這表示製造出那個結界世界的使役者，本身也是非常系統性的存在。再加上對方將地獄三頭犬都帶進了世界之內來看，或許它此刻仍然在進化當中。』

「進化？老師，那是什麼意思？」

『那名英靈恐怕是所謂【死】的概念本身。是冥界的具體化形態。如同黑帝斯、海拉、內爾伽勒、埃列什基伽勒那類的冥界之神本身……不，再怎樣都不可能喚來那種層級的靈基……才對。而且，如果真是冥界的管理者那般存在，那個結界世界的模樣應該會更接近各自冥界的形態才對。那名英靈，我想恐怕是比起近似冥界……更接近「死」這個概念的某種事物吧。』

二世如此說完，彷彿唸出從一開始就已經寫在黑板上的結論，用流暢的語調把未曾親眼所見的結界世界一一拆解開來。

『那名使役者的人格，恐怕是在受到召喚時起，就以應對其主人繰丘椿的形式在不斷地學習吧。雖然它有可能每次受到召喚都會是完全不同的存在，但召喚境界紀錄帶這種事本身就是稀有狀況，因此也無從比較。不過，既然你們以未曾有過的異物身分進入了那個世界，那它有可能正在進行別種學習。』

「可是老師，為什麼我們沒有遭到洗腦呢？」

費拉特插嘴提問。

來到這棟大樓前，他也曾與街上那些彷彿遭到洗腦的人們擦身而過。

維持警戒的費拉特與漢薩等人雖然也有準備防禦對策，但一路上完全沒有企圖對他們發動洗腦術式的跡象出現。

『你們與那些人應該有什麼差異才對。光是洗腦本身就有數不盡的辦法，無法推測，但是若從為何不這麼做的觀點來思考，倒是能夠縮小推測範圍。』

「我知道！就是『Whydunit』吧！老師的招牌名言！」

「哦？所謂的『作案動機(Whydunit)』嗎？的確沒錯，『作案凶手(Whodunit)』已經解開了，既然有魔術參與其中，探討『作案手法(Howdunit)』也毫無意義可言。不過，居然會說那種招牌名言，與其說你是魔術師，聽起來更像偵探呢。」

漢薩的發言讓二世瞬間語塞，他輕咳幾聲後又繼續說下去：

『就別提那些了，我只是利用過去得到的知識加以分析而已。要是我有偵探那樣的洞察力與靈機一動的敏銳思考，我的人生也多少會有些改變吧……總而言之，你們沒有遭受洗腦的理由，我想應該就在你們被拉進那個世界的理由當中。』

二世隨後指出幾個值得注意的部分，分別是「離開城市的人們伴隨詭異的舉止折回城市」這個現象，以及蔓延於動物之間的怪病等等。

根據二世從名為富琉的魔術師那裡得到的情報，雖然有個人差異，但無論是人類或者動物，都有從中觀察到出現某種類似內出血的病變案例。

從那些情報中，二世推測能夠區分為二——「受到疾病般的詛咒所感染後，只有精神被拉進了結界世界後再構築而成的人，以及連同肉體一起被強硬拖進結界內的人」。

『對方視後者為敵人的可能性非常大吧。雖然前者也可見到有敵對性的舉動……但不僅沒有肉體性的損傷，也沒有將那些操縱過的人利用在聖杯戰爭上的跡象。我想只是手段異常，沒有敵意的可能性很高。』

「啊啊，鐘塔也有很多那樣的人呢。自認為是為對方好才做，但周圍的人一看就覺得只是在惹麻煩的事情。」

『我很想罵句「你有資格說嗎」，不過現在就算了。總之，要離開那個世界的辦法是能想到幾個……不過，等對方用盡魔力這並不實際呢。按狀況來判斷，擊敗使役者與其主人的少女就是最佳捷徑。但是，我方與警察陣營目前是以要保護少女的形式締結同盟，所以會危害到那名主人的手段都不能使用。』

——就算沒有同盟關係，你也會找些理由排除那個辦法吧？

傑克與漢薩聽到二世的解釋都如此心想。但想到就算指出這點也會被二世轉移焦點，便聳聳肩安靜聽下去。雖然，有一半的修女顯得茫然費解，因為她們遠比二世要更合理地思考「為何不解決那名主人就好？」。

『不危害那名主人，也就是與少女椿商量一下，讓她親自打開通往外界的道路……這雖然也是辦法，但問題在於她是否有認知到自己是主人這件事。要是用暗示強迫她，很有可能被使役者視為敵對舉動，而比現在更加主動地排除你們。』

「那麼老師，和使役者談判呢？」

『我說過吧，與其說它有明確的人格，更有可能只是類似系統的存在。無論它是何種存在，在確認結果前最好先避免與它接觸。當然，關係到交戰的狀況亦同。使役者的可怕程度，你昨晚應該充分見識過了吧？』

二世回答費拉特，告誡他不可得意忘形。現在的二世對於目前支配著費拉特等人所處空間的存在，比現場所有人都更為慎重警戒。

畢竟二世曾經親自與共處的英靈在其擁有的「固有結界」中同行相伴，並且親眼見證了那恐怖驚人的光景。

『如果那個世界與冥界是互相對應的關係，使役者也是與其相關的存在，至少在那結界的內側無處可逃。因為所謂的「死」不是只存在於黃泉，是遍及一切地方——就連魔術性方面來說，無論是空氣、水、岩，甚至土都存在死的概念。你們所處的房間亦同。』

二世用沉著穩重的語氣斷言後，彷彿要費拉特等人絕對別輕舉妄動一樣，又再督促警戒道：

『換句話說，那裡從一開始就是英靈的體內。你們就像是遭到鯨魚吞下肚的小木偶皮諾丘一樣。』

「鯨魚的肚子啊？好像不錯呢！」

『哪裡不錯啊！』

學生突然的瘋言瘋語讓二世放聲吼道，費拉特眼神閃爍光芒地說：

「老師以前上課時不是提過，英雄那些置死地而後生的舉動，算是一種回歸胎內欲望的表現嗎？大家晉升典位時會舉行的，以死與再生為主題的儀式也是。還有，遭到巨大魚吞下肚又吐出來後覺醒信仰，成為超級英雄拯救城市人民的故事等等例子……」

『你難道是在說預言者約拿與利維坦的事情？雖然將回歸胎內欲望拿去與巨大魚、迷宮，還有死者之國等英雄譚互相對照的例子確實是層出不窮……你該不會想將這些粗糙的內容提交給我當作報告吧？唉，算了。關於那部分的補課以後再說吧。』

二世傻眼地說完後，直接將話題移到脫離行動的具體例子上。

『你們那個地方能與外面連繫上，應該就表示在現實世界中同樣位置的那個場所，存在與結界世界有高度融和性的某種事物。可能性最高的是屍體——但我不認為區區的平凡屍體能夠對結界內產生影響。應該是處於某種魔術性影響下的屍體……又或者有什麼東西湊齊了能比創造出這個世界的使役者更有高度融和性的條件才對。費拉特，你說過那裡像是工房，有哪些特徵嗎？』

「呃……有很多像是美索不達米亞文明產物的裝飾。」

『……！原來如此。如果是「那名英靈」陣營的工房，那請求警察局長協助派人去現實世界的那個地方，就形同要人去送死了……既然如此，由你們那邊尋找英靈的特徵比較妥當。雖然這樣做會過意不去，但城市裡如果有其他陣營的英雄正在與地獄三頭犬交戰，你們就趁機去找找少女住院的病房，或是叫繰丘的魔術師的家——』

就在手機出聲孔還在傳出話語時，監視四周方位的修女之一放聲大喊：

「漢薩！」

「怎麼了？」

「有什麼從底下上來了！可能是使役者！」

下一瞬間——

一面落地窗破裂粉碎，一道人影從外頭溜進房內。

「哇啊！」

『費拉特？怎麼了？發生什麼事情！』

手機出聲孔響徹慌張的聲音。

漢薩高速揮動雙臂，漂亮地掃掉飛散開的玻璃窗碎片，並向自窗戶現身的人影開口。

「哦……妳也來到這裡啦？」

「我曾經在官差的衙門見過你……是異邦的祭司啊。」

現身的刺客以銳利的眼光瞥過漢薩一眼，暫時不想理他似的環顧房間周圍，發現費拉特的右手上有宛如令咒般的圖案，便朝他說道：

「我問你。」

「咦？啊，是！啊，難道您是使役者嗎？好厲害！」

「你也是尋求聖杯的魔術師嗎……？」

被這麼問道的費拉特瞬間一愣，稍作思考後回答：

「嗯——我該算在內嗎？一開始只是覺得能得到聖杯很酷，所以才想要而已。不過現在……我的使役者有煩惱纏身，所以我希望先用聖杯為他解決煩惱再說。至於最後該怎麼處理……畢竟大家都說聖杯很珍貴，我想還是捐贈博物館比較妥當吧？您覺得呢？」

被反問的刺客瞇細雙眼，窺視費拉特的反應。

「……」

覺得青年既不像在說謊，也沒有對自己出言挑釁的意思。

雖然很難立刻相信此人所言，但感覺他真的很猶豫該不該捐贈博物館。

「你是……魔術師嗎？」

刺客瞪了費拉特好一會兒，表情顯露難以判斷是否該鏟除此人。

彷彿認為這個狀況能幫助眾人脫離險境一樣，漢薩用力拍響雙手，吸引刺客的目光。

「妳應該是步於不同教義之道上的求道者吧。我雖以聖杯戰爭的監督官之身立於此地，但這些人目前似乎沒有開戰的意思——至少在脫離這個結界世界以前是如此。不過，雖然我現在是以監督官身分為這個僵局出聲調停，但並不會束縛妳的行動，自便即可。」

漢薩聳肩說道。

萬一刺客是認真要來此地鏟除自己，那就沒救了。如果對手是吸血種，還能靠能力相剋來與其周旋，但對手是武鬥派英靈的話，狀況反而不好。

即使如此，漢薩也沒有偷偷摸摸地隱藏自己，而是為了做好師父命令的「監督官」的立場，堂堂正正地向刺客出聲。

「……」

雖然刺客警戒地注視著那樣的漢薩，但沒有對他投以敵愾之情。

費拉特與漢薩非常幸運，現在的她正受到「是邪惡魔物的魔力讓自己現界」這種罪惡感纏身，而且還與並非同胞的劍兵——偏偏還是「獅心王」有締結協定的狀態。因此刺客看待他人的態度，也比第一天寬容了不少。

不過即使如此，她還是有不能讓步的界線。

「……回答我。你們打算如何開闢通往外面的道路。」

聲調沉重的詢問。

連費拉特也能從中感受到「啊，萬一答錯，她會幹掉我們吧」而瞬間語塞，難以回答——

但是，回答她的是祭壇上那支一直處於擴音模式的手機。

『我們才剛擬定方針，決定要極力避免動粗了。如果妳的意見是不惜殺害少女也要離開那裡，我們無法阻止妳。不過，請讓我向妳出示還有其他辦法。』

「……你是什麼人？」

『我算是那邊那名青年的監護人。我們也明白要妳相信不在現場的我的發言，是個任性要

求……』

「……」

稍作思考後，刺客仍然保持警戒並且問道：

「如果有能挽救生命的路可走，那必定是偉大存在的意志。你說說看吧。」

看到刺客表現出願意一聽的態度後，費拉特與手錶形態的狂戰士總算得以放心。

但是，彷彿要將那種氣氛摧毀一樣，一道尚存稚氣的聲音隨著微溫的風一同流進室內。

「——不可能喔，大姊姊。」

「！」

所有人都朝出聲的方向看了過去。

只見一陣如黑靄般的煙霧，顯露多種顏色的最後，慢慢地形成人類的模樣。

「那種『路』啊，在這個『椿妹妹創造的世界裡』並不存在喔。」

那是尚存稚幼的少年模樣。

但是，纏繞其身的不祥魔力已經明白指示出，眼前的少年絕非表面所展現那般。

見到那模樣的漢薩，刻意似的「嘖」了一聲，嘴角隨之揚起。

「這可真是……不像在旅館那時一樣隱藏魔力，這樣好嗎？還特地出面揭開底牌，真從容呢。」

「因為我剛才已感覺到有人在觀察我啦～我可是一直警戒著你喔，代行者。我不覺得同樣的手段還能用第二次，而且……」

少年咯咯地露出令人不快的笑容，並把投向漢薩的視線轉移到刺客身上，陶醉似的交織出話語：

「我想趕快欣賞到刺客姊姊露出的各種感情（面貌）啊……懂嗎？」

他這麼說的瞬間，刺客已展開行動。

看到少年的表情與纏繞的魔力，刺客就明白對方是召喚出自己的吸血種——名為捷斯塔・卡托雷的魔物。

黑色的外衣宛如在地板上滑行一樣快速移動，從中竄出的手刀瞄準少年的脖子刺了過去。

但是，如同刀刃的指尖雖然確實地貫穿了捷斯塔的身體，卻感覺不到一絲手感。

「！」

只見少年的身體化為霧散去，又在稍遠的位置再次凝聚成人形。

但是，再構成的時候已經不是少年的形態，而是曾在警察局與醫院前出現過的，青年風貌的吸血種模樣。

「哈哈哈哈哈！難道妳以為我會老實地以本體出現在身為敵人的妳面前嗎？妳真是可愛啊，刺客。當然啦，我也很想以本體出現喔！妳答對了！要說我倆心靈相通也可以，但是很抱歉，我背叛妳的期待啦，親愛的刺客！不過，派冒牌身體來這裡的我也是悲慟萬分喔，妳應該能體諒我吧？」

捷斯塔自戀地不斷闡述交織了陶醉與難過的發言。

這段發言恐怕不是挑釁，而是真情流露吧。正當漢薩這麼思考時，身後的手機傳來二世的困惑聲音。

『喂，費拉特。我剛才聽到了什麼？』

「我也不太清楚……好像是愛的告白呢！」

彷彿沒有聽到這對師徒的對話一樣，注意力專注在刺客身上的捷斯塔露出愉悅的神情，背對著破掉的落地窗展開雙臂。

宛如指揮家在表演開始前要向觀眾致意問候的這個舉動，讓眾人誤以為他接著會深深鞠躬一樣，然後——

在他身後，「世界扭曲變形了」。

×

×

被封閉的世界　中央十字路口

「到底出了什麼事？」

遭到地獄三頭犬與黑色異形包圍，劍兵與警察隊目前陷入了膠著狀態。

雖然一行人與重複發出如毛骨悚然詠唱之言語的獸群，不斷展開一進一退的攻防戰，但是自從劍兵放聲詢問後便看不到對方朝己方積極攻擊的舉動，而是一直做出不讓己方離開這個十字路口的阻礙行為。

但是——從數十秒前開始，這種狀態迎接了變化。

現況已經不是用「狀況」就能形容的等級，已是世界本身正在逐漸產生變化般。

毫無歲月痕跡的水泥市街上，老鼠不斷地從無數縫隙間大舉湧出，肉眼甚至可見到處刮著帶有黑色塵埃般色彩的高樓風。

烏鴉群在周圍不斷地盤旋飛舞，這些令人聯想到死亡的事物不僅正在包圍十字路口，所見範圍內的城市街道都開始包圍覆沒。

同時，魔獸們的攻擊手段也變得激烈起來——

一直從名為「城市陰影」的暗處中不停迴響，宛如詠唱般的無數話語如今已形同嘶吼一般，震盪著綾香等人的耳膜。

彷彿這個世界本身正在放聲嘶吼痛苦的悲鳴。

抑或——嬰兒誕生的呱呱啼哭。

【此為】

【死之道也】

【冥府也】

【黃泉路也】

【其為裁判】

【其為福音】

【永遠之安寧也】

【痛苦也】

×　　×

纏繞繰丘椿的結界世界。

雖然封閉的空間是以城市為範圍的局限空間，但天空也有其界限。

遠方的湛藍天空，不過是將現實世界的模樣映照於結界的境界面上而已。如果嘗試從地面駕駛飛機或直升機脫離結界，理應會像徒步走出城市一樣，堂堂地在扭曲的空間中循環飛行才對。

但是，那片「天空」此刻正靜靜地遭受侵蝕。

如同在老舊民房的天花板上蔓延開的漏水痕跡一樣，「異變」正在緩慢地、確實地蔓延擴展。

最後，天空的一部分遭到切除——

一對男女手牽著手，從切開的部分開始自由落體。

「啊啊！我們好像遲到了一會兒？趕快喔趕快喔！」

「沒錯沒錯！祭典好像已經開始了呢！」

出現的兩道身影是真術士陣營的法蘭契絲卡與法蘭索瓦。他們像戀人一樣地手牽著手，頭下腳上地持續墜落。

映入兩人眼中的景色，是彷彿鏡中景象般重現的史諾菲爾德。

但是，那個世界已經完全與史諾菲爾德分離。

城市的中央一帶逐漸失去色彩，漆黑的黑暗開始擴散。

從地面直直升起的黑影形成黑雲，開始覆蓋城市的天空。

闖進這片雲湧形成的漆黑積雨雲中，兩名普列拉提愉快地在雲中不斷放聲大笑。

這段期間，在他們四周迴盪的聲響不是雷霆，而是發自這個結界世界本身的嘶吼。

【安寧吧】

【黃泉路為吾僕役】

【慘痛吧】

【守護吾主】

【將聖杯】

【將聖杯】

【向吾主】

【向吾友之手】

【呈獻聖杯】

「好耶好耶！這個世界似乎值得一騙呢！」

身處這片狀況中的法蘭契絲卡，神情興奮地在黑雲中放聲吶喊。

接著，兩人的下墜速度突然緩慢下來，最後在空中飄浮。

英靈使用所能行使的最高等級幻術，蒙騙了世界的物理法則，是形同作弊的一著。

「啊哈哈！好簡單！這個世界真好騙呢！果然是以夢作為基礎啊！」

聽到普列拉提的話語，法蘭契絲卡竊笑地忠告他：

「可是，你一定要小心喔！夢是基礎就表示隨著觀眾的反應不同，出現任何變化都並非不可能喔～」

穿過雲的底部，如夜晚般昏暗的世界映入眼簾。法蘭契絲卡一邊俯瞰著這片景色，一邊如同打從心底期待活動的小孩般面露喜色。

「希望你還活著呢，獅心王！亞瑟王的超級粉絲小弟！」

兩人呼吸一致地，同時道出最後的台詞：

「你究竟是會墜入絕望深淵，還是陷入熊熊怒火呢……我已經期待得受不了啦！」

×

×

被封閉的城市　水晶之丘　最頂樓

【吾為劍】　【吾為獸】　【吾為焦渴】　【吾為饑餓】

【吾為運死之存在】【吾為奏死之存在】　【吾為死】【吾為死】【死】【死】【死】

毫無感情成分的嘶吼，埋沒了旅館最頂樓的周圍空間。

彷彿世界本身即是一個生命體一樣的嘶吼，逐漸將城市染為漆黑。

刺客驚訝得雙眼大睜，費拉特則是神色興奮地不時在手錶與手機間來回交互喊話，漢薩一邊以手勢指揮修女們集合起來，一邊沉重地低聲說道：

「那些遣詞用字……難道是……」

就漢薩的立場而言，他無法不立刻聯想到某部預言書中的一節內容。

又或者說，雖然也能聯想到歷史上一些具有類似逸事傳說的人物，但是隨著剛才艾梅洛二世說過的【概念】一詞浮現腦海，讓漢薩導出一項推測。

「死的具體化……那是末世四騎士——運送死亡的蒼白騎士（Pale Rider）嗎……？」

另一方面，即使是在這種狀況下，捷斯塔的分身仍然面露悅色地笑著。刺客對他喊道：

「你做了什麼……」

「嗯？喔，這可不是我搞出來的喔。妳應該早就知道吧，這個世界並不是由我創造而生。既然如此，這般美麗的變化自然也不是由我引起——」

「我不是在問那種事情！」

捷斯塔想說的事情，刺客早已心知肚明。

包含待在此處的行為在內，捷斯塔的一言一語無疑都是掌握了狀況而做出的挑釁。

但是，即使深知是挑釁，刺客仍然無法不對他為之動怒。

「你對『那名少女』做了什麼！」

聽到那充滿憤怒的嘶吼，捷斯塔眼神陶醉地將手按在胸前，向刺客深深地鞠躬行禮。

「啊啊，謝謝……我真的真的太開心了！不管這聲嘶吼是出於憎恨還是何種情感，都讓我深深地感受到了妳的思緒，還有身為人的真心真意呀！尤其此時此刻，妳還確確實實地注視著我！

雖然關心的部分好像移到繰丘椿身上去了，但那些想必也很快就會消失了吧！」

「我在問你做了什麼！」

「我什麼也沒做喔。」

捷斯塔的嘴角扭曲成令人不快的角度，對刺客開口。

眼神一邊窺視著刺客的一舉一動，說出充滿感情、彷彿是愛之告白的話語。

「我只是推了她一把而已。」

「孩童就該像個孩童一樣，去追求壯大的夢想，對吧？」

幕間
「麗人與海，少女與傭兵」

十分鐘前　被封閉的城市　繰丘宅邸

此時的西格瑪十分困惑。

原本打著想先與椿談談看的念頭，而去找正在午睡的她，才發現她似乎已在不知何時之間醒來，並且從所在的房間消失無蹤。

在父親夕鶴前往二樓尋找她的期間，西格瑪待在一樓尋找其蹤跡——卻忽地發現一扇敞開著的用魔術性手段做成的暗門，於是直接往裡面走了進去。

結果就是雖然在地下工房中找到了椿，但也發現還有奇妙的存在與椿共處同室。

那個存在全身穿著紅色衣裳，明顯遠離了現代美國該有的氛圍。

「……宗教審判？」

雖想過這或許是叫做【黑漆漆先生】之存在的真正模樣，但是兩者之間的氛圍實在相差甚遠，才讓西格瑪一時說溜嘴，講出了從紅色模樣聯想到的詞句。

說出口後，西格瑪的腦海裡隨即浮現幼年同胞的臉龐。

——拉姆達。

手刃這個稱自己為「摯友」的同胞後，看的就是與宗教審判有關的喜劇電影。想起這件往事的西格瑪，感受著心中混著沙子似的不協調感，將手伸向裝在右腰際上的魔術禮裝，問道：

「……你是什麼人？」

「喔，你並非『遭到囚禁』的狀態呢。讓我確認一下吧。你是這名少女的敵人，還是同伴？當然，陰陽關係無法明確區分，根據狀況不同也有可能改變……總之，萬一我是暴徒，你會不會保護這個孩子？我想確認這點。」

「……只論現況，我打算保護她。」

西格瑪沒有鬆懈警戒，老實地回答。

為了能圓滑維持與刺客之間的同盟，他在心中再次確認過後，慢慢地移往能保護椿的位置。

接著，紅衣裳的麗人似乎鬆了口氣，隨即說道：

「啊啊，太好了！該怎麼說呢，你的眼神透露一種與其說會保護支配者，更像是會宰掉對方的感覺，我看了就擔心啊。既然是這樣，那就安心了！我也是她的同伴，你大可放心，就當自己搭上大船吧。不如說，雖然我是屬於弄沉船的那種存在，不過你千萬別在意啊！因為即使船沉了，偶爾也會沉到海神水府去呢。用現今的講法來說就是龍宮吧？」

見到對方宛如喜劇演員一樣口若懸河，讓西格瑪產生了一些親切感。

——若是平常的工作，會為防萬一而收拾對方，或直接逃亡……

——不過，畢竟我現在的任務是自由行動。

西格瑪如此思考，決定不鬆懈警戒地繼續聽對方說下去。

因為他認為為了自由行動，必須得到更多的情報。

「那就告訴我吧，你是什麼人？」

「啊啊，幸好你夠聰明！不過很遺憾，我差不多『又要下沉』了。」

「？」

「魔物要過來了。一旦來到，那病魔的化身也會自動將目光注視到椿身上吧。那樣一來，我就無法完全隱藏自己的存在了。」

聽到麗人接連述說奇怪的話，西格瑪打算一探究竟——這時他才驚訝地注意到，麗人的身影宛如海市蜃樓一樣，正開始淡去。

「你怎麼了？」

麗人對露出驚訝表情的椿，以能包容一切的笑臉回答道：

「喔，我沒事。只是想再玩一會兒捉迷藏而已喔。」

就像要讓少女放心般這麼說後，麗人重新面向西格瑪，一邊指著椿擁在懷裡的弩弓，一邊繼續說道：

「那把弩弓由你或是會隨時陪著椿的人拿著吧。千萬不能離開椿的身邊喔。我……這樣吧，稱我為『鮫』好了。有那把弩弓在手，只要在這個世界之內，應該都能助你一臂之力，保護那名少女吧。」

「聽得我一頭霧水。你到底是什麼人？」

「說來話長，簡單來說…………？等等，為何我能從你身上隱約感覺到『那個』的氣息？難道你和翺翔在外面世界天上的『那個』有關連嗎？」

「！」

西格瑪再次感到驚訝。

——這個人知道嗎……？知道「看守（Watcher）」的事……

「啊啊，糟糕，極限到了。那把弩弓，你讓聰明的魔術師看看也無妨。那樣一來，你就知道……我的……啊啊，啊啊，我確實託付你嘍！保護椿的這個願望——……」

無法將話語交織到最後，自稱鮫的麗人便消失得無影無蹤。

椿為此驚訝地東張西望環顧四周，西格瑪則是表情嚴峻地陷入沉思。

——那個人到底是誰？似乎知道「看守」的來歷……

關於連西格瑪都不清楚來歷的自己的使役者，本來可以趁機挖掘相關的重要情報，但既然那個麗人已經消失，那也無可奈何。

——總之，得帶著這把弩弓行動啊……

西格瑪對椿露出假笑說著「我來拿吧」，便從椿手中接過弩弓。

他並不知道。

那個武器——那把弩弓，正是繰丘家為聖杯戰爭所準備的「觸媒」——亦是以遠遠脫離魔術師們意圖的形式，成為椿的英靈的誘因之一。

在已經集合了各式各樣存在的史諾菲爾德內，命運正時而複雜，時而直接地交互影響，牽扯在一起。

「咦——？」

無論是好的命運，「不好的命運」都毫無區分。

「小椿，妳身邊的大哥哥是誰呀？」

天真無邪的聲音從階梯的方向傳了過來。

西格瑪循聲回頭，見到階梯旁出現了一名少年。

——？

——他是誰？看起來不像精神遭受支配……

西格瑪維持緊張的情緒，仔細觀察著少年。

因為在這個世界裡，光是精神沒有遭受支配，就足以成為必須警戒的理由。

然而椿的反應卻與那樣的西格瑪呈現對比，放心似的說道：

「啊，你來啦！捷斯塔！」

以使用魔術的人之身分長期磨練出的經驗，比喚醒的記憶更早一步使西格瑪全身發顫慄湧現。

晚了瞬間的聲音，在西格瑪的腦裡響起。

那是昨晚曾經耳聞過，在被帶進這個結界世界的前一刻聽過的聲音。

——「我叫做捷斯塔。捷斯塔·卡托雷！」

雖然聲音與外觀都不一樣，但西格瑪並沒有樂觀認為能用純屬巧合就打發掉這件事。

當他想起聲音的主人向刺客報上的是什麼名字的瞬間——少年已經站到西格瑪身旁。

（算你運氣好，我不能在椿妹妹的面前宰掉你。）

捷斯塔維持著笑容，壓低聲量只讓西格瑪聽見。

（麻煩你別多嘴喔。我可是她的「朋友」呢。你要是攻擊我，不但「黑漆漆先生」會立刻除掉你，我也不知道自己會做出什麼事情呢。）

在椿說道「他叫做西格瑪喔！」並解釋事情狀況的期間，少年捷斯塔一邊笑著聆聽，一邊向西格瑪傳遞警告。

「……」

西格瑪保持沉默，全身不停冒出汗水。

捷斯塔能化身成少年外觀的情報，看守早在事前就告訴過自己了。

但是實際見識到了，才明白那是超乎想像的卓越「變身」。要不是椿喊出了他的名字，自己恐怕沒辦法立刻將兩者連結起來。

光是這點就讓西格瑪深深體會到，眼前的少年是多麼凌駕於自己的高等存在。

——這傢伙的目的……是什麼？

在無法判斷對手意圖的西格瑪面前，少年模樣的捷斯塔露出爽朗的笑容，環顧周圍的景色。

「哦——這裡真不得了呢。好像祕密基地一樣。」

「呃，嗯。這裡是爸爸和媽媽的房間喔。」

看著害羞回答的椿，西格瑪感到困惑。

——沒有對她下過必須隱瞞工房情報的暗示嗎？

——是因為陷入昏睡狀態才解除了，還是有其他的原因？

西格瑪一邊思考自己也知道偏離重點的事情，一邊厭惡著毫無辦法，只能思考的自己。

雖然與任務的成功與否毫無關係，但目前的狀態可是大大關係到自己存活的可能性。

祈求安眠與用餐——換句話說，對希望能舒適生存的西格瑪而言，遭到吸血種悽慘殺害的結果是他想迴避的發展。

即使如此，連對手的目的都不了解也無從行動。西格瑪如此思考，不過——

吸血種的行動，實在極為單純。

與椿對話。

若只看結果，就是如此而已。

於是——那單純行為所招致的結果，終將引導這個世界抵達終點。

×　　×

西格瑪哥哥，為什麼你都不說話呢？

剛才那個美麗的人，躲去哪裡了呢？

對了！待會兒和捷斯塔一起找找吧！

「欸，小椿。」

「什麼事，捷斯塔？」

「是我爸爸告訴我的喔。聽說妳的爸爸媽媽是很了不起的魔術師？」

「！」

怎麼辦？

我該怎麼回答他呢？

這麼說來，爸爸媽媽明明叮嚀過，魔術師的事情是祕密。

「妳放心，我知道這是不能告訴別人的祕密。沒錯，是我和小椿之間的祕密喔！」

「……真的嗎？」

「對啊，是真的。妳也不用擔心那邊的大哥哥，因為他也知道魔術的事喔。」

「原來是這樣啊！」

西格瑪哥哥「嗯」地回答了我。

這樣啊，難怪他看起來和爸爸交情很好的樣子。
原來西格瑪哥哥也是「魔術師」啊。
不過，捷斯塔果然很溫柔呢。
願意成為我出生以來的第一個朋友。
該不會連捷斯塔也是魔術師吧？

「欸，小椿。」
「什麼事？」
「妳很想幫忙妳的爸爸媽媽，對不對？」
「嗯！」
「那麼，小椿覺得要怎麼做，才能讓妳的爸爸媽媽最高興呢？」
「！」
「爸爸媽媽對妳這麼溫柔，那妳也必須好好地當個乖孩子呢。」
沒錯。
我明明必須幫助爸爸媽媽才對。

這樣一直一直睡覺，真的好嗎？

明明爸爸媽媽總是唸故事書給我聽，還烤香噴噴的蛋糕給我吃。

我必須，好好地幫忙爸爸媽媽。好好地，好好地幫忙。我，我必須。

「我們一起思考吧？小椿，妳爸爸他們平常都是怎麼說的？」

「我想想喔……」

——「我們遲早會成為——」

——「沒錯，椿。那就是我們的宏願。」

——「沒錯，成為像那位寶石翁一樣——的……」

——「那種目標太不切實際了啦。畢竟世間都定論那個範圍已經毫無空間了吧？」

——「別擔心，言語會化為力量。就算不可能，也只要一心以那為目標努力即可。」

——「就像暗示一樣，對吧？」

——「對啊，沒錯。椿，這就是對妳施加的最初的暗示。」

——「爸爸和媽媽都一直期望著，繰丘家總有一天會誕生出——————喔。」

說了什麼呢？

爸爸他們一直在說好難懂的話。

可是……

對了！我想起來了！

比魔術師更厲害的人！

就是讓灰姑娘變成公主的那個人！

「原來如此！我知道了！」

「哦？妳已經知道了嗎？小椿好厲害呀～」

「嗯，聽我說喔……」

「為了爸爸媽媽，我想成為魔法師！」

「這樣啊～不錯呢，大家一定都會很高興喔。」

哇，捷斯塔看起來好開心。

太好了，這樣應該沒錯吧！

「我要努力加油，成為一名魔法師！」

「說得好，妳一定能當上喔。而且【黑漆漆先生】也會幫忙妳吧。」

「嗯！」

……咦？

為什麼呢？

總覺得西格瑪哥哥……表情好可怕喔。

×　×

那曾經是一個毫無意志的系統。

沒有自身的願望，只是一味地為主人行使自身能力的機械。

視為道具乃正確的存在方式，視為使魔意見便會出現分歧。這名英靈就是那樣的存在。

但是，正因不具有自我意識，僅是將一部分世界之理具體化呈現，才能夠使用強大力量的【那個】，在這一瞬間正式地承諾了主人的願望。

——我想成為魔法師。

守護椿的英靈，確確實實地理解了這個願望。
認定那個想法、那個念頭，正是自己的主人繰丘椿長久以來的心願。
希望能和父母親和睦生活。
期望能和動物一起生活。
盼望居民們都不會離開城市。
希冀陷入火場的人們都能避難。
這些她祈求過的短暫「願望」，英靈靠自己的力量就能全部應付。
但是「想成為魔法師」這個目標，是遠遠超出自身系統所具備之能力的宏大心願。
若是魔術的境界還能辦到，魔法的境界就無能為力了。
如果是尋常使魔，即使多麼聰明都會回答「不可能」吧。
但是身為椿的使役者，同時也是守護者的英靈——蒼白騎士不一樣。

因為英靈得到了聖杯賦予的知識，具備可能性。

名為「聖杯」的可能性。

當然，那也不表示就是確實的路。

但是，即使機率多麼低，身為「死」之概念的使役者——蒼白騎士仍然呈現了那條路。

伴隨著大聖杯的作成，從世界上消失的第三魔法。

由於魔法是處於世界之理外側的事物，因此即使使用處於理之內側的願望機，也不可能重現。

但是，唯獨本身與聖杯有所連繫的第三魔法——具備可能性。

將聖杯透過自己編入繰丘椿這個存在中，使理流轉。

只要能將成為大聖杯設計圖的【容器】的魔術迴路成功重現，或許就能辦到。

可能性低得毫無底限。

簡直是痴人說夢的幻想。

但是，蒼白騎士仍然理解了。

將其理解為主人繰丘椿的「夢想」。

接著，從這一瞬間開始——蒼白騎士將會最大限度地活用自己的資源，把與自己融合了的「椿之夢」當作根基，重新組成世界。

作為達成目的的手段。

要在聖杯戰爭中獲勝，取得大聖杯。

最先降臨史諾菲爾德的這名英靈——

終於在這一瞬間，點燃了參戰的狼煙。

伴隨著包覆世界一切的「死」之氣息。

第二十章
「當夢幻成為現實」

法蘭契絲卡・普列拉堤會與聖杯戰爭產生關係，起因是第二次世界大戰期間，接下了來自美國的組織委託著手解析聖杯戰爭一事。

原本潛伏於鐘塔的迪奧蘭德家成員，參與了聖杯戰爭並戰敗，呈交的報告中所列出的分析結果表示「以在遠東地區舉行的地方儀式而言，聖杯戰爭是過於特異的儀式」。在此以前，國家為了魔術性方面的發展，已經在接收的土地上展開建造一座城市的計畫，但是——第三次聖杯戰爭的報告中寫下「能在那塊土地上重現同樣的事嗎？」，進展為此方法並變更推動。

為了這個目的必須展開具體調查，因此集合了有能力，而且與鐘塔毫無關係的魔術師們。法蘭契絲卡就是在這種狀況下，得到有孽緣的人類推薦，參與協助這件事。

——「為了調查，甚至不惜轟炸冬木啊。真誇張耶，有必要做到這種地步？」

法蘭契絲卡的態度一開始就像這樣，並沒有想熱衷參與。直到她實際觀測過冬木的聖杯戰爭後，她的——當時是他——態度隨即驟變。

第四次聖杯戰爭。

那場戰爭不僅有鐘塔的君主慘遭殺害，甚至還演變成有與魔術世界無緣的戰鬥機在戰爭中失去的事態，據說聖堂教會為了隱蔽處理這件事情，尤其勞心費神。

法蘭契絲卡作為「興趣」，經常會從鋪設於各地的情報網中網羅資料，觀測可能會發生奇怪事情的場所，再將得到的情報投入正在別處發生的事件中，藉機引發混亂。但是遠東地區的那場儀式，異常程度在她（依肉體狀況是「他」）長年蒐集的資料當中可說是出類拔萃。

接二連三觀測到的境界紀錄帶。

一場從魔術師到會使用魔術的人，甚至聖堂教會都糾纏其中的陰謀。

而且，有兩名「曾經見過的人」存在。

其中一名是身為自己魔術導師的精靈們一直在意，而且據說是由身為精靈們師父的夢魔系男子引導成為「國王」的身影。雖然這個人與法蘭契絲卡毫無關係，但她曾經在師父們進行水見的呢喃時見過這個人的模樣。

但是對法蘭契絲卡而言，那個人並不是會引起她多大興趣的存在。

「那個儀式連星之聖劍的主人都召喚得了嗎？」法蘭契絲卡雖然驚訝，但也無法確認是否真的連人格都完整重現。畢竟儀式一旦結束，這些存在都會隨之消失。

可是，當她在遠見的儀式中確認到「另一名熟人的模樣」——「布列塔尼的貴族騎士」吉爾・德・萊斯的模樣時，法蘭契絲卡頓時驚訝得腿軟，甚至不換衣服就直接展開從南極趕赴日本的旅程。

那時候的她，甚至急得將手上仍在進行的其他作業都拋諸腦後，馬不停蹄地趕往日本——但是準備不足的報應，是非但完全無法介入戰爭，就連聖杯似乎都遭到摧毀。法蘭契絲卡終究沒能再次與身為盟友的男人見上一面。

小看使蟲的馬奇里家的當家實力，也是失敗的原因之一。

恐怕她都放任不理那些使魔的存在吧。為數眾多的蟲被安排在她前往城市途中的路上，最後遭到老人外表的魔人直接迎擊，結果導致法蘭契絲卡那時候的肉體只能廢棄。

她為此不平地發牢騷的模樣，被尚未前往鐘塔的法迪烏斯看在眼裡。

——「啊啊，吉爾、吉爾，你有好好享受戰爭了嗎？」

——「要是有多做些準備再來，就能連同整塊土地都騙過去了……」

——「畢竟幻術對蟲不太管用呢～」

法蘭契絲卡原本打定主意絕對要介入第五次聖杯戰爭，但由於幾個要素的重疊影響，最後又沒能實現。

第一個要素，是在第四次時妨礙她的人——間桐臓硯強化了對付局外人的結界，導致她連觀測狀況都無法做到。

第二個要素，是聖堂教會的神父對付外敵的手法優秀得異常。

第三個要素，是本來想在準備期間中調查冬木的法蘭契絲卡，感覺到「有七種以上的魔眼處於同一線上的怪異感覺」，因此沒有粗心地靠近城市。

由於這些原因，她只能嘗試對土地展開最低限度的研究與了解。

還有最後一個關鍵要素，是當時她的肉體正處於被冠位魔術師蒼崎橙子不斷殘殺的狀態。

因此，法蘭契絲卡並不知道第五次聖杯戰爭的結局。

雖然有經由走漏的風聲得知結果，但是在冬木這塊土地上究竟掀起過怎樣的「戰爭」，每個陣營又是如何迎接各自的結局，這些具體的部分她無法掌握。

但是，這樣已經足夠。

法蘭契絲卡有耐心地觀察聖杯的構造，並將好不容易弄到手的各種要素——直到第五次舉辦前這段期間的大聖杯魔力與碎片，從第四次的「冬木大災害」遺址發掘到的「汙泥」等等加以組合後，終於在史諾菲爾德這塊土地上製造出虛偽的聖杯。

話雖如此，贗品終究是贗品。

只要不能將聖杯戰爭的始祖——羽斯緹薩的魔術迴路以完全的形式作為素材的話，就不可能將大聖杯完全重現。哪怕再逼真極致，仍然都是贗品。

但是——英靈、使役者、境界紀錄帶。

該說奇蹟就是如此隨心所欲嗎？這塊成為虛偽聖杯戰爭基礎的土地，本身竟有達到足以顯現那些具各種名稱的「力量」的水準。

因此——法蘭契絲卡思考。

往後僅需單純地反覆嘗試錯誤，並且仰賴巧合發生就行了吧。

只要在人類毀滅前的這段期間，反覆嘗試數千遍、數萬遍，或許就有可能出現僱主期盼的結局，也能抵達自己的願望——「魔法由於人類的技術發展而導致消滅」。

法蘭契絲卡．普列拉提這名魔術師，可謂是比魔術師更不會為理放棄信念，堪稱魔物一類的存在。

也因為如此，她懷著一種念頭——

既然要呼喚英靈，就必須讓那些英靈有最極致的享受才行。

於是，現在的她相當雀躍。

聽說在冬木的聖杯戰爭莫名現界數次的人物，傳說的聖劍之主。

取代那個人出現在這場虛偽聖杯戰爭中的，是憧憬那名英雄的一名國王。

因此，法蘭契絲卡．普列拉提出現想玷汙那份「憧憬」的念頭，也是沒辦法的事。

當光芒萬丈的人遭到剝奪，失去光采之後，究竟會留下什麼呢？

僅為了確認這件事，普列拉提「們」在夢境中繼續墜落。

無論出現之物有多麼醜陋，多麼不堪入目，多麼令人憐惜——

即使如此，也要將其視為人類給予關愛——普列拉堤「們」在下墜的同時堅定地想著。

×　×

過去　一一八九年　法國西部

「怎麼說呢，感覺你真的很喜歡亞瑟王呢。」

躺在奇妙的自動馬車底下，穿著與周遭格格不入的男人，一邊嘎吱作響地不知道弄著什麼東西，一邊如此問道。

接著，聽到問題的理查流露宛如少年般的笑容，回答對方：

「聖日耳曼，你搞錯嘍！不只亞瑟王，我也喜歡圓桌騎士，查里大帝的傳說也非常喜歡！貝奧武夫王擊退格倫戴爾的故事也讓我雀躍不已，我想去影之國度修行的念頭，可是起過不只一兩次了呢！」

「亞歷山大大帝也很棒喔。他說不定還會在戰場上和你大笑廝殺呢。」

「真的嗎！太光榮了！……唉，但你說得沒錯。如果有能讓我願意宣誓忠誠的傳說，絕對就是我的心之祖王——亞瑟王的凱歌吧。」

「即使亞瑟王的下場是遭受親人背叛而滅亡嗎？」

對於從馬車底下露出臉的男人——聖日耳曼回以挖苦般的話語，理查若無其事地回答：

「那當然。我也很喜歡莫德雷德卿的故事喔！他可是擊敗了那位強大的亞瑟王的騎士呢。能終結一部傳說的人，當然也夠資格成為傳說啊。」

「啊，這樣啊。這樣說也對啦。」

聖日耳曼環顧周圍後，夾雜苦笑地點頭同意。

在這片整齊列隊著眾多騎士與步兵的光景中，立場宛如宮廷魔術師的這名詐欺師，以理查聽不到的聲量發出呢喃：

「畢竟你現在……也正要去討伐親生父親嘛。」

獅心王理查一世的人生，可說是懷著對亞瑟王的憧憬直到最後。

彰顯他對傳說有多麼執著的故事多得不勝枚舉，先不論他自由奔放的個性，喻為騎士道精神的那些規範，要說是從那多不勝數的傳說中學習培育的也不為過。

常為收集英雄們的遺物而親赴遠方的他，相傳在格拉斯頓伯里發現的那柄勝利之劍（Excalibur）究竟是否

為真品，抑或對傳說的執拗使他見到了幻影，如今已不得而知。

數百年後的法國宮廷中，有人如此描述這件事——姑且不論收於其中之劍的真假，唯獨「劍鞘」是真的發現了。

並且還說道，為了向一直保護聖劍不受世界侵襲的偉大劍鞘表達敬意，獅心王親自施加最嚴密的封印，並將其收藏到與亞瑟王有緣的土地去了。

這個說法隨後也成為單純的傳說流傳於世間，然後又經過了數百年——

×　　×

現在　被封閉的城市　中央十字路口

「喂……這些傢伙的眼神變了喔！」

警察隊的一人冷汗直流地說道。

「冷靜點。反正還是一樣，一邊堅守一邊找出突破口。」

負責統馭眾人的貝菈雖然顯得冷靜，但是她也很清楚狀況有多麼險惡。

「就算說要找突破口……」

另一名警察隨即應聲，並且替貝菈說出了她的掛念。

「可是……有地方逃嗎？」

視野能及的城市街道如今已全部遭到黑影侵蝕，大地上遍布不斷奔竄的鼠群，空中更是遭到黑色的風與烏鴉掩蓋。

而且，先前還處於守勢的地獄三頭犬等魔獸，現在也已經轉守為攻。

警察隊能在激烈的攻勢中仍然平安無事，一方面是因為約翰目前還能使用術士給予的「力量」，赤手空拳作戰來勉強牽制魔獸的行動，另一方面則是因為那些以地獄三頭犬為代表的魔獸群，目前並沒有將注意力擺在他們身上。

魔獸們彷彿以劍兵為中心，至今單調沒變化的攻擊中，能感受到夾雜著明顯殺意。

「似乎發生了什麼事啊！希望那個女孩還平安無事！」

眾多黑色異形從四面八方展開攻勢，劍兵一邊揮舞地獄三頭犬的爪子掃開接近來的攻擊，一邊說道。

在他說話的空檔，巨獸的下顎趁機突擊咬來。

張開的獸嘴遠遠超過劍兵的身高，但是劍兵還是在極近的距離下躲過兩排利牙高速閉合的啃咬。

但是，地獄三頭犬的嘴有三張。

連續落下三刀的死亡斷頭台。

劍兵往粗木般的利牙一蹬閃過第二咬，接著在空中改變移動的方向，躲過接著咬來的第三張嘴。

然而，一頭別的個體趁機逼近劍兵的身後，揮下的巨爪斬擊使劍兵的身體遭到擊飛。

「……唔！」

劍兵的身體直接撞破被黑靄覆蓋的大樓，玻璃碎片與水泥瓦礫頓時飛散四周。

「劍兵！」

看到劍兵遭到擊飛，綾香放聲大喊。

——不對。

——劍兵的身手比平常「遲鈍好多」！

——昨晚的傷勢果然還沒……！

綾香不禁詛咒自己的粗心大意。

劍兵身手矯捷，就連金色英靈當作機關槍子彈一樣射出的寶具都能不斷閃避躲過，但是現在的行動卻明顯比那時候遲鈍了不少。

雖然他說過已經靠治癒魔術恢復了，但一度瀕臨死亡的傷勢，果然無法完全痊癒。

因為綾香不太了解魔術，因此才會出現「雖然不太清楚，但既然是魔術，應該就能完全恢復吧」的想法。

仔細想想，劍兵會像剛才那樣對綾香說出「萬一有必要，就由我當壞人」這種不太符合作風的發言，會不會是因為已經覺悟自己無法存留太久了呢？

一邊連鎖想到那些負面思考，綾香在一片塵土飛揚中往劍兵撞上的大樓跑了過去。

但是，地獄三頭犬們——不，是這個「世界」繼劍兵之後，將下一個目標瞄準了劍兵的魔力供給源，也就是綾香身上。

「咦……」

其中一頭巨獸逼近綾香，巨嘴咬下。

但是，警察隊成員及時趕到，利用大盾及斧槍寶具撐住這一咬。

「別停著不動，快去啊！」

「為什麼……」

雖然雙方是停戰狀態，但為什麼要賭命拯救原屬敵陣營的自己呢？

見到綾香流露這樣的眼神，一名警察隨即回答：

「因為這種事情，才是我們真正的工作。」

「……謝謝！」

綾香終於在最後一刻擠出聲音，接著直接衝入建築物裡。

她往身後回看一眼——映入眼簾的是警察們遭到巨獸掃蕩的光景。

更後方還有身負重傷、倒臥地面的警察們的模樣。

就在劍兵消失的僅僅數秒間，原本均衡的戰況立刻瓦解。

雖然約翰與貝菈仍然在努力戰鬥，但是再這樣下去，不用幾分鐘就會全滅了吧。

見到那副光景的綾香一邊流著淚水，一邊以劍兵撞進的樓層為目標，從昏暗室內的階梯往上衝刺。

——為什麼要救我這種人……

——我明明什麼事都辦不到。

——甚至連主人都不算是。

——我哪有資格成為什麼主人……

——不對。不對不對不對。

——並不是我無法成為主人，而是不願意成為主人。

——是我又選擇了逃避。

——明明已經無處可去了！

綾香為自己的懦弱感到憤怒，不斷往上衝。哪怕雙腿肌肉全部斷裂也無所謂，不斷地、不斷地奔跑。

綾香很清楚，自己與英靈、魔術師們相較之下不過就是名弱者。

而且也很了解，就算比較的對象同為一般人類，自己仍然是弱者。就連理由都一清二楚。

與性別及年齡毫無關係。

綾香理解這裡所說的強弱差異根本毫無意義。

自己是弱者的理由，極為單純。

——追根究柢……我沒有想過要變強。「我根本不想變強」……

——因為比起變強，選擇逃走更簡單輕鬆。

然後——當綾香即將抵達大概是劍兵所在處的樓層時，她見到了佇立於樓梯上的紅色人影。

綾香不禁屏息。

這是一棟普通的大樓。

那麼當然就會「有電梯」。

看到出現在面前，不知是幻覺還是亡靈的「小紅帽」，綾香全身顫慄不已。

——好可怕。

——好可怕、好可怕、好可怕好可怕好可怕好可怕。不要不要不要不要不要不要！

骨頭嘎吱作響，腹部深處像燃燒般地絞痛，喉嚨底部湧起想吐的噁心感。

但是——

即使如此，雙腳仍然沒有停下。

「……讓開。」

催促著已達極限的雙腿繼續前進，關節與肌肉纖維發出陣陣摩擦聲，綾香一階又一階地往上踏。

淚流不止的綾香抬頭仰望，瞪向「小紅帽」。

「要殺死我沒關係，要詛咒我也無所謂。我相信妳有那個權利。」

這個結界中的世界，瞬間遍布、充滿了死亡。

以結果而言，這濃密過剩的死之氣氛，或許反而麻痺了不斷逃離死亡的綾香的恐懼。

「我很害怕妳，但是……」

「——」

從紅兜帽底下勉強能見到的部分臉龐，也就是小紅帽的嘴巴，似乎正一開一合地對綾香訴說什麼。

但是，綾香毫不在意地繼續前進，試圖走過小紅帽的身邊。

「現在的我，更害怕自己會逃離劍兵。」

瞬間——

小紅帽的嘴角動了起來，說出了僅傳達給綾香聽到的呢喃。

「……■■■■■。」

「咦……？」

聽到那句話語，綾香不禁轉頭看向小紅帽，但是小紅帽已消失無蹤。

一瞬間的困惑後，綾香用雙手拍打自己的臉頰，繼續邁向碎裂的牆壁方位尋找劍兵的身影。

「啊啊……什麼嘛，妳竟然來啦，綾香。」

劍兵就在那裡。

就像第一次在歌劇院相遇時一樣，威風凜凜地站著。

但是，與那時候不同的是他全身沾滿血。

雖然不像在教會那時候一樣倒在地上，但是盔甲的一部分似乎遭到地獄三頭犬的利爪撕裂開來，從中滴落著鮮血。

「劍兵……！」

「拜託妳別露出那種表情，這種程度不過是小傷——」

「這種互動是第三次還是第四次了吧？不過我也做好覺悟了，你先安靜地聽我說！」

「是。」

見到綾香寒氣逼人的模樣，劍兵不禁點頭答應，甚至忘了自己的傷勢。

「劍兵……你一直猶豫著該不該用我的魔力，所以一直在克制力量吧？」

「……」

「我不會再逃避你，也不再逃避這場『聖杯戰爭』了。我決定要和你一起戰鬥！若問我是何時下定決心的，我只能說是剛才決定的！抱歉！」

「呃，嗯……好。」

看著綾香一邊生氣又一邊道歉的流暢舉動，劍兵再次反射性地點頭。

這幾天一直在思考這些事——但是綾香終於頓悟。

害怕一切而不斷逃避，會有什麼結果？

自己身處的狀況，早已是那種疑問成立以前的問題——現在已經是逃避後面臨的結果了。

要是逃避的最終存在著什麼，那就只能在這裡找出來了。

「如果我會因為魔力被你吸乾而死掉，那樣也好！不對，還是不好，但至少比起完全不知道發生了什麼事情，就和你一起死在這種地方好上太多了！所以，我必須做只有我能辦到的事！」

一邊聽著從外面傳來的戰鬥聲響，綾香一邊握起劍兵的手，按在烙印於自己身體上，彷彿令咒模樣的一道花紋上。

「劍兵，如果你認為從我這裡獲取魔力，必須付我相應的代價……那拜託你，教我如何戰鬥吧。哪怕是扔石頭的方式還是什麼都可以！如果我會礙手礙腳，那就教我如何增加魔力，或是運用魔力戰鬥的方法也可以！」

對於認真述說的綾香，劍兵瞬間低下頭——接著也表情認真地回應綾香：

「妳的心意我很高興。妳真堅強。但是……現在的我無法回應妳。」

「？」

「雖然妳向我展現戰鬥的決心了，但我還沒找到能決心賭上性命與騎士道精神，甚至不惜踐踏他人心願也要追尋聖杯的理由。既然如此，我這條命就不該為了贏得戰爭所用，而是該用來保護妳才對。雖然直到昨天為止，我還臭美地覺得保護妳與我的好奇心或許能並立啦……結果因那個金光閃閃的傢伙得到教訓。」

聽著劍兵的發言，讓綾香出現一個想法。

劍兵果然受傷了——她如此覺得。

不只是肉體的傷。與金色英靈的那場戰鬥，也在劍兵的心中打入了楔子。

劍兵不畏懼任何人。所以絕對不可能因為打輸金色英靈，就產生了害怕被那個男人殺死的恐懼心。

這種事就連綾香都明白，即使是現在也沒有改變才對。

但是，現在的劍兵並沒有「向聖杯祈求的願望」。即使毫無畏懼，也沒有讓他以獅心去面對聖杯戰爭的目的。

因此，他才一直無法全力戰鬥吧。

雖然才與劍兵相伴數日，但他那樣的氣質早已讓綾香了解到幾乎感到厭煩。

「所以，我不在乎自己會消失。但是，讓捲入這場戰爭的妳活下去是我的第一目標。不過，如果能在確保妳的安全後，用剩餘的魔力再挑戰一次那位金色之王，就是最棒的結果啦。」

「什麼事都可以當願望啊！想賣掉聖杯大賺一筆這種的，我也不在意喔！對了，你不是說過想將音樂帶回『座』還是天國嗎？那種孩子般的任性願望也可以呀！」

綾香的意見讓劍兵再次低下頭，苦笑回道：

「……英靈之座就姑且不論，但天國裡不會有我喔。」

「？」

「我是英靈，終究只是留存於世界的影子，所以實際上如何我不清楚……但如果天國存在，那我的靈魂……一定會在熾烈的煉獄裡受盡折磨，直到人類迎接結束的那天吧。」

「……？」

正當綾香想要詢問劍兵這番話的意思時，大樓牆壁再度崩塌。

「！」

兩人轉頭一看，便見到三張並列的巨獸嘴。

不知何時間，地獄三頭犬又變得更巨大，彷彿是特攝電影中的三頭巨獸般的模樣。

滴落的口水一落到地板上，該處瞬間長出了毒草。

【死（睡）吧。】

當三顆頭同時宣告，做出想要將大樓一室整個咬碎的舉動瞬間——

一塊小小的碎片，比劍兵與綾香做出行動前更早一步滾到兩人與巨獸之間。

「？」

綾香一頭霧水。

因為她發現地獄三頭犬的三顆頭都停止了行動。

巨獸的三顆頭計六隻眼，全部緊盯著滾到地板上的小碎塊。

當綾香察覺到那個碎塊，並且認出是什麼的時候，不禁呢喃出聲。因為相較於她至今經歷的生命危機，碎塊的真面目實在相當不合時宜。

「……餅乾……？」

那是散發著蜂蜜甜味，感覺任何超市都有販售的一片餅乾。

包括地獄三頭犬在內所有存在頓時沉默，全場一片寧靜。

就在這時候，響起了與現場氣氛格格不入的開朗說話聲。

「把地獄三頭犬拉進來用還挺有意思的，不過算是失敗了呢～」

「畢竟牠有這麼出名的弱點嘛！」

少年與少女的聲音聽起來格外愉快，彷彿就像將目前綾香與劍兵遭遇的危機，當作殺戮電影欣賞的觀眾。

實際上，他們就這樣捧著爆米花，吃著市售的烤餅乾以及巧克力現身於此。

這兩個人影就像電影角色一樣，從破了洞的天花板上撐開傘隨即往下一躍，降臨現場。

「嗨，我們是第一次見面吧？獅心王小弟……還有我不太清楚，但魔力很不得了的女生！」

身穿哥德蘿莉塔風格洋裝的少女一邊露出燦爛的笑容，一邊旋轉手中的傘。

站在旋轉的傘旁，長相與少女十分相似的少年恭敬鞠躬行禮。

「……有不少事情想問你們，不過……」

彷彿替困惑的綾香代為出聲一樣，劍兵感到不可思議地詢問兩人：

「為什麼要在室內撐傘啊？」

「呃，那不是重點吧？」

聽見完全沒有幫到忙的問題，綾香不禁皺了眉頭。

不過，旋轉傘的少女興奮又驕傲地說道：

「這個問題問得好！小弟你果然不錯！我最喜歡有這種反應的人了！」

少女說完後，少年一邊敞開雙臂，一邊接續她的話說道：

「答案很簡單。」

「因為這個地方，接下來會下雨啊！」

下一瞬間——大樓內開始傾瀉大量餅乾與糖果的包袋，將原本一片灰色的地板漸漸染成鮮豔色彩。

彷彿會在童話故事與漫畫中出現，平常絕不可能存在的光景。

見識到剛才為止還充滿死亡氣氛的空間，此刻已變化成不同意義的非現實景色後，綾香這次終於啞然無言。

而且，取代雨滴落下的餅乾袋開始逐漸變大，彷彿汽車處理廠那些堆積如山的廢車堆一樣，堆滿這個天花板相當高的室內空間。

其中最讓綾香震驚的光景是——

停下動作的地獄三頭犬，鼻子發出聲音地聞了聞後，就開始狼吞虎嚥地連同包裝吃掉那些巨大化的點心。

「你們……究竟是什麼人……」

站在劍兵身旁，無法理解狀況的綾香，問向少年與少女。

接著，少女以傘彈開點心之雨回應：

「我們才想問問妳是誰呢～？像是『菲莉雅小妹到底是從哪裡找到像妳這樣的玩意兒啊』……這類問題。」

「！你們認識那個人？她現在在哪裡？」

蠻橫地引導自己來到這座城市的白色女子。

綾香知道眼前的兩人與她有關後，提高戒心詢問他們，但是得到的果然是莫名其妙的回覆。

「啊哈哈哈！我想她應該不存在任何地方嘍！雖然肉體是還留著啦！妳最好小心一點，可別粗心大意地向她攀談喔！因為她搞不好會拿妳沒有禮貌或者難看之類的理由，將妳變成寶石呢！」

「？」

「算了。我叫做法蘭契絲卡。旁邊的是法蘭索瓦。在這場聖杯戰爭中，我們屬於真術士陣營，同時身兼幕後黑手、莊家，還有麻煩製造機於一身……說到這裡大概就知道了吧？理解了吧？」

「？？？」

綾香越聽越困惑，身旁的劍兵則是點頭回答：

「原來如此。雖然完全不懂，總之謝謝你們出手相助。我知道傳說中地獄三頭犬非常喜歡使用了蜂蜜的小麥點心，但我手邊沒有。」

「很厲害吧。也難怪這條會為了點心而放過罪人的看門犬，傳說能夠流傳到現代呢。」

法蘭契絲卡咯咯竊笑看向戶外。

綾香頓時回神，一邊警戒正在貪圖點心的地獄三頭犬，一邊觀察外面的狀況。

然後——戶外也像室內一樣，呈現一片傾瀉著點心大雨的遼闊光景，成群的地獄三頭犬已經待在餅乾山上不肯離開了。

「啊，對了對了。你不用向我道謝喔。」

「因為我們來到這裡，是為了要玷汙你啊。」

神祕的二人組嘴角一揚地笑著說道。

「咦？」

綾香皺起眉頭，觀察對方究竟有何企圖。

接著，也一邊在觀察綾香舉動的法蘭契絲卡，隨即說道：

「哦？與差點死在卡修勒手上的第一天相比，感覺妳變堅強了不少呢？」

「……卡修勒……！妳難道是歌劇院的那個人的同夥？」

「對對對。而且那時候的妳，明明一副已經活得很膩的德性呢。是受到英雄獅心王小弟的影響，覺得自己也變強了？還是妳是倚賴著強者膽子也變大的狐狸？答案是哪個呀？」

「妳……」

突然被拋來這些話的綾香欲言又止，無法斬釘截鐵說出並不是後者。

但是，劍兵代替她出聲，將毫無誇大的正直意見說出口：

「妳胡說什麼？綾香從一開始就很堅強。而且不管她是強是弱，若有值得信任的人在身邊，膽子當然會變大。還有，綾香的眼神的確像狐狸一樣凜然，但是她可不會搗亂庭園農園，更不會佯裝貓兒誆騙他人。」

「能發自內心說出這些，不錯！你果然很棒呢～！」

「原來如此原來如此。你確實是位好國王！只憑那瞬間的自己的理做出行動呢！」

法蘭契絲卡的挖苦之言明明沒有奏效，但兩人不知為何滿足地這麼說。

他們再次看向綾香，並且一邊做著轉圈跳舞般的動作，一邊向綾香說道：

「真好呢，好羨慕妳啊。妳叫做綾香對吧？」
「妳遇到一位好國王呢！那樣一來當然會變強，也會信任他嘛！」
「正因如此，我就趁現在向你們道歉好啦。抱歉抱歉！」
「不過，不原諒我們也沒關係喔。要是可以原諒的話，我們就好好相處吧！沒什麼啦，不會傷害你們的肉體啦，大可放心喔！太好了！」
看到兩人彷彿不斷在出言挑釁，綾香再怎樣也心生不滿，想對他們回嘴幾句。
「喂，你們到底在說什麼啦，根本聽不懂……」
然而，下一瞬間——
「接下來，我們只是要稍微蹂躪國王的憧憬而已。」
隨著法蘭契絲卡將傘一揮，世界隨即翻轉。

那是一座美麗的城堡。
雖然不像觀光景點般修繕整治，但周圍的城門與其中可見的庭園都有經過細心維護的痕跡，就連古老的石牆等等都反倒滲著莊嚴的氣氛，並與深邃的森林地區融合，呈現幻想般的協調感。
「……呃，咦？」

綾香自嘴裡流瀉出的顫抖聲音都變了聲調。

直到幾秒以前，自己與劍兵明明還身處大樓之中才對。

然而現在，無機質的水泥瓦礫與玻璃碎片一點不剩，甚至連點心山與貪婪啃蝕那些的巨獸身影也已完全消失無蹤。

彷彿這個世界，打從一開始就不曾存在過那些事物一樣。

但是，會讓綾香連聲音都變調的理由，不是因為世界的景色改變了。

畢竟世界翻轉改變的光景，剛才已經見過了。

讓她的心跳急遽加速，全身冒汗的理由另有其他。

那就是——眼前的這片景色，是她曾經見過的地方。

「騙人……這裡是……『冬木的城堡』……」

「冬木？」

從旁邊傳來的聲音，令綾香驚訝地轉頭望去。

然後就在身旁看到與先前所站位置相同的劍兵身影。

「！……太好了！劍兵，你沒事吧？」

「啊啊，是有嚇到啦。這……比聖日耳曼那傢伙讓我見識過的『光雕投影』更厲害，是幻術啊。不只景色而已，包含風的氣味與土壤的溫度在內，都完美矇騙我們的認知了。」

「幻術……？不是什麼瞬間移動？」

「對，我們恐怕並沒有移動到任何地方。照警察們也不在的情況來看，這個幻術矇騙的對象不是空間，而是我們的五感。我的魔術師夥伴很了解這類狀況。」

『哦？我對你的魔術師朋友挺感興趣呢。』

聽到名為法蘭索瓦的少年聲音，綾香環顧周圍。

然而只聞其聲不見其人，彷彿挑釁一樣，接著又聽到了法蘭契絲卡的聲音。

『呿。本來想讓你們以為是瞬間移動，玩弄你們一會兒呢。真沒意思～』

「哎呀～你們真了不起。這麼精巧的幻術，就連我活著的時候都未曾見過。太厲害了，你們要不要擔任我的宮廷魔術師啊？本來待在那個職位的聖日耳曼，我怎麼呼喚他都不回應我一聲。我會重用你們的，要不要來替代他啊？」

『……喂，我想應該是我聽錯，不過是不是有個討厭的名字從剛才就出現了好幾次？』

『有出現呢。對喔，我記得這位國王，好像的確有去見過那個變態廢物詐欺師。』

法蘭契絲卡與法蘭索瓦直到剛才都還愉快的聲調突然露骨地低了不少，劍兵淡然地繼續說道：

「哎呀～說他是變態廢物詐欺師也太狠了吧？頂多算是非常怪裡怪氣的小貴族吧。」

「你的評價比較糟吧？」

曾在夢中見過那名「聖日耳曼」的綾香沒再更進一步吐嘈，但也因此消退了幾分緊張，冷靜下來思考。

「原來如此……你們讓我看到故鄉的幻影，是有何企圖？」

『咦？啊，對喔。妳是冬木出身的呢。』

「咦？」

這兩人似乎認識菲莉雅等人，所以綾香以為這場幻術是針對自己而來，但似乎並非如此。

既然如此，為什麼要呈現出冬木的景色？

正當綾香這麼思考時，她的身後發生了變化。

才剛覺得聽見某種巨大物體逼近的聲音響起——伴隨雷鳴作響，「那個」已經過綾香等人身邊，蹂躪衝過森林的大地。

就這麼直接地朝通往城堡內部的大門過去的物體，是一輛由大牛拖拉的馬車。

雖然綾香只能用「馬車」來形容，但理查一眼就明白那是什麼。

「剛才的是……雙輪戰車？還有渾身纏繞雷的牛……難道是飛蹄雷牛（God Bull）嗎！如果沒錯，那就是戈耳狄俄斯王，不對……」

通曉眾多英雄傳說的劍兵，瞬間就明白那輛車的來歷，以及駕馭者究竟是誰了。

駕駛曾經奔馳於古代戰場的雙輪戰車的，是兩名男人。

其中一名是留著氣派鬍鬚的紅髮巨漢，全身散發著豪放不羈氛圍的男人。

「不會吧……我是聽聖日耳曼提過那個人與傳說不一樣，其實本尊長得很魁梧，但原來那傢伙沒有誇大其詞啊……！」

「你知道那個人？」

「對……要是我預料得沒錯……那位就是以馬其頓作為出發點，蹂躪了大陸的霸王──『亞歷山大大帝』啊……！」

──亞歷山大大帝？我好像聽說過這個人……

雖然不熟悉英雄傳說，了解程度頂多和獅心王一樣是「名字曾經聽過」，但看到像孩童一樣興奮不已的劍兵，綾香也能明白這名人物不僅是留名歷史的人，而且是比劍兵的時代更久遠以前的英雄。

──這麼說，他也是使役者……？

綾香雖然能感受到那人非比尋常──但是想起那名在紅髮男人身邊，發出慘叫的青年身影，她稍微放下心。

或許是因為綾香從那名黑髮童顏的青年身上，感受到一種與自己類似的「不像魔術師的存在」感覺而起了共鳴吧。

×

×

被封閉的城市　水晶之丘　最頂樓

『你說什麼？正在下點心雨……？』

艾梅洛二世夾雜困惑的聲音，從手機的擴音孔傳出迴響。

聽完費拉特形容的周圍情況後，他立刻掌握狀況，提出自己的見解。

『原來如此……因為冥界本來就沒有既定的樣貌，所以利用了屬於異質存在的地獄三頭犬的特性嗎……不過，無論是哪種系統的魔術，對方能夠廣範圍地引起那麼蠢的狀況，想必是水準相當高明的魔術師吧……很有可能是使役者。』

正當這般冷靜的聲音迴響的同時，捷斯塔的分身面露不悅地放聲抱怨。

「嘖！是幻術師嗎！竟然做多餘的事！」

──實際上要是那頭神獸吸收多一點死者，應該會更接近原本的強度才對……

──雖然也得看這個儀式的土地能準備多少魔力資源，但如果進行得順利，理應能成為與高等職階的使役者旗鼓相當的戰力……

捷斯塔如此思考，再次揚起嘴角。

「畢竟都已經準備到這個地步，我就稍微幫點忙吧。」

「你想做什麼……！」

刺客一邊斬殺從窗戶闖進來的異形，一邊喊道。

「很簡單。總之先殺光十字路口的那些警察，再代替點心硬塞進地獄三頭犬的胃裡去。就這樣而已。」

「你休想那麼做……嗚……！」

刺客衝向捷斯塔，但是眾多黑煙般的異形像要阻礙她一般擋住了去路。

「對了，這些傢伙現在……應該說，這個世界現在似乎將使役者視為首要目標了，妳要小心喔。那邊那位有名的殺人鬼閣下，你也要注意喔。」

捷斯塔看著戴在費拉特手腕上的手錶說道。雖然那段話似乎也莫名包含著敬愛般的感情，但是只有傑克本人注意到這件事。

『……感謝忠告。』

傑克在心中為自己的存在露出馬腳一事咂嘴，接著用念話向費拉特搭話。

（費拉特，怎麼樣了？辦得到嗎？）

（嗯～「再一會兒」就行了。）

不知道狂戰士陣營有過那樣一段念話，捷斯神情恍惚地繼續挑釁刺客。

「呵呵，妳介意我去殺那票警察隊？可是妳自己也在警察局和他們廝殺過吧。明明如此，又為何要阻止我去玩弄他們的性命？看起來也不是對地獄三頭犬會增強威力感到厭惡呢。」

「……我不想讓你稱心如意。僅止如此。」

「不對，才不是呢！因為妳知道警察隊想要拯救繰丘椿，所以即使是敵對關係，妳還是對他們抱有敬意了吧？啊啊，我懂，我了解妳的一切。不過，妳還不了解魔術師這類人的本質。」

「住口！」

刺客向捷斯塔擲出暗藏的匕首，但結果只是和剛才一樣穿過他的身體，再次確認到捷斯塔的本體並不在此處的事實。

「魔術師是究極的合理主義者，最後一定會選擇殺了繰丘椿這條路。但是刺客，那才是正確答案喔。因為這個失控的結界世界，很快就要波及結界之外……殃及現實的史諾菲爾德了！既然如此，身為貼近人類史的英雄，當然該當機立斷選擇犧牲最少的路吧！犧牲區區一名少女就能拯救八十萬人——不對，依狀況不同甚至是拯救全人類！」

說到這邊，捷斯塔的分身繼續愉快萬分地說下去：

「啊啊，妳看上的那個傭兵小子，搞不好會搶先所有人去殺死綠丘椿呢！那樣也不錯！好想看到妳遭受信任的男人背叛，面對憤怒與絕望的模樣啊！」

「……」

憤怒的模樣你已經看到了。

刺客一邊投以彷彿帶有此意、殺氣騰騰的視線，一邊將糾纏自己的最後一頭異形擊墜至破掉的落地窗外。

沉默而憤怒的刺客與恍惚且多話的吸血種，兩人形成對比。

不過，就在即將形成那樣的兩人世界時，至此一直保持沉默的漢薩不識相地開口，破壞了氣氛。

「喂，臭屍體。」

「……幹嘛，代行者？少來礙事，現在氣氛正好呢。」

絲毫不理不耐煩說道的捷斯塔，漢薩繼續說：

「你上次在警察局說過你否定人理呢。說死徒是為汙染人類史而存在。」

「？那又怎樣？那麼理所當然的事情，身為代行者的你應該非常清楚吧。」

「那麼，那名刺客也身為人類史的一部分，你不否定她嗎？雖然你的確在玷汙她沒錯——但你對她的貶低並非出於否定的心態。正因你已經為她著迷，無法否定，所以你才嘗試用自己扭曲的情慾徹底玷汙她，想逼她墮落。我有說錯嗎？」

「……你想說什麼？」

臉上已無表情的捷斯塔問道。漢薩沒有回答，還淡然說起別的事情。

「對了，要擊敗你們這種高等級的死徒，要不就是使用聖化過的武器或是擁有特異點，不然就是需要高等級的魔術師……還記得我這麼說過嗎？」

「那又怎麼樣？你這樣拖延時間有意義嗎？不如說，沒時間的是你們的——」

一支黑鍵咻地穿過捷斯塔的分身。

當黑鍵插上捷斯塔身後牆壁的同時，漢薩說道：

「雖然我經過聖化的武器，無法觸及不在此地的你的本體……」

「？」

「慶幸的是……我有高等級的魔術師協助呢，『多洛緹雅』。」

「————————」

瞬間，捷斯塔的時間停住了。

抓住這短暫的空白破綻，費拉特發動魔術。

「干涉開始！」

接著下一瞬間，魔力往室內四處流竄，與散開潛伏的修女們持有的禮裝產生迴響，形成簡易化的魔力奔流。

這些魔力奔流最後匯流集中到漢薩擲出的黑鍵上，發動了一項魔術。

「嘎啊！……什……咕啊！」

剎那間，應該只是分身的捷斯塔全身顫抖起來，露出苦悶的表情並發出呻吟。

「！」

刺客一臉困惑。

即使直接對捷斯塔使用魔術，也沒能對他造成有效的傷害。

但是當神父對捷斯塔喊出「多洛緹雅」的瞬間，那個吸血種明顯地瞪大雙眼，連對刺客也完全無心理會。

捷斯塔屈膝跪地，眼球充滿血絲，狠狠瞪著漢薩。

「你們……做了什麼……」

「啊～……費拉特，麻煩你為他解釋。」

「好的！你說那是分身，所以我就沿著魔力流動逆向找回去，剛剛『攻擊了本體』！」

費拉特若無其事地解釋完，仍然一臉苦悶的捷斯塔又說道：

「不可能！我的分身不是單純的……」

「對！我懂我懂！你是將靈魂——或該說將概念核分開準備好幾個後，再當作禮裝安置在本體裡，以此進行變身對吧？所以才能讓分身都能各自思考，並且自由行動吧？然後你再藉由複雜地切換分身，達成類似電波干擾的效果，或者說雜技表演，來使我們困擾嗎……哎呀，要區分那些模式很花時間，很辛苦呢！可是很有趣！」

「你說……區分？在這麼短的時間裡……？」

捷斯塔此刻的表情，驚愕程度更勝痛苦。

「你是……什麼人？魔術師做不到這種事……啊啊，可惡。那個不知為何『知道』我的變身的傭兵也是……不愧是聖杯戰爭，靠平常的手段不管用嗎……」

既然分身都感到這麼痛苦，那本體這時候或許也已經無法動彈。

如此判斷的漢薩，雖然在意費拉特究竟將哪種魔術灌入了捷斯塔的本體，但覺得現在無需多問，便決定保持沉默觀摩。

捷斯塔看向那樣的漢薩。

「但是那些事現在都無所謂了……重要的是你，神父！」

「我做了什麼嗎？不過，只是喊你的名字就能讓你那麼驚訝，真榮幸啊。對了，趁現在承認也行喔。你不覺得自己有些驕傲粗心了嗎？」

「少裝傻了！你這傢伙……為什麼知道那個名字……！」

捷斯塔喊出深深挾帶著憤怒與動搖的聲音，漢薩聽完後語帶困擾似的嘆道：

「原來是正確情報啊？看來有必要向你正式道謝了呢……雖然以我的立場來說，被發現做過這種事就慘了。」

「……？」

捷斯塔一臉疑問，然而下一瞬間，室內響起別的聲音。

『我等本就是仇敵關係，無須道謝。』

聲音是來自漢薩神父服上的口袋。

他從中掏出的是一支手機。

與正和鐘塔君主處於通話狀態的為不同支——是漢薩自己的手機。

大概是一開始就以擴音模式處於通話狀態的電話，傳來應該是一直保持沉默到現在的通話對象的聲音。

聲音聽起來優雅，又令人覺得難以捉摸、深不見底，這名人物說出協助漢薩的理由。

『也不是為你，我只是在投資老諍友的後裔罷了。』

「那個……聲音是……」

捷斯塔的表情迅速改變交替。

混亂、動搖、憤怒——以及絕望。

『並作為回報委託處理了廢棄物，如此而已。你沒理由感謝我。』

聽著注意力絲毫不放在自己這邊的「聲音」，捷斯塔內心直冒冷汗，喃喃低語：

「為什麼……」

漢薩語氣淡然地對他發出的呢喃進行追擊。

「向你介紹，這位就是『協助我的高等級魔術師』。」

「騙人……為何您會出現……！」

捷斯塔呻吟地說道，表情因竄遍全身的痛苦顯得極為混亂，對此表情毫無緊張感的費拉特回道：

「啊啊，理由很簡單啊！」

「什麼……？」

「既然你是這麼強悍的吸血種，我想你在其他的吸血種同胞之間肯定也是名人，自然而然地

就會想到要請教認識的人啊！」

「……啊？」

費拉特過於悠哉的話語甚至讓捷斯塔忘記痛苦，一臉錯愕地流瀉出聲音。

「然後，和我交換過電話號碼，同時又是吸血種的人，我只認識一位喔。」

為自己的預料命中感到開心的費拉特，豎起大姆指說出通話對象的名字。

「接著就賓果啦！你果然知道他的事呢！梵．費姆先生！」

×　　×

同時刻　冬木市（幻術）

「？……怎麼回事？剛才好像出現一陣討厭的感覺呢。」

「是妳多心吧？」

普列拉提一邊往嘴裡塞進點心，一邊回應在身旁歪頭疑惑的法蘭契絲卡。

在繰丘椿的結界世界內部，存在兩個以寶具「螺湮城並不存在，故世間狂氣乃永無止盡(Grand Illusion)」發動的幻術。

第一個是為了將劍兵與綾香關入隔離空間，用來欺瞞結界世界本身的幻術。

另一個則是為矇騙劍兵與綾香的五感所施展的幻術。

現在的劍兵與綾香就彷彿全身穿戴ＶＲ設備一樣，目睹冬木市的光景。

兩名普列拉提一邊看著鏡子，以第三者的角度欣賞於冬木市之中的劍兵與綾香的身影，一邊開心地說道：

「快快快！你們看電影時都配什麼吃？爆米花還是吉拿棒？要準備就趁現在喔！甜甜圈和熱

狗也不錯呢！法蘭索瓦也這麼覺得吧？」

「哇～法蘭契絲卡在對我下馬威呢。明明就知道我死掉的時代還沒有那種食物。」

「可是在這邊的大陸，爆米花好像在我們誕生更久以前就存在嘍～？」

「咦，不會吧？那搞不好會追溯到神代去喔！爆米花真厲害，根本是神！」

「那個叫爆米花的這麼厲害啊……既然是那麼歷史悠久的料理，我也想嚐嚐看了。」

正在靠「夥伴」的治癒魔術治療腹部傷勢的劍兵，聽得不禁嚥下口水。

「只要能離開這裡，想吃多少我都請你啦。」

已經懶得吐嘈劍兵的綾香，正在親自觀察周圍的狀況。

衝進城堡裡的紅髮大漢與疑似其主人的黑髮青年，還沒有要從已毀壞的城門深處出來的跡象。

看到連周圍的繁花綠草都靜止不搖曳的樣子，應該是自稱法蘭契絲卡與法蘭索瓦的那兩人讓重現的「幻術」停住了。

接著，頭上再次響起聲音。

『算啦。不吃東西地集中精神觀賞或許比較好喔！畢竟對你們來說，這可是能看到活著的時候絕對無法拜見的最棒表演啊！』

「哦，真令人期待！既然是幻術，該不會是要我和那位亞歷山大大帝交手吧？」

『那樣也挺有趣的。但已經察覺是幻術的話，效果也會減半呢～不過我可以向你保證，待會兒要上演的好戲，絕對比你說的更有意思喔！畢竟我都說過要讓你瞧瞧你不曾見過的東西啦。』

就在法蘭契絲卡的聲音如此表示的同時——靜止的景色再次動了起來。

一會兒後，扛著大木桶的紅髮大漢從毀壞的城門後面走了出來。

看起來果然有些畏縮的青年跟著出現，接著又有別的人影從城堡裡走了出來。

「那個人……是菲莉雅？不對，仔細一看不一樣……」

綾香不禁大喊出來。

其中一人是與菲莉雅一樣，讓如雪般的美麗銀髮隨風飄逸的美女。

那名女性身旁站了一名相形矮些，身著的藍衣上穿戴銀色胸甲，表情凜然的女性。

「？她是誰……感覺有點像是英靈呢……當騎士的女人……貞德．達魯克之類的？」

綾香將自記憶深處抽出的名字列舉出口，如此詢問站在身邊的劍兵，然而——

「咦……？」

綾香不禁嚇到了。

因為劍兵一直掛在臉上的從容笑容頓時消失——彷彿親眼見到世界末日開始了一樣，甚至看不到表情中有一絲能形容為喜悅或難過之類的感情存在，唯有純粹的驚嘆。

「……這是……夢嗎？」

「呃，都說過是幻術了吧……咦？難道……你們認識？」

——該不會是妻子、妹妹，或是女兒之類的……？

擔心可能是與劍兵親近的人物讓綾香有些緊張地詢問，對那名女性目不轉睛的劍兵則是輕輕搖頭地回答：

「我們不認識。我是第一次見到。」

「？？？什麼意思？」

劍兵茫然自失地回答困惑的綾香。

「妳先等等……我的夥伴們……也正在確認……啊啊……天啊，啊啊……啊啊……」

劍兵握緊拳頭，站在原地動也不動地對身旁的綾香說道：

「我還能一直這樣站著沒有下跪，有兩個理由。」

「下跪……？」

「第一個理由，我好歹也是一個國王。輕易向人下跪，會對不起那些讚頌我的子民。」

雖然聽不懂劍兵在說什麼，也看不出來他到底冷不冷靜，但是當綾香聽完下一句話後，便確信了「劍兵已失去冷靜」這件事。

「另一個理由是……哪怕只多一秒也好，我想將追逐了一輩子的傳說，深深地留在我的眼裡。」

連下跪低頭的時間都捨不得。

看著彷彿帶有此意的劍兵，綾香也明白那名穿戴白銀色裝備的少女，究竟是什麼人物了。

明白歸明白，但無法立刻接受這件事。

因為就留於記憶的印象而言，這名連自己都知其名的英靈——應該是男性才對。

但是，綾香無法聯想到除此之外的答案，便將那個名字說了出口：

「難道是……『亞瑟王』……？」

夢境中理查的母親曾經說過各種傳說、劍兵自己也形容為「偉大祖王」的人物、圓桌傳說的英雄主角。

綾香雖無法立刻相信，但是從那名女性的舉動間確實能感受到威風凜凜的氣勢，渾身散發的格調，與走在前方身材魁梧的亞歷山大大帝相形之下也毫不遜色。

「咦，可是，為什麼……是女性？」

彷彿要回答綾香的疑問一樣，天上響起只有他們聽得到的聲音。

『阿特莉亞．潘德拉崗——那正是亞瑟王的本名喔。小心點，歷史考試時寫這個名字會被打叉的喔。』

「我們現在看到的，難道是……」

『沒錯，是曾經在冬木舉行的聖杯戰爭的部分片段。雖然是距今將近十五年前的事了～哎呀～我真是的，運氣真好！現在正好是城堡的結界遭到那輛雷戰車毀掉的時候呢。可以好好欣賞三位國王齊聚一堂的樣子！』

「三位？」

意思是還有一位國王會來嗎？

綾香這麼想著的瞬間——最後一人伴隨著不高興的氛圍，在亞瑟王與亞歷山大大帝的面前出現。

「……！」

是在教會時，擊敗劍兵的金色英雄。

見綾香顯露警戒神情，法蘭契絲卡笑道：

『哈哈哈！放心，妳不用害怕！這只是重現了我的使魔觀測過的光景而已！』

「搞什麼……妳到底有何目的？」

綾香怒瞪天空，隨即出現少年與少女的回答聲。

『只是想讓你們看看而已啊。』

『沒錯沒錯！我們想看看國王大人之後會有什麼反應！也就是所謂的五五分帳！是雙贏的關係喔！』

『我們要向廣獲民眾愛戴的獅心王大人表達敬意，所以才告訴他呀。這位比那樣的獅心王大人更有名，還成為獅心王大人自身的騎士道根基，最後昇華成心靈支柱的「亞瑟王」陛下的真正模樣！』

那瞬間，世界雜音作響。

彷彿聽到了沙沙、沙沙之類的幻聽一樣，世界的景色搖晃動蕩起來，瞬間塗改變換。

不。

是連續地塗改變換。

冬木大橋的景色。

在港口與槍兵交手的亞瑟王的姿態。

在河川地區與巨大怪物作戰的英靈們，以及與戰鬥機融合的模樣詭異的騎士。

用槍掃射乘坐輪椅的男人的魔術師身影。

一棟旅館大樓倒塌的景色。

那些綾香有印象的景色中，毫無現實感的無數情景以數秒為單位快速切換。

但是，無論是在周圍出現的人類或英靈，沒有任何人注意到綾香與理查的存在。而且別說有沒有注意到，甚至有人影大搖大擺地穿過他們。

八成是因為綾香與劍兵真的只是「旁觀者」，乃無法干預其中，也不會受到影響的存在吧。

這些頻繁切換的景色，僅使綾香的內心不安。

那些畫面裡也出現她不願見到的玄木坂周圍的風景。

那棟蟬菜公寓僅僅在視野的角落出現一瞬間，光是如此就讓綾香產生心臟被揪住般的錯覺，呼吸自然地急促起來。

就在她不自覺地低下頭時，法蘭契絲卡的聲音響起。

『目前的都是預告片喔！很棒吧，才預告片呢！那麼，接下來就讓你們看看正片吧！雖然只是第四次聖杯戰爭的片斷紀錄……不過我可是將其剪輯成一支能看得很快樂的紀錄片嘍！不過，劇透的話，這是個壞結局啦！』

接著，影像再次切換。但這次並非數秒就結束。

影像從機場開始。一名很像菲莉雅的女性走下飛機，隨侍在她身旁的人是身穿黑西裝的亞瑟王。

在彷彿電影開場般的情景中，綾香看到空中浮現著文字。

【剪輯：法蘭契絲卡・普列拉堤】，以及用日英文併列註明的可愛標誌。

那低級的興趣讓綾香臉頰抽搐，她瞥了旁邊的劍兵一眼，發現毫無表情的劍兵，眼神認真地持續看著那些情景。

──劍兵……

──那名女性，真的是你一直尊敬的亞瑟王嗎……？

彷彿受到劍兵的影響，找回緊張感的綾香，決定不再分心地觀看這幻術的世界。

『要好好享受喔。好好欣賞你尊敬的亞瑟王的真面目……』

大概是確認觀眾都已投入其中，伴隨法蘭索瓦壞心眼的聲音，聽來刻意的開幕鈴聲注入這片幻覺之中。

『還有她遭到主人的背叛，連同心願慘遭踐踏的瞬間。』

×

×

被封閉的世界　水晶之丘　最頂樓

『費拉特，你讓我聽了不少興味盎然的事呢。』

從漢薩手機的出聲孔響起的聲音，讓費拉特鬆了口氣。

「太好了！明明是通話狀態，你卻都不說話，我還以為你是不是覺得很無聊呢……」

『我只是順水推舟，把鐘塔君主的授課也聽完了而已。這是筆只賺不賠的交易。』

接著，鐘塔君主的聲音也從擺在祭壇上的手機響起：

『等等，費拉特……剛才是誰的聲音？如果我沒聽錯，是不是出現了你每次講到故鄉話題時，老是會提及的那個名字……難道你在連繫我之前，還先聯絡別處了嗎！』

「對、對不起，老師！雖然我是交互撥打的，但是摩納哥的通訊狀況比倫敦穩定得還要快……」

『君主，你的授課實為優秀。看來我與你教室的學生們「相當」有緣啊。』

『……那時真的麻煩你了。』

二世勉強地說出這些後便陷入沉默，漢薩電話另一頭的男人無視二世，接著以懷念過去般沉穩的聲音告訴費拉特：

『不過……倒是讓我想起在八十多年前，用收音機首次聆聽廣播劇時的事了啊。記得那齣劇的題材似乎是基度山伯爵吧。與那齣劇的壞人相比，現在這齣的實在陳腐老套。』

「……！」

捷斯塔清楚剛才那段發言中的最後一句，正是針對自己所言。

若考慮話語的意義確實如此，但是在那以前，捷斯塔的確一直感受到那個人的視線。

或許並非正在親眼觀察，但是他肯定將自己掌握得一清二楚。捷斯塔很清楚那個人就是能辦到這種事的存在。

而那個人現在正語氣淡然地，簡直像在旅館裡用客房服務點一杯早晨咖啡般說出一則委託。

『這是好機會。費拉特，你順便幫我收拾掉「那玩意兒」吧。』

「……！」

捷斯塔頓時一僵。

因為他立刻就明白，從電話中聽到的「那玩意兒」是指什麼。

就在這時，被驚愕與畏懼所困的心得以消解，他終於能夠向電話另一頭的人開口。

「您……您這是要插手我的事情嗎……！梵戴爾修塔公！」

『……』

聽到這段對話的傑克，心中有一絲驚訝。

——原來如此。

——雖然並非在懷疑費拉特的話……看來那位吸血種真的是大人物。

——聲音聽起來是沉穩的老紳士，其中蘊含的懾人氣勢卻彷彿強大的王者。

瓦勒里．費南多．梵戴爾修塔。

通稱「梵．費姆」。

費拉特與狂戰士對話時偶爾會提到這名「吸血種熟人」，但看來此人遠遠超乎傑克所想像，是一名君臨世界內側的大人物。

根據漢薩的描述，有一群被指定為特別存在，總數接近三十名的上級死徒。這個男人乃其中之一，同時還具備「人類的面貌」，是世界上屈指可數的頂尖企業鉅子。

他不依靠吸血種與死徒的能力，靠著經濟力與權力就在人類社會中構築了強大的關係網路，是一名集合死徒與人類雙方之力於一身，存在特殊的恐怖吸血種。

不過，費拉特對他的認知單純得僅有「在老家經營一艘內設賭場的豪華客船，是超級有錢又強大無比的吸血種」這種程度而已。

彷彿有【魔王】那般外號的死徒，沉默一會兒之後——

從擴音孔傳出的聲音，與其說是在回應捷斯塔，聽起來更像是在自言自語。

『死徒是否定人類史之物……是嗎？』

實際上，或許是他已經找不到與捷斯塔交談的價值了。

彷彿是說給費拉特與漢薩等人聽的一樣，他淡然地繼續說道：

『原來如此，的確沒錯。「所以才醜惡」。一邊高談否定人類世界的話語，現在又對可謂人類史極致的境界紀錄帶……對英雄心懷愛意。這正是所謂的雙重標準啊。』

「……！」

『以惡意來享受人類無所謂。反過來迷戀心懷美麗信念的狂信者也並非不可能，隨面對的個體不同，會改變態度理所當然。不過，以死徒的立場這麼做就……換句話說，若連死徒也因為對象就改變自己應有的姿態，那便形同刻劃於世的不必要程式錯誤。』

漢薩確信了。

反過來說，梵．費姆這名死徒的意思是——要是捷斯塔不提「否定人類史」這種話，純粹只懷著扭曲的欲望玷汙刺客，一切他都會置之不理。

那麼，如果捷斯塔採取的立場是「為了愛決定封印死徒應有的姿態」，他會怎麼做呢？雖然不知道答案，但至少這種假設只是紙上談兵，因此漢薩決定先將這些疑惑都置之不理。

在聯絡艾梅洛閣下二世之前，費拉特向梵．費姆提及捷斯塔的事情時，梵．費姆起初還友善地評價捷斯塔，說捷斯塔與自己一樣是屬於肯定人類派的死徒。雖然帶有頹廢性的破滅主義傾向，但在人類身上發現了足以策劃一同殉情的價值。

但是，當漢薩將捷斯塔在警察局做過的事——一邊向刺客示愛，一邊使出否定人類史的力量對付眾人時，梵．費姆瞬間就切換成極為冷漠的態度。

也是在那個時候，他說出了捷斯塔的真名「多洛緹雅」。

從那件事就能明白，這名上級死徒有親自設立的嚴格規矩，捷斯塔八成是違背了其中的戒律吧。

——也就是說，要是捷斯塔沒有違反他的規矩，他有可能還會反過來成為我們的敵人。死徒就是這樣，所以才麻煩。

那樣才是值得漢薩敬愛的集團——埋葬機關視為對手的大目標。

因為不知道這個人什麼時候會介入，所以漢薩仍然維持警戒。不過，彷彿看穿了他的心思一樣，梵．費姆透過電話對他說道：

『你叫做漢薩吧？不用擔心，我和鐘塔的君主一樣，只是一介在安全地帶評論戰場的觀眾而已，無需在意我。』

「真令我惶恐。身為教會的一分子，我會誠心靜候您的捐獻。」

『不介意我開支票就行。』

對漢薩的挑釁不為所動的財經界霸王，沉穩地說道：

『最近我熱衷於生態運動，要節省能源。長時間的電話就到這裡為止吧。』

說完不知道是玩笑還是認真的話語後，梵．費姆留下一句簡單的道別便掛斷電話。

他直到最後都沒有與捷斯塔直接交談過，這件事實正表示他與捷斯塔已經完全斷絕關係。

「……」

「啊──那個，呃……你還好吧？費姆先生好像很火大呢。你要是想與他和好，勸你傳簡訊比較好喔。因為即使他把你設為拒絕來電，他的祕書好像還是會檢查所有的訊息。」

費拉特彷彿追擊一樣，對跪著一動也不動的捷斯塔說道。

漢薩判斷這個分身已經無力抵抗，以手勢對修女們下達指示。

「雖然遺憾，但你要是還有餘力打簡訊，就順便向教會傳幾句懺悔吧。我們現在要去誅滅你的本體了。」

——剛才的聲音，是魔物的首領之一嗎？

——光聽聲音就明白是恐怖的敵人……

——但是，之後再考慮那個人的事。

刺客為該採取的行動猶豫片刻，或許是判斷沒閒功夫理會捷斯塔的分身，她決定直接從破掉的玻璃窗往外——前往繰丘椿的所在之處。

但是，一團巨大的影子覆蓋在她面前，阻擋了去路。

既不是煙霧般的魔獸，也不是地獄三頭犬，而是格外純粹的「死」之象徵——

一副遭到漆黑火焰燒至炭化的全身骨骼。

若要舉出更具特徵的部分，那就是骨骼的全長足以匹敵這棟大樓。

「哇啊！巨人妖怪！」

就在費拉特做出宛如小學生的驚嚇反應時，方才蹲著的捷斯塔慢慢站了起來。

「哇啊！吸血鬼妖怪！」

再次受到驚嚇的費拉特。

維持手錶形態不變的傑克，懷疑地說道：

『魔術應該還有效才對，不過……』

雖說是分身，但不代表完全不會展開攻擊。

在四周成員都警戒著低頭沉默的捷斯塔時——

「……呵呵。」

流瀉細微的笑聲。

「這樣啊……我的死徒身分被廢除啦？」

臉孔如同亡魂般蒼白的捷斯塔，流露莫名充滿瘋狂的笑容。

「既然如此，我們就『一樣』啦，我親愛的的刺客！」

「你說……什麼？」

覺得詭異的刺客因此皺眉，捷斯塔接著說道：

「懷著比誰都強烈的信仰，卻遭到教團長老們捨棄的妳；與向妳展現比任何人都還要尊貴的愛，卻遭到肯定人類派主流捨棄的我。原來如此原來如此！這就是妳一直見到的景色嗎！我用靈魂理解啦！果然互相吸引彼此就是我們的宿命啊！」

「你就別再說那些好像會讓警察找上門，然後被職場開除的跟蹤狂台詞了吧。」

漢薩一臉厭煩，現在沒空聽捷斯塔說那些話。

他看向巨大骷髏，開始思考該將其擊退還是該脫離此地。

接著，一陣強烈的衝擊襲擊大樓。

「！」

發生什麼事情很明顯。

巨大骸骨舉起手臂，開始直接毆打大樓。

「哦哦！沒想到會到這種程度！不愧是以夢與死為基礎的世界，彷彿在宣示惡夢永無止盡一樣啊！」

捷斯塔讓情緒更加高漲的同時繼續放聲大笑，甚至克服了襲捲全身的痛苦。

「好吧，梵戴爾修塔公！我就證明給你瞧瞧！我要和親愛的刺客一同掌握聖杯，用那股力量喚醒蜘蛛，將人類消滅得一個不留！等到刺客成為最後留下的人理時，我再回到原本肯定人類的身分！到時候請為我召開祝福的盛宴啊！梵戴爾修塔公！」

「那個人是不是腦袋不對勁，在胡言亂語了啊！我的術式可能太激烈了……」

對於費拉特的大喊，漢薩回答他：

「你放心，那傢伙從一開始就是這種德行。」

與漢薩一樣身為從一開始就清楚捷斯塔不正常之處的刺客，毫無猶豫地嘗試迎擊骷髏。

那瞬間，巨大骷髏的嘴巴落下火焰，朝刺客彈了過去。

「……！」

刺客立刻以寶具之一「狂想閃影（zabaniyah）」掃開火焰。

雖然以蠢動的髮刃牽制住攻擊，但刺客一觀察，才發現在大樓的反方向那一頭也出現了同樣規模的巨大骨頭，幾乎堵住了通往外面的路線。

「哈哈哈！這還真是！看來是想讓整棟大樓都倒塌啊！不過放心吧，只要這場夢境的主人希望，這座城市無論毀壞得再慘不忍睹，依然會恢復原狀！不過，會恢復的只有大樓……唉唉，真可憐，只因為妳來到這裡，令人憐憫的神父、修女，還有魔術師都要遭受牽連命喪於此啦！」

「你這混蛋……！」

刺客低聲吼道，承受她殺意的捷斯塔舒服得彎起眼睛。

「哇啊！糟糕糟糕！祭壇要塌了！」

接連的搖晃不斷襲擊大樓，使費拉特搭好的簡易祭壇隨之倒塌。

『喂！費拉特！出了什麼事──』

隨著艾梅洛閣下二世的聲音中斷的同時，大樓響徹巨大的摩擦聲。

城市地標的摩天樓──水晶之丘大大傾斜，最後終於應聲崩塌。

然後，原本位居最頂樓的費拉特等人──

×

×

冬木市（幻術）

幻術的世界中，正氣勢磅礡地放映冬木凱悅酒店倒塌的模樣。

原本是在第四次聖杯戰爭的序盤所發生的事情，但經由普列拉提的剪輯後，那片光景與最後的高潮「冬木大火災」景致重合交疊，形成了更悲慘萬分的演出。隨後，幻術的簾幕便落下閉幕。

「……」

幻術結束，世界的模樣回歸冬木森林的景色。

已經沒有人出現，城堡裡也感覺不到任何人的氣息。

在呼嘯的寒風之中——綾香覺得必須開口說些話才行，但她甚至無法轉頭看向身旁的劍兵。

那對少年少女不斷呈現的「幻術」，內容可謂是惡作劇的極致，只是一味出現胡鬧般的演出，但是反過來說，綾香也明白那是為了激怒觀看者而經過精心計算的演出。

自己並不了解亞瑟王這名人物的事蹟。

但是，只要觀察以亞瑟王與其傳說作為精神支柱成長的理查，就能體會亞瑟王這名存在，是被描述得多麼高潔、勇猛，而且莊嚴。

實際上，光是聽聞劍兵在這幾天途中講述的崇拜之情，就足以讓不知道亞瑟王傳說的綾香，在心中紮根留下「雖然不是很懂，但總之是很傑出的人吧」這般印象。

但是，也正因如此——

綾香才無法確認，從剛才的幻術中看到亞瑟王的理查，此刻會流露出什麼樣的表情。

倘若只談結論，剛才的內容可說絕非是在誹謗中傷亞瑟王無所作為。

也沒有指控亞瑟王是狠毒的虐殺者，更沒有將其醜化成卑鄙小人的描寫演出，幻術中的亞瑟王確實是高潔的存在，就連綾香也明白。

但是最後呈現的景象是——即使具備高潔之心與正義之志，亞瑟王終究有無能為力的事情這件現實。

自己的王道遭到其他國王的否定，與託付了自身命運的主人背道而馳。

最後更遭到主人背叛，以自己聖劍的力量打碎了聖杯。

導致的結果，就是冬木市出現前所未有的大災害……這副光景。

幻術所呈現的最後一幕——亞瑟王站在堆積如山的焦屍堆中心，這幕光景讓綾香實在難以忍受，只能一直低頭到最後。

綾香思索起幻術呈現過的一幕情景。

三位國王酌酒交杯時，彼此各自的高談闡述。

金色的英雄王說道。

——「為王者應履行之道，便是自身制定的律法本身。」

紅髮的征服王說道。

——「王者為以自己的身體為起點，征服、蹂躪遍布一切的富裕與道理之人。」

然後，白銀的騎士王說道。

——「為了實現救濟子民的心願，應當向通往正確理想的『道路』殉身之人，才是王者。」

騎士王再接著宣言自己要託付聖杯的心願。

——「我要回到選定之劍的儀式之初，倘若那時候有比我更適合當國王的人選，就要將歷史

交付該人，改寫不列顛的歷史。」

理查母親為他所說的枕邊故事，其序幕正是傳說中成就了亞瑟王這名國王的選定之劍的儀式。

騎士王的想法，似乎是倘若有比最終導致國家滅亡的自己更優秀者，就該將國家的未來交給那名人物。

然而，聽過這席發言的征服王卻散發靜謐的怒氣，金色的國王更是嘲笑騎士王滑稽。

對於騎士王「必須回應人民祈求救濟的願望」的論點，征服王以滿是憤怒的話語予以否定：

「無欲無求的王無法領導人民，因為人民不會憧憬『正確』的奴隸。」

——「拋棄自身一切只為向正確殉身，有這種生存方式的根本不是人。」

——「征服王啊，你何能斷言放棄人身的治世不如於人？」

——「咯咯。騎士王啊，總有一天，妳的信念會將妳推離人的範疇至神的領域啊。」

——「有何可笑，英雄王？倘若凡人之身能夠辦到那種事，沒任何理由猶豫。」

——「是嗎？我認識的女神，就是會將自身認定的正確強加人民的蠻橫化身呢。」

——「喂，騎士王。由人稱宙斯子孫的余說這些話不太合適，不過……」

——「追求如神一般正確的路，最後將會對子民進行揀選喔。」

後來又持續一段問答之後——就在騎士王最後想說些什麼之前，因出現襲擊者而結束了這場問答。

實際上這場三王互動的時間還要更長，但綾香已經不記得全程經過了。

因為紅髮國王的魄力以及對金色國王的詭異恐懼，讓綾香受到壓迫而無法冷靜。

要是沒有出現襲擊，騎士王那時候是不是還有能反駁回去的意見呢？

綾香與劍兵所處的位置，看不到騎士王的臉。

騎士王那時候究竟流露著何種表情，只能靠想像來彌補。

是法蘭契絲卡等人故意不正面展示，還是當初觀測這段經過時就沒有看到騎士王的表情，這些都已無法確認。

亞瑟王有沒有像綾香一樣，因為征服王的怒吼而受到震懾？

或者是自認自己的王道澄如明鏡，表情處之泰然？

雖然金色國王說過「騎士王苦惱的表情很棒」這種虐待狂般的發言，但是騎士王真的有露出苦惱的表情嗎？如果真有其事，又是對什麼事情苦惱？

綾香無法得知。

那麼，劍兵能明白嗎？

在思考這些事情的時候，景色已切換，到最後，騎士王究竟有沒有成功反駁另外兩名國王，綾香終究還是無法得知答案。

但是，因為綾香也覺得劍兵說過的「為人民而活」是正確的，所以目睹這種信念惹怒其他國王和遭到嘲笑對待時，讓綾香受到不少打擊。

因為彷彿看到救了自己的獅心王——雖然自己並非他的子民——也遭到拒絕一樣。

幻術產生的影像，的確重現了使魔曾經觀測到的光景。

之中也有一部分，是從耗資不斐僱用的過去視魔眼使用者得來的情報加以重現。

但是，因為冬木的聖杯戰爭管理人馬奇里以蟲構築成的結界太難對付，所以無法看透一切經過。

理所當然地，無法看透到內心面，掌握各個成員處於何種心境狀態。

反過來說，雖然知道，但故意不告訴獅心王與綾香的部分也很多。

法蘭契絲卡知道冬木的聖杯早已遭受「汙泥」汙染。

因為無法觀測到聖杯遭到摧毀時的前後互動，所以法蘭契絲卡也不明白亞瑟王的主人其內心想法。

但是可以推測選擇摧毀那只聖杯，在某種意義上實屬正確作為。

於是經過編撰的幻術，不讓觀看者察覺到那些事。

因為獅心王與綾香見到的一切，純粹只是影像。

從位於城市遠處的使魔視點所見，聖杯遭到摧毀瞬間的光，以及——

因此成為起因，在冬木街道上溢出的地獄光景。

摧毀聖杯時使用了令咒這點，不過是夾和了作為推測的旁白罷了。

然而，由於無法想像亞瑟王會基於自身意志選擇去破壞聖杯，自然也沒有理由否定那樣的旁白。

接著，綾香看完後的老實感想——

剛才的亞瑟王走過的「道」，是一場生動到恐怖的「戰爭」情境，與在夢境中的理查母親講述過的「騎士道故事」實在相差太多。

轟轟烈烈的暗算騙局。

遭到主人否定的國王。

己方陣營的同伴挾持女性當作人質，開槍掃射毫無抵抗的對手。

然後——將那些瀕死魔術師的頭顱砍下的國王。

若要說戰爭做到這樣理所當然，那也到此為止。

但是即使如此，這副情景與綾香對「英雄們的鬥爭」所抱持的想像相比，實在相差太遠。現在才被迫了解自己究竟捲入了什麼樣的戰鬥中的綾香，光是強忍恐懼所造成的作嘔感，就已經費盡力氣。

——充滿那樣過分手段的戰爭中……居然有和我年紀差不多的人戰鬥到最後一刻……？

殺出那個戰場的亞瑟王，究竟做何表情？

無論是哪場苦境，都沒有映出身處其中的亞瑟王的表情。亞瑟王是否有遭到打擊，還是淡然處之？這些綾香都無法判斷。

但是……無論答案為何，或許都與理查憧憬的英雄故事差得太遠了。

倘若亞瑟王有為殘酷的命運而茫然那還算好，但如果是淡然接受了這殘酷的命運——那確實如其他國王所說——已並非人類，只是如同機械的「系統」。

並且，即使做到這種地步，最後還是落得遭到主人背叛，毫無收獲的下場。

「在冬木竟發生過這種事……雖然我聽說過大火災的事……」

光是如此的確就已是悲慘的光景，但是綾香在意的是將一切剪輯得好像亞瑟王是悽慘的失敗者。

正因如此，綾香一邊強忍不停湧上的作嘔感，趕在劍兵開口以前瞪向普列拉提們的聲音方向說道：

「啊～嗯，總之我非常明白你們兩個真是爛透了。」

『哈哈哈哈！別那樣誇獎我們嘛，會害羞耶～』

「……劍兵，你不用在意喔。都是幻術吧！一定全是憑空杜撰！那些國王的論爭一定也全都是假的！」

『咦？這樣好嗎？如果全都不是真的，那連騎士王大人反駁回去的發言，也會變成謊言嘍！』

法蘭契絲卡壞心地說道，讓綾香頓時語塞。

「那、那是……」

『哎呀，到底是真是假，是假是真呢？雖然俗話說人只會相信自己願意相信的事情……話說回來，妳根本就沒有想相信的亞瑟王形象吧？硬要形容的話，就是不會讓保護妳的獅心王小弟沮喪，完美帥氣，沒有任何人能否定其信念的騎士王大人吧？』

「那種事……說起來結局也很奇怪。那個主人根本沒有要自己破壞聖杯的理由！搞不好騎士王大人確實得到聖杯了！歸根究柢，那麼傑出的國王，怎麼可能說出希望讓別人當國王、改寫歷史的那種願望……」

『嗯，很好！妳的反應太棒了！完全不懂聖杯戰爭的局外人才會有的意見，果然吸引人呢！不過，對喔……要是阿特莉亞妹妹得到那個聖杯，會變成什麼樣，那也挺令人在意呢！萬一出差錯汙泥會時光跳躍……不對，有可能嗎……』

法蘭契絲卡不斷嘀咕著奇怪話語，對此煩躁的綾香沉默了一會兒。

接著，她看向至今仍貫徹沉默的劍兵。

同一時間，法蘭契絲卡他們也對著劍兵挑釁似的喊道：

『好啦，看完有什麼感想啊？獅心王小弟！有人一直想改寫你憧憬的國王大人的英雄傳說喔。而且那個人偏偏就是國王自己，還打算從建國開始改寫……知道這件事後，有什麼心得啊？看到亞瑟王原來是如果得到聖杯，就想將你們的歷史化為烏有的暴君後，有什麼想法啊？』

『看完你憧憬的傳說國王——亞瑟王雖然戰無不勝，最後卻落得什麼也沒得到的淒涼故事，有什麼感覺啊！還有遭到其他國王徹底否定的模樣！』

「住口！反正都是你們設計好的吧！劍兵才不會被那種幻術欺騙……」

綾香很害怕。

平常總是滔滔不絕的劍兵，從那名身穿藍衣的國王出現後，直到現在不曾說過一句話。

毫無感嘆亦無驚訝，甚至感覺不到劍兵就待在身邊。

堂堂國王被魔術師當成走狗一樣使喚、葬送奄奄一息的弱者。最終就連不惜做出這一切也想實現的心願都背叛，什麼都沒得到的姿態。

一想到目睹亞瑟王那副模樣的劍兵內心會有什麼感受，就讓綾香覺得必須向他說些什麼才行，然而最後還是找不到該說出口的話語。

但是，一直在那樣的綾香身邊保持沉默的劍兵，這時開口了。

「法蘭契絲卡．普列拉提。」

綾香不禁循聲轉頭，只見劍兵仍然一副面無表情的模樣，但是不曉得是否為錯覺，總覺得劍兵的雙眼似乎炯炯有神。

綾香差點以為劍兵是打擊太大淌出了絕望的淚水，但是——

實際上正好相反。

劍兵維持佇立姿勢，向這個幻術世界致上最高級的行禮。

「既然妳是編纂這個幻術的人，那應該明白……堂堂國王向他人敬禮這個舉動多麼有分量吧。」

「劍兵……？」

劍兵在困惑看著自己的綾香面前，直接傳達發自靈魂的話語。

「但是，我打從心底感謝妳。感謝妳告訴我……這個偉大騎士王的嶄新英雄故事……！」

當眾人察覺到蘊含在那席話中並正緩緩湧出的感情時，不僅是綾香，就連觀察這一切的法蘭契絲卡他們倆也感到疑惑。

那感情是——壓倒的歡喜。

倘若剛才以為的炯炯有神是因為淚水，那也是因為極度的感謝與喜悅所流的吧。

「劍兵……你在說什麼……」

「綾香……妳看完那一切後……會認為騎士王不是英雄嗎？」

「咦……」

「聽我說，綾香。圓桌騎士傳說裡講述的……像是國王遭到背叛、遇到不講理的事情，還有在最後遍體鱗傷、失去一切的結果——我全部一清二楚。但是對我而言，包含那一切都讓我憧憬。」

見到綾香歪頭疑惑的模樣，理查露出像在描述自己喜歡的棒球隊一般的少年表情，開始慢慢解釋道：

「而且……那場酒宴上的問答，騎士王並不是遭到另外兩人否定。」

「咦？可是……他們明明怒吼……」

「妳仔細想想。亞歷山大大帝『只是生氣而已』。絕對不是否定騎士王的王道。雖然口口聲聲說騎士王只是裝飾，或者深受國王這個偶像所束縛，但是並沒有否定偶像這件事。他的言下之意單純就是『我承認妳的功績，但我不中意這種作風』而已啊。」

如此解釋的劍兵別說焦躁，簡直比以往還要冷靜。綾香驚訝地問道：

「是……這樣嗎？」

「我只是拿母親大人教的來現學現賣就是了。『所謂的國王並非行走於王道之人，而是其路獲得人民譽為王道之人』。因應時代與土地的不同，隨著人民與臣子的態度差異，事物的正邪觀念都會輕易地有所改變。進行那場問答的三人最明白這個道理，所以那場問答原本就沒有正確答案吧。他們想測量的是合不合乎道理，而非正確與否。」

佇立不動的理查，說笑似的堂堂告訴綾香後，又說道：

「對了，我等騎士王的確只有一點遜色於另外兩位國王！那就是說話『太小聲』了！我也認同每位國王的意志，同時也予以否定！與我生於不同時代、不同地方的王者們，各有自己的王之意志理所當然！可是啊，能在最後大喊『我說的才對！』這種話的人才是強者喔。像十字軍有個叫腓力的人就有那種感覺。」

見到理查的表現，普列拉提們也語帶困惑地說道：

『哎呀——變成那樣啦。本來以為你會更生氣地責備另外兩個國王，或者反過來對阿特莉亞妹妹感到絕望，剝掉你那層從容的表情呢！』

『……話說回來，你好像不驚訝亞瑟王是名女性呢？』

兩人以十分確信、不帶感情的語調問道：

『……你果然早就「知情」了吧？』

『看來你知道真正的、與魔術有所關聯的亞瑟王傳說……不，是阿特莉亞．潘德拉崗的傳說，你是竭盡所能才接觸到的……對吧？』

普列拉提們懷疑地問道，理查不理會他們，大大地伸了個懶腰。

「我就知道，這才是你們的目的吧？你們很想知道我有多深入了解騎士王的歷史吧？很遺憾，我並沒有找到那座幽禁了梅林的塔。」

然後理查一度抹去了表情，仰望天空陷入沉思之中。

「啊啊……不過真的很厲害呢……無論是亞歷山大大帝，或者那名金光閃閃的人，包括我等祖王也一樣……大家都是超乎我想像的『國王』啊。」

「劍兵？」

在意停下動作、自言自語的劍兵是不是果然受到了打擊，綾香擔心地喊了劍兵一聲。

然後，劍兵的視線慢慢垂低，低下頭開口：

「綾香。」

「什、什麼事？」

劍兵向疑惑的綾香說道：

「妳剛才提過的決心……我還是決定接受了。」

「咦？」

綾香驚訝地愣住，在她面前的劍兵毫不遮掩留有刮傷的盔甲，敞開雙臂說道：

「我們的相遇……希望妳讓我重來一次。」

像在演戲般地鞠躬後，理查動作流利自然地牽起綾香的右手。

「試問——」

佇立於聳立森林中的莊嚴城堡前方的國王與少女，與四周的景色渾然天成，融入其中。

正彷彿那些為數眾多的傳說中受人傳頌的英雄故事一節。

「妳是我的主人嗎？」

×　×

被封閉的城市　中央十字路口

「大家振作點！地獄三頭犬已經不動了，說什麼都要撐過去！」

地獄三頭犬被點心袋雨封住動作的現在，以約翰為首的警察們正在拚命重整陣線。

但是除了地獄三頭犬以外的那些小型魔物，無論打倒多少隻，都會從城市四處湧現補上空缺。

有幾名警察想為身負重傷的同伴施展治療魔術，但是陷入同伴的傷口受到鼠群集中妨礙的悽慘狀態。

更雪上加霜的狀況——大地搖蕩的聲音包圍了周邊。

「！那是……」

貝菈抬頭往上看才注意到那個狀況。

一具身高與水晶之丘相當的巨大骸骨，正在使勁地強硬折斷水晶之丘。

大樓的碎塊傾注落下，還能行動的警察們勉強想防禦那些衝擊，但似乎也到了極限，一人接著一人地紛紛倒於柏油路上。

「可惡……到此為止了嗎……」

一名警察這麼說道，但約翰否定地搖頭大喊：

「還沒結束！只要還能動，就別輕言放棄！」

的確，從剛才開始，這個世界就接連不斷地產生異變。

既然如此，再繼續支撐下去的話，或許又會出現某種變化。

目前的情勢，除了點心袋雨之外都是往壞的方向惡化這點很麻煩——

不過，從那樣的約翰等人上方籠罩下來的影子，正是剛才弄倒大樓的巨大骸骨的腳。

「唔……」

——大勢已去了嗎？

心有不甘的約翰與警察們，狠狠瞪著纏繞黑焰的漆黑骷髏。

骷髏的巨大腳骨從他們的上方用力踩踏下去——

下一瞬間，不知從何處伸展出一條光帶，將腳骨轟得粉碎。

「！」

光帶從大樓隙縫間接二連三地攻擊過來。

僅僅數秒後，如大樓般高大的巨大骷髏化為黑色的骨灰，隨風消逝。
警察隊之中有幾人對那光帶有印象。
是在醫院前的激烈大戰中，在教會屋頂上與吉爾伽美什反覆交手的劍兵的寶具。

「……抱歉，我睡了一會兒。」
伴隨著聲音，劍兵從大樓的後方現身。
見到他的模樣，約翰苦笑說道：
「你的表情不錯呢，是不是作到好夢啦？」
「沒錯，而且一定是會實現的夢。」
劍兵聳肩這麼回答後，向走在身後的綾香說道：
「對吧，『主人』。」
「叫我綾香就好。還有，什麼對不對？」
對於綾香聳肩這麼回答，劍兵又說道：
「真的很抱歉。從現在開始，我要像小孩一樣說任性話嘍。」
「任性話……什麼？」
兩人一邊抬頭仰望天空，一邊交談。

在兩人的視線前方，取代狼吞虎嚥吃著點心的地獄三頭犬現身的，是直達天際的漆黑骷髏。

與剛才劍兵轟散的同等大小的骷髏，現在出現了比城市中林立的大樓更多的數量，正朝向他們的方向接近。

但是劍兵的表情爽朗，就連綾香也是，雖然還是很緊張，但並無想逃跑的神情，從正面目不轉睛看著那群怪物。

「我想為了非常自私的目的，使用聖杯。」

「可以啊。是指你想帶歌回『英靈之座』的那件事嗎？」

「不是，有點不同了。」

搖搖頭後，劍兵朗朗說道：

「我要用聖杯的力量……將讚歌響徹於某個地方。」

就在劍兵那樣說道時，約翰等人看到劍兵身後，不禁瞠目結舌。

劍兵與綾香的身後，不知何時跟著五個人影。

其中兩人是剛才見過的長槍騎士以及弓箭手。

不久前大概一直躲在暗處，以帽兜遮掩面貌，宛如獵人的男人也在。

還有一名打扮怪異、揹著大量刀劍在身的騎士，以及彷彿依偎他般飄浮的球狀的水。

「他們……是什麼人……」

那些人無視警察隊的提問，慢慢地朝那群異形怪物邁步前進。

「抱歉，剛才的斬擊讓我把地獄三頭犬的獠牙用壞了……向你借柄劍來用好不好？」

聽到劍兵的要求，揹著大量刀劍的騎士慵懶地聳肩回應，並將一柄外觀美麗，看似已使用許久的裝飾劍連同劍鞘一起扔給劍兵。

「謝啦。」

接下裝飾劍的劍兵在拔劍的同時說道：

「敵人應該是死神，勢力範圍則是這個世界本身吧。」

劍兵微微一笑，接著奮力衝了出去。

「夠資格當我們的對手！」

彷彿呼應他的話語一樣，身後的騎士與弓箭手等人一同散開，戴著帽兜的男性也在不知何時消失無蹤。

綾香的身邊則是輕飄飄地浮著水之球體，看起來彷彿要保護她一樣。

然後——他們的「戰爭」就此揭幕。

×　×

「哇啊！事情好像變得很精彩耶！那些人全都是英靈嗎？」

『你安靜點，不然施展隱蔽的術式就沒有意義了。』

正在從空中觀看劍兵等人作戰光景的是——本來應該留在水晶之丘最頂樓的費拉特與傑克。

費拉特身上穿戴著模樣奇特、像是降落傘的裝備，目前正以比平常的降落傘更緩慢的速度持續下降。

在他身邊，還有與他一樣用降落傘下降的漢薩與修女們，萬一沒有費拉特的隱蔽魔術，此時會呈現出正在上演一場空中表演秀的光景吧。

「不過好險呢，漢薩。幸好有提前搜索過那間套房。」

聽到修女的發言，漢薩隨即回應：

「的確……沒想到會有那麼多降落傘。而且還不是一般的市售品，是編入了特殊魔術術式，相當於禮裝的裝備。雖然需要填充魔力……使用那間工房的陣營，應該是設想過大樓會被弄毀才事前準備好的吧？」

降落傘本身是現實世界的套房裡所有之物，漢薩等人使用的是複製品。

那些是曾經說過「至少降落傘我還會借你們一用」的英雄王，以言出必行的方式為套房設置裝飾品的同時配置好與緹妮等人人數相當的裝備，但是費拉特等人當然不知道來由。

接著，觀察著遍布底下的「死」之群體與劍兵等人的戰鬥，漢薩冷靜說道：

「……降落在遠離他們的地方比較好吧，才不會遭受牽連。」

然後，他確認到從空中看得見的城市街景逐漸染上黑色，又追加一句：

「不過，這個城市似乎已經沒有『不會遭受牽連的場所』就是了……」

× ×

奔馳於充滿具體化的「死」的城市中，劍兵內心充滿歡愉。

——亞瑟王果然是個如同傳說一樣的人。

要是興奮不已的內心稍有鬆懈，或許就會淌下愉悅的淚水吧。

——她的行動值得讚譽。無論是交由他人紡織或是親自動手，無論幾次她都會重織那命運的絲線，試圖讓我國那面絕對不能折斷的旗幟再次飄揚。

劍兵無意識地驅使身體，接連斬殺第二、第三個骷髏般的異形怪物。

——的確，如果是我或許就不會選擇重來，而是選擇別條道路。

每斬殺一個敵人，劍兵的動作就變得更加犀利。當擊殺數量超過十的時候，速度已經達到與金色英靈戰鬥時的最高水準。

——但是，那又如何？那些都是瑣碎小事，僅是價值觀的不同而已。

配合劍兵的奮鬥，他的隨侍騎士與弓箭手等人，也接連將周圍的異形怪物掃蕩排除。

「讚譽信念之時，不該論其正邪！」

察覺到時，已然放聲大喊。

劍兵按捺不住滿溢而出的思緒，在一邊高速攀登大樓時，同時謳歌歡愉的言詞。

「所以，我來讚譽吧！無論那位征服王多麼憤怒！最古老的英雄王如何嗤笑那位的信念！」

事實上，理查明白征服王對其憤怒的意義。

以理查而言，雖然也欣賞那樣的亞歷山大大帝，但那不會導致他因此否定亞瑟王的意志。

而且歸根究柢，獅心王所走的王道，也和那三名國王所走的完全不同。

正因如此，他才想要祝賀。

為形成自己騎士道根本的騎士王的理想獻祝，為其信念獻祝。

「不惜讓臣民成就的結果盡歸於無，也打算編織自己的理想！那樣的騎士道我予以肯定！那樣的『暴虐』亦是王的證明！」

將騎士王「為理想殉身」的意志斷言為「暴虐」的理查，宣言正因如此才要為其讚譽。

聽到這席發言的警察們顯露困惑神色，綾香則是大嘆一口氣，微笑說道：「很像他的作風呢。」

「……不過，偉大的亞瑟王啊，有件事您實在太過多慮了。」

劍兵臉上流露一絲陰霾，憂慮地說道。

接著彷彿在向不在場的某人提出諫言一樣，謳歌自己的想法。

「我等騎士道的祖王啊！您並沒有察覺到！那個由圓桌一手造就完成，又一手毀滅殆盡的國家，絕對不需要重來！」

「亞瑟王，您已經確實引導我等前往亞法隆了！」

×　　×

「哎呀——還真是大放厥詞耶。阿特莉亞妹妹也是，連死後都要被人追加期待，真辛苦呢。要是師父大人們看到了，不知道會說什麼呢。」

普列拉提從邊牆有部分崩塌的大樓探出頭，傻眼似的看著劍兵。

「嘖，話說回來，本來以為能看到他更醜陋的一面，沒想到不行呢。那根本算頑固了。他是堅信自己活在英雄故事裡的那類人。定好一個方向的話，應該會變成像貞德妹妹那樣子吧。」

接著，從他身旁出現的少女旋轉著傘開心說道：

「哎呀，不過這樣也好吧？我很喜歡那個國王喔！而且看起來他接下來會盡情地大鬧！不然他要是就這麼被那些神還什麼的蹂躪，慘遭單方面殺戮就不有趣了！我身為主辦人兼觀眾，必須為參賽者準備最極致快樂的互相殘殺才行啊！」

「我又沒說討厭這樣。也正因為這樣，我才想看到他哭哭啼啼的扭曲表情啊。」

「哦哦，我有同感！」

法蘭契絲卡瞇起眼流露出惡魔般的笑容，陶醉地目不轉睛說道：

「而且……」

「下次反其道而行，讓她墮落似乎也挺有意思的……對吧☆」

她凝視的對象並非劍兵，而是接受了主人身分的沙條綾香。

看著那麼說道的法蘭契絲卡，普列拉提聳聳肩，自己也一邊笑著仰望天空說道：

「那麼，妳怎麼打算？那個吸血種的氣息感覺也變弱了，要去給他最後一擊嗎？」

「說得也是。反正無論他們打倒再多巨大骸骨，也不可能從這個世界……」

法蘭契絲卡一邊眺望已經染黑的世界一邊說道，然而話才說到一半，便察覺到某個異變而沒再說下去。

「嗯？哎呀呀？」

「騙人！好厲害好厲害！雖然才一座城市的程度，但是……難道獅心王小弟能夠拚贏『世界』嗎？」

× ×

衝上高度僅遜色於水晶之丘的大樓屋頂後，劍兵先調整呼吸。

「我等偉大祖王！我要向您證明！」

阻礙在他面前的，是格外巨大的漆黑骷髏。

由好幾隻骷髏融合而成的身軀，背上長著如同千手觀音般的大量骨頭。

面對這具模樣詭異的怪物，劍兵毫無畏懼地將對亞瑟王的讚譽持續刻於世界當中。

「您所履行的王道，絕對沒有錯！」

接著，劍兵用力踩踏屋頂，凌空躍起。

「是殘留於圓桌的王道與其榮譽使我等誕生！是悲劇與毀滅使我等的靈魂得到淬煉！只要人類的繁華、騎士的榮華永不抹滅，我必向您與圓桌獻上詠贊！」

穿過迫近而來的漆黑火焰，劍兵全力揮出閃光的斬擊。

「祖王亞瑟啊！您是我等唯一的憧憬，今後也請繼續守候我們！」

劍兵不斷宏亮高歌自身宣告之心願。

「雖然我已經失去那份資格……」

然後，僅瞬間流露出一抹自嘲般的微笑後，於眼眸與聲音中鑲入彷彿將希望託付給未知的某人般的光輝，放聲吶喊：

「相信總有一天，並非我的某人，必然會抵達理想鄉（您的身邊）！對，沒錯！您所編織的星之歷史，必會將安寧的風吹至您的身邊！直到那天到來為止，我會永遠為您奏響祝福的聲樂！」

「我要用聖杯的力量謳歌——讓人類的凱歌響徹遙遠理想鄉（亞法隆）的盡頭！」

幕間
「傭兵乃自由之身　II」

——「你呀、你呀，仔細聽好，同胞之子。」

——「你們應該摧毀的，是打算從我們身邊奪走某樣事物的人們。」

每當西格瑪想要回憶過去的時候，腦海裡一定會浮現那些「養育之親」的話語。

即使如今已經明白那些話語毫無意義，只是為洗腦所用，西格瑪仍然無法忘掉那些話。

西格瑪對那些話並未心懷憎恨，也毫無悲傷的感覺。

只是記憶裡仍然殘留著「曾經被重複灌輸過這些話語」的事實。

不過，想到那是自己最古老的記憶時，西格瑪總是會有個想法——

那些話語，是不是仍然影響著自己的生存方式呢？

每當想起這件事，西格瑪就會思考。

如今的自己除了性命之外，究竟還有沒有能遭到剝奪的事物？

會讓自己想誅殺掠奪者的某些重要事物。

一直無法找到那樣事物的西格瑪——只是以被動者的身分持續活著。
不曾親自站上舞台，只是在世界的幕後不斷蠢動而已。
即使身處於聖杯戰爭的漩渦之中也毫無改變。

× ×

被封閉的城市　繰丘宅邸

時間稍微回溯。

「捷斯塔！捷斯塔！你怎麼了？」
看到少年捷斯塔突然倒地，椿急急忙忙跑到他身邊。
目睹此景的西格瑪，隨即觀察捷斯塔的身體。
——這是……遭到魔術攻擊了？
——應該是展開攻擊的人，正在以異質的魔力擾亂他體內的魔術迴路。

明明沒有咒彈之類的襲擊過來的徵兆，到底發生了什麼事？

「呃……啊……」

看到捷斯塔痛苦呻吟的樣子，椿哭喪著臉不知如何是好。

——……要趁現在給他最後一擊嗎？

但若要這麼做，得先將椿帶離這裡比較好。

比起不想讓小孩子見到悽慘的現場，西格瑪更擔心萬一椿將自己認知為殺人魔，疑似她使役者的「黑漆漆先生」很有可能會將自己視為攻擊對象。

「椿，妳去叫爸爸媽媽過來。」

聽到西格瑪這麼交代，椿顫抖地回應「呃，好！」，快步跑上階梯。

「……」

看到椿已離去，西格瑪從腰間取出一件魔術道具。

那是以吸血種或是特殊召喚獸為對手時所使用的針筒，裡面已經裝滿具特定用途的藥水。

具備與聖水同等效果的藥水，以平常狀況而言，對捷斯塔這種等級的吸血種大概毫無效果。

不過，如果是現在這種狀態就值得一試。

如此判斷的西格瑪，假裝要為少年捷斯塔診斷狀況，手貼上他的後頸。

「……咕……咯、咯咯咯，小哥，沒用的。就算對我使用那個，死的也只是這個小孩的概念

核而已啊。」

「或許的確如此，但是值得一試。」

「慢著慢著，要搞到一副全新的兒童外表很麻煩耶。因為不是用逼迫……沒有得到完全的同意就無法進行裝填呀……」

捷斯塔在痛苦的同時仍解釋自己的魔術，但西格瑪不覺得這是魔術師在暴露絕活的表現，認為他的解釋不是胡說八道，就是毫無價值的情報。

西格瑪判斷捷斯塔只是在爭取時間，正要冷酷地將針筒刺入他的皮下時——

「————」

年幼兒童的慘叫從階梯上響徹傳來。

「！」

趁著這一瞬間的破綻，少年捷斯塔在呻吟的同時往西格瑪的肚子一踹將他踢開。

「……！」

西格瑪因此和捷斯塔拉開了一段距離，但慘叫仍然迴盪著。

看到似乎很痛苦，但已站起的少年捷斯塔，西格瑪判斷現階段已經無法徹底收拾他。

於是西格瑪立刻改變行動，抓起擺在桌上的弩弓後直接跳上階梯。

——緊要關頭時能派上用場嗎？

弩弓看起來經過細心的保養，但是不知道是否能立刻射擊。

即使如此，西格瑪認為既然是那名奇怪的紅衣麗人特地託付自己的，那應該能當作某種判斷的依據才對，於是決定直接帶走這把弩弓。

——雖然也有可能是陷阱……但是情報越多越好。

有一半是賭注，但由於過去承接法蘭契絲卡的委託時，大多時候她都會追加，告知「要是發現有意思的東西，你就帶回來」。所以在帶走弩弓的這件事上，西格瑪並不怎麼避諱。

——看起來沒有施加會咒殺擁有者的術式。

——……不過，這禮裝加得真多呢……

對弩弓懷抱這種感想的同時，西格瑪一口氣衝上階梯。

然後他發現椿正看向窗外，腿軟坐在地上。

「妳怎麼了？……！」

西格瑪立刻明白發生異變。

窗外可見的世界，已經與剛才為止完全不同。

藍天被黑雲遮蔽，好幾具宛如巨大怪獸一般的骸骨在城市中闊步行走。

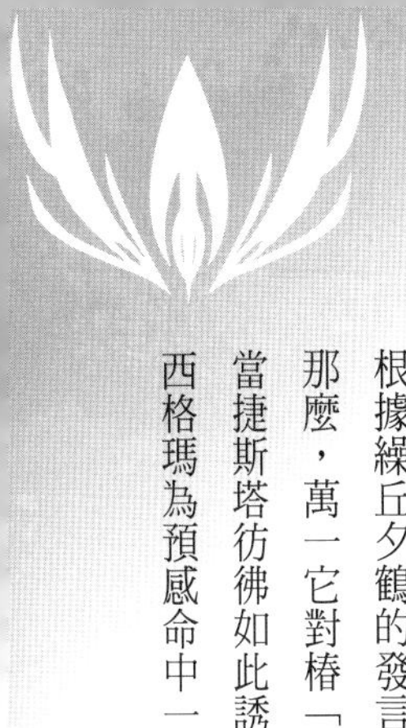

原本綠油油的草皮與庭園中的樹已經枯萎凋零，土地上到處冒著不祥的黑色蒸氣。

「這是……怎麼回事？」

「怪獸……怪獸……」

絲毫不害怕「黑漆漆先生」的椿，懼怕著那群巨大骸骨。

——這個現象與她無關嗎？

下一瞬間，「黑漆漆先生」從庭園浮現形體，擁抱似的包覆少女的身體。

「黑漆漆先生……？」

聽到椿放心似的喊道這個名字，像是英靈的黑影毫無回答，只是不斷地搖蕩形體遮擋椿的視野，讓她看不到眼前的「恐怖的世界」。

「……這個……果然是……」

我想成為魔法師。

西格瑪想起椿說過的話語。

根據繰丘夕鶴的發言，使役者似乎成為了椿的守護者般的存在。

那麼，萬一它對椿「想成為魔法師」的祈求產生了反應，會怎麼樣？

當捷斯塔彷彿如此誘導般地詢問椿有何願望的時候，自己就有種討厭的預感。

西格瑪為預感命中一事咬牙切齒，同時向椿問道：

「椿，我問妳，妳有沒有哪裡不舒服？」

「咦？沒、沒有。雖然很可怕，但我沒事。」

「這樣啊……」

看來果然與魔力乾涸之類的事無關。

接著——椿的父親繰丘夕鶴出現在庭園前。

「嗨，椿。妳怎麼了？」

「啊！爸、爸爸！外面有好多妖怪……啊，不是，對了！捷斯塔！捷斯塔他……！」

椿淌著淚水跑到父親身邊。

然後，從身後接著出現的母親和藹地笑道：

「椿，妳放心。那些好巨大好巨大的骸骨先生們，都是妳的同伴喔。」

「……咦？」

椿眼神驚訝地仰望母親。

父親也回以反應地說道：

「椿，媽媽說得沒錯喔。那些骸骨先生和黑漆漆先生一樣喔。」

「可、可是，黑漆漆先生不一樣喔！黑漆漆先生不會做那麼可怕的事……」

在椿的視線前方——有著巨大骷髏一邊摧毀大樓，一邊與「某種事物」戰鬥的模樣。從偶爾

可見如同光之斬擊般的光帶來推測，很有可能是劍兵的英靈。

「是真的，黑漆漆先生和那些是一樣的喔。黑漆漆先生負責保護妳，但是那些骸骨先生是武器啊。所以椿會怕它們也沒辦法吧。」

「咦？……咦？」

「喂……」

看到椿流露困惑的神色，西格瑪試圖阻止她的雙親繼續發言。

但是，他才說到一半便停住了。

因為有個猛烈迴轉的影子從天而降。

是身上帶傷的刺客。

「刺客！」

西格瑪才開口，刺客就不管自己傷勢地喊道：

「少女平安嗎！那個吸血種在這裡嗎！」

「是啊。不過，他突然很痛苦的樣子……」

「那些魔術師的詛咒成功了嗎……他在哪裡？」

對於氣勢宛如想立刻前去給吸血種最後一擊的刺客，椿問道：

「『刺客』……姊姊？」

將刺客認定為名字的椿擔心地接近她。

「沒事吧？妳受傷……流血了……」

看到椿泫然欲泣的表情，刺客一邊用自己的衣服遮掩傷口，一邊要讓她放心似的溫柔說道：

「放心，我沒——」

瞬間，她的身體被從旁出現的黑色異形撞開。

「咕……」

刺客從衣服的縫隙間伸出影子應戰，但是異形接二連三地湧現，意圖以數量壓制刺客。

若敵人的本體有類似核心一樣的弱點，想必刺客就能配合使用寶具，一口氣顛覆戰況吧。

但是刺客早已明白。

這個結界世界本身已經與本體融合了。

換句話說，在這種情況下還能稱為核心的——果然除了繰丘椿別無其他。

「大姊姊！」

正當椿慌張地想跑到刺客身邊時，雙親的手拉住了她。

「椿，這樣很危險喔。」

「沒錯，要是妳被捲進去就糟糕了。」

雖然雙親的表情溫柔，但是明顯與周圍的狀況有所齟齬。

那樣的不協調感化為木楔，深深打入了身為孩童的椿的心中。
內心的不安膨脹起來，椿快哭出來似的喊道：
「為什麼！它們不是黑漆漆先生的朋友嗎？為什麼那些妖怪要欺負『刺客』姊姊……」
「因為……那個大姊姊想要殺你啊。」
「！」
從眾人身後響起少年的聲音。
是走出地下工房的捷斯塔。
外表仍然是少年模樣的他，受到費拉特的術式所苦，即使如此仍硬是擺出笑臉向椿說道：
「因為只要妳還活著，那個大姊姊就會困擾喔。」
「咦……？」
「住口。」
西格瑪平靜地出聲制止。
但是全身因疼痛顫抖的捷斯塔，又繼續說下去：
「對了！那邊的西格瑪大哥哥也一樣……他們都是為了自己好，打算殺死妳的壞蛋喔。」

「……不對。」

「殺死我……為什麼？」

「妳不用在意喔。妳是這個世界的女王，隨自己高興去做就好嘍。妳不是想成為魔法師，讓爸爸媽媽讚美妳嗎？放心，妳一定辦得到，因為我是妳的同伴喔。」

傑斯塔不時強調「同伴」這個字眼。

恐怕是藉由讓椿強烈認知到這件事，來將自己從攻擊對象中屏除。

刺客現在是經由劍兵讓綾香這名主人的魔力流入體內來維持行動，而不是使用捷斯塔提供的魔力，反過來說，「黑漆漆先生」也因此難以認定捷斯塔是刺客的主人。

「我是……女王？」

「對，沒錯。一直羨慕那樣的妳的那些人，打算要欺負妳。所以黑漆漆先生為了不讓妳被那些傢伙欺負，才會一直保護著妳呀。」

彷彿在寵溺少女一樣，捷斯塔打算刺激孩童心理層面的萬能感。

然而，他誤算了一件事。

或者說，要是沒有受到費拉特攻擊，並且沒有因為位居自己上位的死徒捨棄自己而遭到打擊的話，或許捷斯塔就能更冷靜地理解椿的感情，並且操控自如吧。

捷斯塔並不明白。

他一直將「椿」這名少女認定為是個受到疾病侵害、與年齡相符的天真少女。

實際上，的確可以用天真無邪來形容椿。

身處這個世界裡的她，正是與年齡相符的少女。

但是捷斯塔並不知道，她天真的本質——是熬過無數痛苦後所造就的結果。

正因為是那樣的本質，不明白大家為何生氣的少女儘管害怕、儘管想哭、儘管祈求獲得幸福

——終究還是察覺到了。

「這樣啊……」

從出生以來不斷經歷、累積的「經驗」中尋找的少女，抵達了一項答案。

「原來，我又『失敗』了……」

難過地低下頭後，椿又慢慢地抬起頭來。

接著，她拚命地忍耐不哭出來，對周圍的所有人說道：

「對不起，對不起……爸爸、媽媽……」

「不用道歉喔。椿，妳什麼都不用做，放心吧。」

不用道歉。

連年幼的椿都能憑感覺理解到。

那不是「椿沒有失敗，沒有錯」的意思，而是「椿雖然失敗了，但我們不會生氣」。

換句話說，自己真的害西格瑪等人一直苦惱著——更重要的是，那群黑色的骸骨在作亂，也是自己造成的。

城鎮遭到破壞的聲音此刻仍不斷傳入椿的耳內，她嗚咽般地繼續說道：

「可、可是……要是大樓裡有人，鎮上的大家會……」

「城裡的人死多少都無所謂喔。他們就像電池一樣，『不過是消耗品喔』。」

「沒錯，椿。所有對妳生氣的人，『那些骸骨先生都會為妳殺光光喔』。」

「就是啊。而且既然這裡是椿的世界，不管死再多人，神祕的隱蔽都會庇護妳。」

「太好了呢。剩下的就是必須思考，對表面世界造成的影響該如何矇混過去了。」

——……怎麼回事？

——這兩人到底在胡說八道什麼？

一邊擊殺異形，一邊聆聽對話的刺客不禁皺眉。

他們應該是為了保護椿而受到洗腦才對。

看起來也不像是捷斯塔在操控他們。

既然如此，那他們就是——正在以平常最自然的樣貌，對自己女兒如此述說。

路。

聽完雙親發言的椿，好像想依賴什麼般望向西格瑪與刺客。
但是兩人都不知道如何回答才是正確答案，只能沉默以對。
於是——椿領悟到自己的想法沒有錯。
不禁領悟到了。
「沒……關係。」
即使渾身顫抖，椿仍然向周圍的「大人們」露出笑容——
「我會……繼續努力。」
彷彿要就這麼將其吸入體內一樣，椿緊緊抱住「黑漆漆先生」煙霧般的身體。
「咦？」
就連捷斯塔也顯露困惑，無法判斷椿這項行動的意圖。
然而——首先是刺客，隨即是西格瑪，察覺到她意圖的兩人放聲大喊，想要阻止椿。
「住手！」
「等等，妳沒有任何……」
但是那些話沒能傳達給椿，打算衝上去的兩人遭到自「黑漆漆先生」身上湧出的異形阻斷去以結果而言，椿成功地讓自己任性了。

「黑漆漆先生，求求你——」

少女的令咒綻放出淡淡的光芒。

「請將一切、一切都恢復到原本的樣子。」

「什麼……」

無視少年捷斯塔的驚愕表情，椿再次讓令咒閃起光輝。

「請讓我永遠永遠地，孤伶伶一人。」

只在那一瞬間，「黑漆漆先生」彷彿流露了驚訝的表現。

「別衝動！」「快住手！」

刺客與捷斯塔同時吶喊。

至於西格瑪，只能眼睜睜地看著那副光景發生。

最後，「黑漆漆先生」彷彿發出悲鳴，身體產生激烈搖蕩——

下一瞬間，世界再次翻轉。

×　　×

史諾菲爾德　繰丘宅邸

「嗯……」

西格瑪清醒後，發現自己身處在與失去意識前一模一樣的地方。

與繰丘夕鶴宅邸中的庭園相連著的其中一角。

然而天空晴朗無比，草地也是綠油油地顯得生意盎然。

原先遭到摧毀的林立大樓，也已回歸到原本的模樣。西格瑪理解到此處不是結界的世界，已經回到現實世界了。

作為證據的是——只有繰丘椿的身影已從自家內消失無蹤。

西格瑪一看，發現刺客與自己一樣已經甦醒過來，她緊握著拳頭大聲喊道：

「在此的……這樣的發展，是那名幼童自己選擇『如此』的嗎！」

踉蹌不穩地站起身的刺客，眼裡蘊含明確的憤怒，向同樣想站起來的繰丘夫妻吼道：

「那樣的幼童，到底要過何種生活……度過被強迫些什麼的生活，才會親自選擇那種結果！你們……你們至今是如何對待那幼童——你們到底對自己的女兒做了什麼！」

「……我不知道妳在說什麼。不過，妳還有閒功夫管我們嗎？」

被按著頭的繰丘夕鶴咯咯笑道，看向位於刺客等人身後的存在。

「興致都沒啦……真沒想到她的心靈會崩潰到那種程度。本來一直很期待能看到刺客姊姊一邊哭著，一邊割開大喊不想死的純真小椿脖子的光景呢……」

面露焦躁的少年敞開自己的前襟，露出烙於心臟一帶、模樣看似轉輪手槍彈倉的刺青。

捷斯塔以手指滑過位於上方的圖紋——應該是平面烙印的刺青竟然旋轉起來，並由別的圖紋裝填到最上方。

緊接著，少年捷斯塔的身體瞬間膨脹，變成身高超過兩公尺的紅髮人狼，當場用力躍起。

「再見啦，刺客！下次有機會再用我的愛徹底凌辱妳吧！」

語氣變得粗魯的那名存在直接登上屋頂後，又翻身躍上空中，企圖逃離刺客。

「……！休想逃走！」

絲毫不管自身傷勢的刺客蹬向地面，直接追著捷斯塔消失無蹤。

於是，現場只剩下西格瑪與繰丘夫妻。

「唉……真慘呀。沒想到令咒會選擇女兒棲宿，而不是我們。」
「就是說啊。不過，這也算是一個證明。該視為椿的魔術迴路素質，在這個年紀就已經高過我們了，所以才會獲得令咒選上。」
西格瑪從這對淡然交談的夫妻身上，感覺到某種不協調。
──？這種感覺是怎麼回事？
難道他們仍然受到椿的使役者控制嗎？
不對，西格瑪認為自己感覺到的不協調感並非如此。
「對了，你叫做……西格瑪吧？我知道你是法迪烏斯的部下，你能與他取得聯繫嗎？」
「老公，比起聯絡那個人，我們必須先去醫院才對。」
「……說得也是。切斷右手的工具，到了那裡再準備吧。」
「就這樣吧。」
聽到兩人的對話，西格瑪不禁詢問：
「切斷……右手？」
「對，沒錯。椿那丫頭雖然好像已經用掉兩道令咒了，但只要還有一道，就有可能與那個英靈再次締結契約。只要擁有如此強大的英靈與其力量，再取得法迪烏斯的合作後，就能讓一切更有利地進展下去。」

令咒。

西格瑪明白了。

遭受操控的這段期間發生的事情，這對夫妻全都記得。

儘管如此，他們首先提到的卻不是任何擔心椿之類的話語，而是策劃要砍掉她的右手，奪取

——啊啊，說得也是。這就是魔術師嘛。

——就連魔術刻印也是雙親之一的吧。就算椿會喪命，他們應該也不會想得那麼悲觀吧。對他們來說重要的只有血脈相連，能繼承自己魔術的個體而已。

——血脈……相連。

「……你們真的要切斷令千金的手？」

「對，放心吧。反正她也沒有意識，不用擔心會發出尖叫。不過，萬一連為將來留下子孫的機能都失去就傷腦筋了，所以必須極為注意心臟與神經的運作。麻煩你轉達法迪烏斯與利夫局長，要他們安排處理那段期間內的醫院相關人士。雖然不想拜託法蘭契絲卡，但只要有她的魔術，就算是沒了腦袋這種最糟的狀況，也能僅留下生殖機能。」

不是刻意裝壞人或挖苦，夕鶴的發言應該只是淡然地陳述事實。

於是西格瑪察覺到了。

詭異的感覺並非來自外在的事物。

而是出於自己體內，一種湧現而出的「感情」。

——「你呀、你呀，仔細聽好，同胞之子。」

西格瑪的腦海裡響起聲音。

——「你們應該摧毀的，是打算從我們身邊奪走某樣事物的人們。」

令人懷念的聲音，已然無意義的話語。

但是，那道聲音卻在此刻動搖了西格瑪的心。

——啊啊。

——我懂了。原來是這樣啊。

——我……一直認為繰丘椿與我是活在不同世界的人。

——以為她儘管是魔術師，但擁有父母、擁有血脈相連的親人。

——原來毫無關係啊……那種事物。

腦海裡冒出椿的笑容，又接連浮現自己與同胞們遭受過的各種對待，以及自己親手殺死的同胞的表情。

——啊啊……怎麼回事？這種奇怪的感覺到底是什麼？

西格瑪忽地注意到，自己手上拿著某件物品。

應該是從夢境中的地下工房帶出來的武器——那把弩弓。

「唔……為什麼弩弓會在你的手上？那要當作武器使用相當費力，英靈全體到齊的現在，這次的戰爭已經用不到它了，還給我吧。」

西格瑪聽著夕鶴的說明，不經意地思考。

「我親口說過呢……說要保護椿。」

而且那名紅衣裳的奇妙存在，很乾脆地相信了那樣的西格瑪。

「他好像一直在嘀嘀咕咕什麼耶……老公，這個傭兵沒問題吧？」

「別擔心，在我們家的範圍內，他辦不到任何事情。」

似乎是對自家的防禦措施相當有自信，椿的父親絲毫不畏懼西格瑪。

話雖如此，繰丘夕鶴沒有驕傲大意，西格瑪明白他早已做好防範動作，隨時都能揮動手指發動術式收拾掉自己。

西格瑪微微地吸一口氣，重新擺出一名毫無感情起伏的使用魔術的傭兵該有的表情，開口說道：

「恕我失禮了，繰丘夕鶴閣下。我會詳細向法迪烏斯閣下報告您的囑咐。」

「嗯，麻煩你了。至於我們這邊的英靈情報……算了，你把理解範圍內的資訊都告訴他也無妨。」

「好的。還有另一件事情要告訴您。」

「告訴我？」

西格瑪向面露懷疑的夕鶴淡然說道：

「這場聖杯戰爭，我本人也以參與者的身分隸屬其中。」

「然後？剛才的刺客就是你的英靈吧？」

夕鶴懷疑地直接說道，完全沒察覺自己產生了「致命性的誤會」。

也就是，他認為現在的西格瑪不過只是一名水準低劣，而且遠離英靈的會使用魔術的傢伙。認為無論發生什麼事情，只要趕在西格瑪用令咒召回刺客前收拾他即可。

「我的直屬上司並非法迪烏斯，而是法蘭契絲卡……也已獲得能自由裁決，投身戰爭的許可。」

「喂……你別有奇怪的想法喔。」

夕鶴感覺到氣氛不對，在他揮動手指之前，西格瑪快一步將最後的發言道出。

就連刻意傳達這些事，都是為了誘導對方有所動作的盤算。

「這是我對你們的……『開戰宣言』。」

「了不起。雖然我們已告訴你所有術式的分布位置，但是沒想到你能毫無差錯地全部迎擊掉呢。」

幾分鐘後——

站在旁邊的「影子」之一——年邁的船長賊賊一笑。

「拜你們的情報正確所賜。要不然倒下的人就是我了……感謝你們。」

「不要輕易感謝使役者，我們不過是互相幫助而已。」

船長咯咯笑道，看向倒在地上的兩具物體。

「啊嗚……嗚咕……嘎……」「為……什麼……」

翻著白眼，只能持續發出不明所以呻吟的人型肉塊。

「該怎麼處理他們？要是放著不管，會用魔術刻印再生喔。」

「已經阻礙再生的通路了。依他們魔術刻印的素質，這個狀態應該會維持半個月才對。」

那兩具物體是全身肢體遭到麻痺，而且大半魔術迴路皆已遭到特殊禮裝焚燬的繰丘夫妻。

看著眼前淪落到僅能勉強呼吸的兩人，西格瑪說道：

「我一直在迷惘。」

對倒在眼前的夫妻毫無任何感情，西格瑪面無表情地繼續述說：

「若有指令要我殺人，我會毫不猶豫地殺死目標，反之要我別殺我就不殺。但是這次並沒有指令，甚至沒有長期的目標存在。」

「可是你是以自己的意志決定目標的，沒錯吧？」

身上穿戴人工翅膀的「影子」說道，西格瑪仍然淡然地回應：

「我說過要保護椿了，但是當她醒過來後，要是知道雙親都死掉了，我想她會難過……應該說，這樣她可能會因自責而自殺。不過，放任這兩人不管，又會反覆重演一樣的事情。」

「所以你才既不放生也不殺死，就是這樣吧？哎呀，老實說真的很有一套，那能讓魔術迴路與全身神經都不遂運作的技術。與其說是魔術師，這確實是會使用魔術者的做法。」

「因為這類的手段，法蘭契絲卡教過我很多啊。」

然後，看著繰丘椿母親的同時，西格瑪又對「影子」說道：

「我的母親已經不在了。法蘭契絲卡告訴過我，她死於在日本舉行的聖杯戰爭中。」

西格瑪的腦海裡，正不斷地反覆播放那些「已然無意義的話語」。

——「外來者亦奪走了你的雙親。」

——「外頭滿是汙穢的侵略者們殺害了你的父親『們』。」

——「外來的恐怖惡魔亦拐騙了你的母親。」

——「因此，請你摧毀打算掠奪我們的人。」

——「因此，請你迎戰，為了總有一天能靠『我們的』雙手搶回你的母親。」

就在那些聲音轉小的時候，影子彷彿算好了時機一樣，出聲說道：

「哦，你之前也這麼說過呢。」

半張臉石化的持蛇杖少年看著西格瑪的臉，稍微更進一步地問道：

「……你對『親人』有什麼想法嗎？」

「只曾經想過……我的母親不是這樣的傢伙就好了。」

儘管清楚事到如今說這些都毫無意義，但是西格瑪仍然如此期盼。

「然後呢？你接下來要怎麼辦？」

呈現飛行員模樣的女性「影子」問道，西格瑪仰望天空回答：

「他們吩咐過我可以自由行動，我只是照辦而已。法迪烏斯或許會想殺死我，不過法蘭契絲卡應該會很高興吧。」

「不管你想做什麼，她都只會『高興』而已喔。畢竟那個魔物感覺就不會出手幫你呢。」

聽到船長的發言，西格瑪面無表情地點頭。

「我很清楚。不過，既然她會高興，也算是報答她至今對我的諸多關照了吧。」

手裡握著受到託付的弩弓，西格瑪向自己，同時也向使役者「看守」宣言。

宣言自己從現在開始，也要躍上舞台的內部。

「我要……摧毀這個聖杯戰爭（系統）。」

接續章
「喀啦喀啦，喀啦喀啦」

「……咦？」

清醒過來時，綾香發現自己身處十字路口的正中央。

是距離醫院與警察局不遠，位於水晶之丘前方的十字路口。

四周的柏油路面都遭到了相當嚴重的破壞，遠處可見到拉起了禁止進入的封鎖線，還有彷彿要遮掩這條馬路一樣，停得滿滿的巡邏車與工程車等車輛。

周圍還有幾名同樣在環顧四周的警察，雖然沒見到跑到距離自己相當遙遠的位置去作戰的劍兵，但是飄浮於自己身邊的水球依然留著。

「我們回來了……？」

×　　×

柯茲曼特殊矯正中心

「哦……平安歸來了嗎？哎呀呀，幸好有事先封鎖道路啊。」

一邊聳肩一邊說道的法迪烏斯，透過裝設在城市裡的監視器觀察影像，並且告訴自己的心腹愛德菈。

「那麼，雖然胃痛已經持續數日了，不過還有幾天。我們也該認真起來，好好進行調整了呢……」

「請問，首先該如何安排？」

聽到愛德菈的提問，法迪烏斯苦笑的同時閉起一隻眼睛說道：

「總之先準備胃藥吧。」

×

×

中央十字路口

「啊！找到了找到了！傑克先生，就是那個人！她就是劍兵的主人！」

費拉特發現綾香的人影，喧鬧喊道，呈現手錶型態的傑克告誡他：

『不要隨便靠近，那個劍兵的力量非同小可。如果他們是敵人，你會瞬間沒命喔。』

「話是這樣說沒錯，可是我還是非常在意那名主人……有了，傑克先生，能不能麻煩你變身成白旗啊？」

『因為我有身為無機物的說法，所以還能變身成手錶，但再怎樣也沒聽說過「開膛手傑克的真面目是一面白旗」這種傳說啊。』

「找找看就有啦！絕對有！因為人類有稍微接近無限大的可能性，所以傑克先生的真面目起碼也會有五千種左右啦！」

『和無限大相比下也少太多了吧……』

包含那些一如既往的對話在內，傑克對自己與主人已經回到原來的世界一事終於有了實感。

在費拉特一邊在意周圍狀況，一邊走向劍兵主人的期間，傑克為了隨時保護他不受魔術師與英靈的攻擊也保持著警戒，同時再次對費拉特說道：

『不過……就戰鬥面而言，今後我應該派不太上用場吧。不但在醫院前被弓兵奪走了寶具，又見識到其他英靈那懸殊的實力差距。』

「沒問題啦。只要當作在玩困難模式，總是會有辦法靠費工夫彌補數值的差距。」

『……那個刺客問你聖杯的事情時，比起自己的答案你更優先顧慮我的事。這一點我真的該感謝你呢。』

「你在說什麼！因為我也想知道開膛手傑克的真面目啊！」

費拉特興奮地答道，傑克繼續說下去：

『……你說不定會失望喔。我很有可能只是個湊巧沒被逮住的平凡人渣而已……無論如何，你還是別再憧憬像我這樣的存在了。當真面目得到明示時，我也只是終於得到贖罪的權利而已。對我而言，明白真面目雖然是救贖，但絕對不是補償。歸根究柢，對罪犯懷有憧憬本身就不健全。』

說完訓話般的話語後，傑克的聲調緩和下來。

『不過，與你這樣一同行動的生活……留在你記憶當中的無疑就是「我」。用聖杯的力量確定開膛手傑克的真面目後，或許「我」就會消失，改成由本尊在你面前現身吧。萬一那傢伙意圖殺害你，千萬不要顧慮。立刻殺死他也好，逃走也可以，總之盡快忘掉那傢伙的事吧。』

「傑克先生……」

『不過……若你能記住像現在這樣與你對話的「我」，我會很感激。』

或許傑克已經確信自己難以在往後的戰鬥中取勝，留到最後一刻了。

聽到傑克彷彿在交待遺言，費拉特對他露出一如既往的笑容說道：

「我也一樣喔。無論傑克先生的真面目是什麼，那都是兩回事。對我來說，現在與我聊天的你就是傑克先生。要是有人對現在的你說『償還殺人的罪』，我會為你作證喔！告訴他們你是無庸置疑的冒牌貨，根本不必償還什麼！」

『……咯咯……哈哈哈哈！你啊，那樣做就全都本末倒置了吧！』

放聲大笑的傑克。

開心笑著的兩人，不像魔術師的魔術師青年與殺人魔的搭檔。

彷彿再也無所畏懼一樣的他們，用輕快的腳步直接走向劍兵的主人，與那名少女正式接觸。

「喂——綾香！」

「咦！是誰？」

突然聽到有人向自己搭話，綾香回頭一望，看到一名年齡大約在十五歲至二十歲前後的青年正朝自己揮手。

「你怎麼知道我的名字……」

看到綾香警戒的反應，青年說道：

「哎呀，果然是不同人呢！說得也是～畢竟魔力的流動完全不同嘛！不過，妳的名字果然叫做綾香啊？」

「咦……？」

覺得莫名其妙的綾香，看著青年說道：

「你是誰！你該不會知道我的事情？」

「我叫做費拉特，請多指教。我認識一位和妳同名、長相一模一樣的人。我和她是朋友……妳的魔力流動，果然是這樣嗎……」

青年看著綾香並說了些什麼，綾香警戒地與他保持距離後問道：

「等等……快告訴我！你如果知道我的事……『知道沙條綾香是什麼人的話』，拜託告訴我……！」

聽到眼前的綾香說出奇妙的發言，費拉特的表情隨即認真起來，點頭說道：

「嗯……我明白了。看樣子，妳果然不懂自己是誰呢。」

「……」

沉默的綾香。

認定她這個反應即為肯定的費拉特，想要讓她放心似的開口說道：

「聽我說，妳的身體——」

咻——劃破風的聲音搶先一步響起。

接下來，那名自稱費拉特的青年的身體綻放「紅色」，染滿綾香的視野——只稍慢了一瞬間，柏油路面上響起「咚」的碎裂聲。

「咦？」

隨即發出疑問聲音的是綾香，還是費拉特呢？

費拉特當場「咚」地跪下。

『……費拉特？』

傑克的聲音在周圍響起。

傑克一直警戒著名為綾香的魔術師。

包括劍兵在內，也留意或許會有其他英靈展開襲擊。

因為即使費拉特與傑克都信任這些遍布周圍，身為同盟對象的警察們，也不會改變劍兵是首次接觸的對象這件事實。

但是——打穿費拉特的攻擊，不僅來自與劍兵毫無關係的陣營，更是不經由魔術媒介，從遠距離進行的狙擊。

已經失去大部分力量的傑克，並未具備能從那種現代戰之中直接保護主人的辦法。

「啊……」

費拉特看著出現在自身腹部上的穿孔，莫名冷靜地分析後，認為自己是遭到來自斜上方——不知從哪棟大樓屋頂上展開的攻擊。

費拉特抬起頭想看那個方向。

「看不清楚呢……陽光好刺眼啊。」

正在西沉的太陽映入眼簾，讓費拉特不禁伸手遮擋，彷彿沒發生任何事似的喃喃說道：

「對不起，傑克先生……我疏忽了。」

總覺得好像聽到了傑克的吼聲。

感覺他好像變身成很不得了的形態，想要朝槍彈射來的方向去做什麼事情。

但是費拉特很清楚。

恐怕來不及了。

因為——費拉特經過強化的視力，已經看到布署在複數方位的大樓上的多名狙擊手。

「……抱歉，教授。」

然後，費拉特流露出莫名寂寞的笑容，說出最後一句話。

「大家……對不起——」

就在綾香眼前，再一次響起劃破風的聲音，又綻開第二朵鮮紅的花。

花開的位置，比剛才所放之處高了約一公尺。

即為——自稱費拉特之青年的頭部。

「咿……呀……」

這不是第一次有人死在自己的眼前。

但是，她未曾見過直到幾秒前都還對自己笑著說話的人——其頭顱消失的光景。

就在沙條綾香的慘叫響徹時——費拉特．厄斯克德司的身體倒進了自己淌出的鮮紅大海之中。

×　　×

某個地方

「史賓，怎麼了？」

一起行走的魔術師向身旁的青年問道。青年疑惑地用鼻子嗅著四周數次後，覺得有種不祥預感，開口說道：

「沒什麼，只是覺得……有股亂七八糟的氣味，好像在剛才消失了……」

×　×

柯茲曼特殊矯正中心

『已經確認摧毀目標的頭部了，現在展開追擊。』

「好的。魔術刻印也不用介意，請儘管摧毀。畢竟那是『顛覆歷史的厄斯克德司』的刻印。」

從無線電中接獲報告的法迪烏斯一邊喝著紅茶，一邊確認螢幕畫面。

倒在柏油路上的青年屍體被追擊的槍彈所擺布而跳著舞。

與朗格爾那時候不同，這次跳舞的不是人偶，而是真正的肉體。

「我啊，一直認為能帶動氣氛的人最危險了。」

法迪烏斯如此告訴愛德菈，並優雅地啜飲紅茶。

「以這次來舉例，看起來最危險的人就是不斷增加同伴的費拉特以及劍兵了。要是那兩人有可能已經在結界裡的世界接觸過，那麼不盡快收拾掉他們的話，死的就會是我的胃了。」

「那麼，劍兵的主人也比照處理嗎？」

「收拾費拉特後還有機會的話……雖然我這麼想，但已經辦不到了呢。」

一看畫面，身為劍兵主人的少女已經包覆在水的半圓球狀魔力內，並由趕到身邊的劍兵抱起，帶進房屋內了。

「那名主人的真面目，我也挺有興趣的。等稍微調查過後再收拾她吧。」

最後，當監視器畫面上的槍擊終於停止，無線電傳來的聲音也歸於寧靜時，愛德菈把握時機地問道：

「這就是您說的『胃藥』嗎？」

聽到這句話，法迪烏斯聳肩笑道：

「對，沒錯。」

「將元凶一一除掉，才是消除壓力最棒的辦法嘛。」

就在法迪烏斯準備喝下最後一口紅茶的時候——

他面前的螢幕當中，其中一台的畫面忽然轉暗。

「……？」

當他察覺到那台螢幕是來自映照費拉特．厄斯克德司的屍體的監視器時，實行狙擊行動的部隊也同時發出無線電通訊。

『——要求回答！這裡是【黑桃】……我們……啊！』

「怎麼了？發生什麼事……」

法迪烏斯正要回應時，無線電斷訊了。

緊接著，監視中央十字路口一帶的別台監視器畫面也跟著轉暗。

「……！」

判斷這是攻擊的法迪烏斯，隨即將四散於現場的小隊的魔術性無線通訊機通訊模式切換成自動傳訊，然而——

『怎麼回事！那個到底是什麼！』

『喂！快開槍！』　『啊啊……不行了！』　『王八蛋！怎麼會有這種事……』

『是怪物啊！』『別廢話，快開槍！立刻擊斃！』『魔術師……？』『不對……為什麼……』
『住手！不要……啊啊啊啊嘎啊啊啊啊啊啊啊！』
『救命……呃啊……嗚喔……』『那不是人類……啊啊啊啊啊！』
螢幕畫面接二連三轉暗，彷彿要調和那樣的異象般，狙擊部隊的慘叫聲不斷響起。
最後，從布署在稍微遠離現場、一直監視狀況的小隊傳來聯絡：
『這裡是【豺狼】！法迪烏斯！那個到底是什麼！我們沒接獲這種情報過啊……！你說過費拉特．厄斯克德司是魔術師吧！說話啊！』
「請冷靜下來！怪物……？有可能是費拉特的使役者變身成的模樣。對方應該很快就會失去魔力，煙消雲散才對，請你們務必撐過去！」
『不對！那個像英靈的傢伙確實也有變身！但是那就像你所說的一樣，馬上就消失了！那傢伙是別種的……可惡！啊啊、啊啊，那個既不是人類也不是魔術師！那到底是什麼鬼東西！不是吸血種也不是英靈！是名副其實的……的的……的啊啊啊啦啦啪啪！』
似乎有「某種被折疊般的聲響」與悲鳴交響出多重奏後，無線通訊就這麼陷入沉默。

但是狀況沒有因此停止，法迪烏斯設置於城市內的監視系統，其映出的畫面繼續接二連三地連鎖轉暗──

僅僅數十秒，史諾菲爾德市內的監視器全部停止運作。

面對這樣的狀況，法迪烏斯手中的紅茶杯不自覺地掉落地面，他甚至沒有聽到茶杯摔破的聲音，脫口喃道：

「到底……發生了什麼事情……？」

×　×

摩納哥某處

「原來如此……費拉特．厄斯克德司迎接結束啦。」

直到剛才還透過電話與費拉特交談，身為某個夜宴(Casa)之主的那個男人──靜靜舉起酒杯，向早在遙遠以前就消失於世的某人獻杯。

「我就予以祝福吧。敬我的古老鄰人——梅薩拉．厄斯克德司終於完成的偉業。」

「不過……拿尚有未來的年輕人交換，得到的卻是『過去』的話，我絕不認為此乃值得開心之事啊。」

×　×

響起了聲音——喀啦喀啦的聲音。

當察覺到那是伴隨一切的結束所響起的聲音時——

「我」想著——啊啊，「終於開始了」。

那些喀啦作響的聲音到底是什麼，馬上便知曉了。

那是從終結費拉特．厄斯克德司的狙擊槍彈出的空彈殼，自大樓上彈滾落地的聲響。

彈滾了幾十公尺的距離，終於抵達曾經是費拉特．厄斯克德司的肉塊身邊的聲音。

持續等待了漫長的時光。

以「長存」這個事實本身為目的所誕生的「我」，成就其意義的時刻終於到來。
啊啊，沒錯。必須有所行動。必須轉移到下個階段才行。
「我」已經明白了。
自己接下來該成就的事情。
完成厄斯克德司家所賜予的，最大且最後的目的。
完成誕生於此的意義。
對吧，費拉特？

——啊啊，啊啊。

——日落了。

——抵達了。

——結束了。

——毀滅了。

——完畢了。

——因為打從一開始，失去便是最後一塊拼圖。

遵從自己誕生的道理，「我」重新啟動自己。

「我」重新演算賦予自身的使命。

要選擇困難的道路，或者容易的道路？

推測這些並沒有意義。

無論選擇哪一條路，都只有完成使命一途。

因為除此之外的結果，都不會帶給自己任何意義。

不斷存在，持續存在。

化為真實之人，僅僅繼續存於這顆星球之中即可。

啊啊，約好嘍，費拉特（我）。

「我」會連同你那一份，繼續存在於這個世界。

即使要將這顆星球上——

所有定義為「人」的物種，一個不留地消滅斷絕喔。

鐘塔

×

×

「可惡……！果然打不通嗎……」

鐘塔某區。

現代魔術科的準備室中，已經撥打好幾次手機的艾梅洛閣下二世，不停地焦慮說道。

剛才手機傳出彷彿大樓崩坍的聲響以及吶喊之後便突然斷訊，完全聯絡不上費拉特。

「要嘗試聯絡警察局長那邊嗎……？不行，我不知道他的個人號碼……而且也不覺得打去警察局能聯絡到他……」

雙手擺在桌面上，思考片刻之後，他下定決心般站了起來。

「沒辦法了……這時候果然只能……嗚啊！」

開門的那瞬間，他的身體便被彈回室內。

仔細一瞧，發現入口處被牢牢鋪設了白蛇模樣的結界。

「……編得這麼執拗的術式……是化野的結界嗎！可惡的法政科……竟然做到這種地步！」

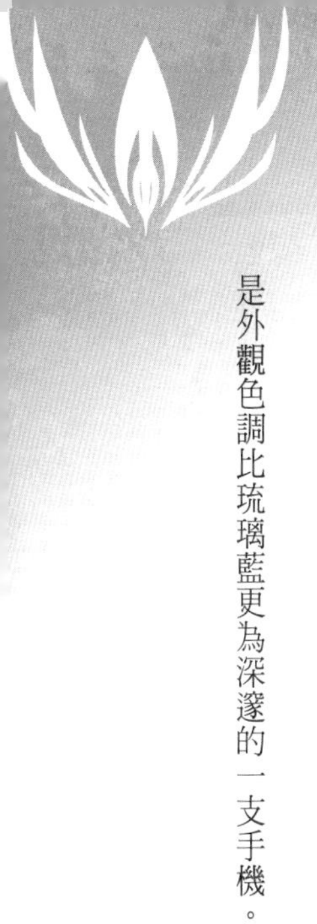

向窗外一看，還能窺見幾名服侍法政科的戈爾德魯夫．穆席克的人工生命體，看來是意圖要完全幽禁艾梅洛閣下二世。

「該怎麼辦……聯絡萊涅絲或梅爾文嗎……」

二世如此考慮，但是——

他忽地察覺到房間裡正在迴響不熟悉的聲音。

聲音來自擱在準備室角落的小型化妝箱。

那個箱子平常都是用來收納預備的雪茄所用，但是裡面似乎正在鳴響某種電子聲響。

「……？」

疑惑地打開箱子的二世，見到擱在裡面的物品後，顯得更困惑了。

「這是什麼……？明明到剛才為止都沒有這種東西……」

不知何時出現於箱中，正在鳴響老舊來電鈴聲的物品——

是外觀色調比琉璃藍更為深邃的一支手機。

next episode [Fake07]

CLASS 騎兵

主人	綠丘椿
真名	蒼白騎士
性別	無此概念
身高、體重	根據感染與蔓延的狀況而改變 （最小可與小病毒同等）
屬性	中立、中庸

肌力	E	魔力	A
耐力	A	幸運	C
敏捷	B	寶具	EX

保有技能

感染：A

使自己的分身呈現細菌或病毒的形態，感染其他生物，藉以擴張自身領域的技能。
感染者的精神與肉體會遭到支配，其精神將被拉入由寶具創造的世界當中。
有時甚至連魔力都會遭到吸收。

無辜的世界：EX

強烈反映出人們對「死」與「疫病」的恐懼所產生之印象的技能。
由於這些印象過於雜亂無章，召喚時會呈現單純的存在，
並根據拉入寶具創造的「冥界」中的事物，改變其存在的方向性。

冥界的指引：EX

從被拉入寶具形成的冥界化領域的人中，施予同伴各種加護的技能。
由於蒼白騎士本身並非冥界之王，因此與某神持有的技能「冥界的守護」有些許差異。

職階別能力

對魔力：C　騎術：EX

寶具

來吧，冥路啊，來吧（Doomsday Come）

等級：EX　類別：對界寶具　範圍：—　最大捕捉：—
作為親自賜予「死」之結果的承受者，將主人作為起點，製造出擬似性「冥界」的結界世界的寶具。由於會受到主人的印象牽連影響，可能呈現出典型的地獄或天國，也可能呈現出會將靈魂毀滅的完全虛無空間。緊急時會將對象連同整個肉體拉入結界之中。原本的結界規模應該更小，但是與土地本身以及其他因素連繫的結果，因而能製造出比通常召喚時更廣闊的結界。

劍、饑饉、死、獸（籠中鳥）

等級：A　類別：對軍寶具　範圍：99　最大捕捉：999
在自己的結界內具體化眾多賜予他人「死」的事物，並且行使其力量的技能。要是準備好能完全發揮的環境，甚至能在魔力允許的範圍內，重現神話中的「終結」。不過由於椿沒有默示錄、諸神黃昏的相關知識，也不希望地獄出現，所以無法達到那種水準。寶具的唸法會根據主人不同而有所變更。

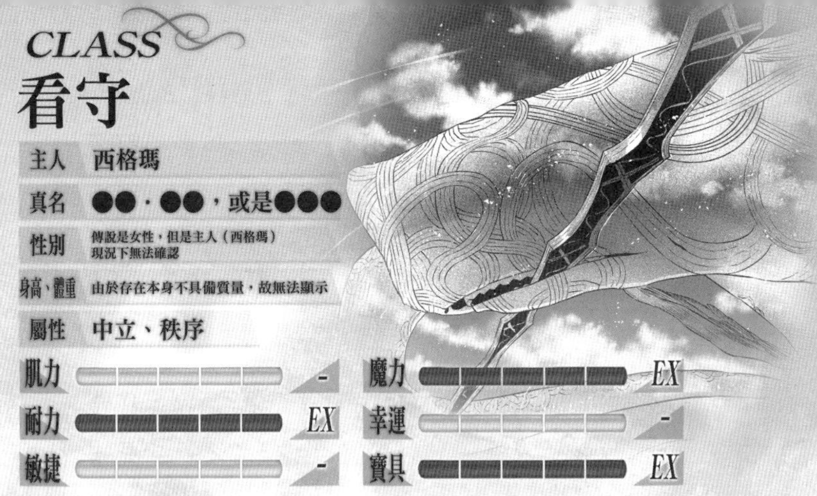

CLASS 看守

主人	西格瑪
真名	●●．●●，或是●●●
性別	傳說是女性，但是主人（西格瑪）現況下無法確認
身高、體重	由於存在本身不具備質量，故無法顯示
屬性	中立、秩序

肌力	-	魔力	EX
耐力	EX	幸運	-
敏捷	-	寶具	EX

保有技能

看守：B

將身為看守職階、對主人的特殊契約型態表現出來的技能。
以這名英靈的狀況而言，是透過「影子」與主人交流。

的考驗：B

某種對人類技能的變化型態。雖然會改變誕生自母胎的生命之幸運值，
對其賜予考驗，但並非萬能到能操作命運，
這項技能主要用於和自己締結契約的主人。主人有很高機率會死亡。

萬象俯瞰：B

能夠掌握自己受到召喚的地區內，一定的範圍中所發生事情的技能。
等級 B 時限定在必須是以視覺、聽覺，以及以感知魔力觀測到的事情。

異相的居民：A

展現除去特定狀況以外之不滅的能力。由於與現在世界的存在方式有所矛盾，
絕對無法像其他使役者一樣以擁有肉體的方式顯現。
反之，一旦備齊條件，就能在消滅的瞬間，以不到 0.00001 秒的時間內顯現一部分肉體。

職階別能力　陣地踩躪：B　對魔力：EX

寶具

後記（由於會大幅洩露本篇劇情，因此推薦在閱讀完本篇後觀賞）

大家好，我是成田。好久不見了。

總而言之，就在令和年的第一個新春，將《strange Fake》的新書交到各位手上了！

總算在二〇一九年內完成出版兩集，但願今後也能保持一定的步調推出續集……！（註：此為日本發售時間）

已在年末觀賞完ＦＧＯ特別節目的各位，相信已享受過廣告中「Fake」的成員們靈活演出和出色樂曲，最重要的是還有說話的劍兵了吧……！

經歷各種過程，決定製作以動畫形式宣傳小說的廣告之後，在寫這篇後記的時刻仍在製作，處於正在等待劍兵的聲優小野友樹先生進行錄音的階段，不過——當我不斷接到人物設計稿、分鏡稿，以及樂曲等情報時，我已經按捺不住興奮，確信「這一定會變成非常棒的成品啊……」了，所以若各位能在那股興奮之情尚未冷卻下來前觀賞本作，我會非常高興！

那麼，看完這一集後，相信至今讀過許多與「Fate」相關的本家作品及其他延伸作品系列的粉絲讀者們，應該會有對本集內容產生「哎呀？」念頭的部分。

沒錯，就是由虛淵玄老師執筆的《Fate/Zero》中描寫過的【聖杯問答】——在本集內容中描寫到的部分，是Zero中並不存在的互動。

在劍兵面前「重演」第四次聖杯戰爭的一幕，是在開始執筆時就已經決定的事情，雖然得到虛淵老師的樂意首肯，但我一直煩惱著「要是描寫過頭會洩露Zero的劇情。那到底該如何處理劇情，才能呈現與所有延伸作品（與《Fate/stay night》是完全相同世界線的《艾梅洛閣下II世事件簿》除外）的世界線皆有細微差別的不同感覺呢」的時候，奈須老師賜予了我天啟。

奈須老師：「良悟啊，因為你想統合所有的世界線才會有那種煩惱喔。要反過來想。這樣思考就好啦——『寫出只在Fake世界線發生的聖杯問答就好』。」

奈須老師用彷彿像是某部浪漫恐怖作品中，充滿深紅神祕的英國貴族語氣這麼告訴我。

我：「咦！用相同的國王成員們，描寫只在Fake世界線才有的原創對話嗎？」

然後，在困惑片刻之後——沒有深思太多的我放聲大喊。

我：「完成啦！」

雖然是憑一股氣勢完成的場景，但其實一開始寫得更長更多，只是我認為「不行，這樣下去別說Zero的劇情，連其他作品的劇情都會洩露出來」因此大幅刪減縮短，以那個形式呈現。總而言之，雖然寫成偶爾混有兔女郎版亞瑟王風格的對話，希望大家能將其視為Fake世界線的構成要素之一！

然後還有一個部分，從以前就是TYPE-MOON粉絲的讀者們都很熟悉的、那位肯定人類派的角色，雖然大家以為他要登場了，不過——其實那是奈須老師下達行動方針「要是他知道捷斯塔的事會怎麼行動呢？」才描寫的，而且連台詞也完全經過奈須老師監修……！

話雖如此，我還是緊張得亂七八糟，一直在想「呃，咦？我寫這些真的可以嗎？」……！

附帶一提，因為在SN與事件簿的世界線中沒有所謂「二十七祖」的架構，所以氣氛上雖然有一絲不同——至於有哪些不同，相信總有一天TYPE-MOON會把賭場相關的部分描寫出來吧！

（神傳球）

同樣與有無二十七祖有關係的部分，是關於費拉特的對話中提過的威爾斯事件，這部分的發展基本與事件簿的流程一樣，不過唯獨某個角色應該是改由別人來代替了吧。至於那個部分，現階段就先交給各位讀者自由想像了！

那麼，發生於史諾菲爾德的聖杯戰爭，終於在第六集突入後半戰了。我會繼續以這個氣勢拚命努力下去，還請大家多多關照……！

以下是向各位關係者致謝的部分。

首先要感謝這次為小說企劃動畫形式的宣傳廣告的Aniplex、TYPE-MOON，以及KODOKAWA。還有創作出最棒的影像成品的以A-1Pictures為首之各位作畫人員、負責旁白的小野友樹先生、製作樂曲的澤野弘之先生、歌手Yosh氏，以及與廣告相關的所有人士。

這次也被我添了許多麻煩的責編阿南、出版社的各位人士，以及為我調整安排進度表的ⅡV的各位。

以允許我將「聖杯問答」編寫進作品中的虛淵老師為首，與Fate有關的各位寫手&漫畫家老師。

以三輪清宗先生為首，為我考證特定使役者之設定的Team Barrel roll。為我確認、考證與事件簿相關的角色們設定，並且給予諸多意見的三田誠老師。關於這次二世的漫長「講義」，其台詞監修真的受到您非常多照顧……！

然後，在漫畫版最新的第四集發售之時，這次也畫出非常棒的插圖的森井しづき老師。（漫畫版的完成度真的相當傑出，請各位務必看看！）

最重要的是，創造出名為「Fate」的作品，為我監修故事的奈須きのこ老師&TYPE-MOON的各位，還有讓我以執筆恩奇都幕間故事的形式，參與作品製作的Fate/Grand Order的各位工作人員

——最後，是拿起本書，閱讀到這裡的各位讀者。

真的非常謝謝你們！

2019年11月　「正在反覆觀賞機能美P的【煩惱事變】」　成田良悟

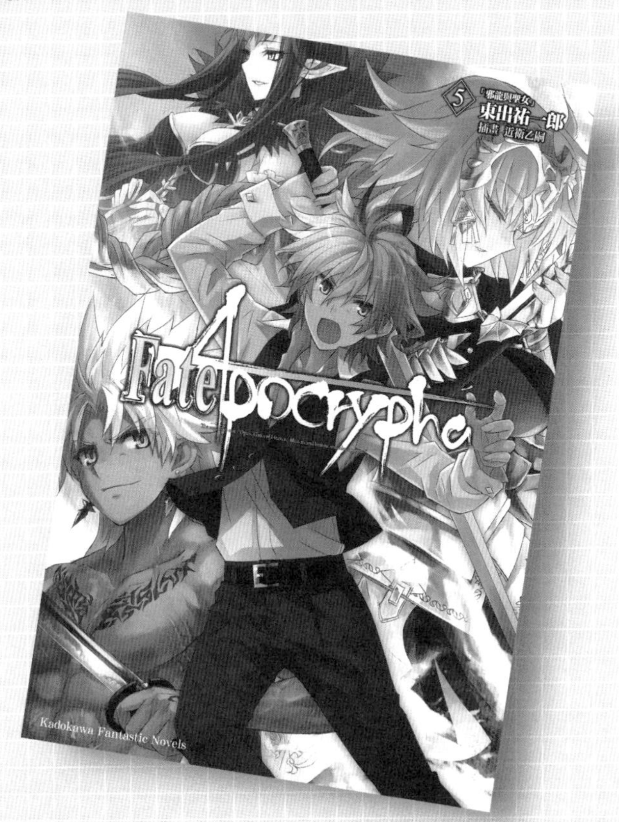
5
『邪龍與聖女』
東出祐一郎
插畫 近衛乙嗣
Fate/Apocrypha
Kadokawa Fantastic Novels

Kadokawa
Fantastic
Novels

Fate/Labyrinth

作者：櫻井 光　插畫：中原

召喚自《Fate》各系列的使役者
在新篇章的傳說迷宮中相會！

艾爾卡特拉斯第七迷宮是惡名昭彰，吞噬所有入侵者的魔窟。然而卻因某種原因，迷宮內的亞聖杯指引沙条愛歌，使她的意識附在來此處探險的少女諾瑪身上。面對各類幻想種、未知使役者阻擋去路，愛歌/諾瑪究竟能夠達成目標全身而退嗎？

幻獸調查員 1~2（完）

作者：綾里惠史　插畫：lack

人與幻獸的關係交織而成，
殘酷又溫柔的幻想幻獸譚——

傳說中的惡龍擄走村裡的女孩，那與傳說故事相仿的事件真相究竟為何——老人過去曾娶海豹少女為妻，然而人與幻獸的婚姻最終將……？若想要打倒傳說級的危險生物九頭蛇，需要幻獸「火之王」的火焰。於是菲莉與「勇者」趕往「火之王」的城堡——

各 **NT$200/HK$60~67**

奇諾の旅 I~XXII 待續

作者：時雨沢恵一　插畫：黑星紅白

空無一人的國家卻有大批白骨在巨蛋裡!?
銷售高達820萬本的輕小說界不朽名作！

奇諾與漢密斯在沒有任何人的市區中行駛，接著他們在國家的南方發現了一座巨蛋。在昏暗的巨蛋中，有一片廣大且平坦的石地板，而在那地板上隨意散落的，則是各式各樣的白骨。陰暗中，骨頭簡直就像是散落且鑲嵌於四處的寶石一般發著光……

各 **NT$180~260/HK$50~78**

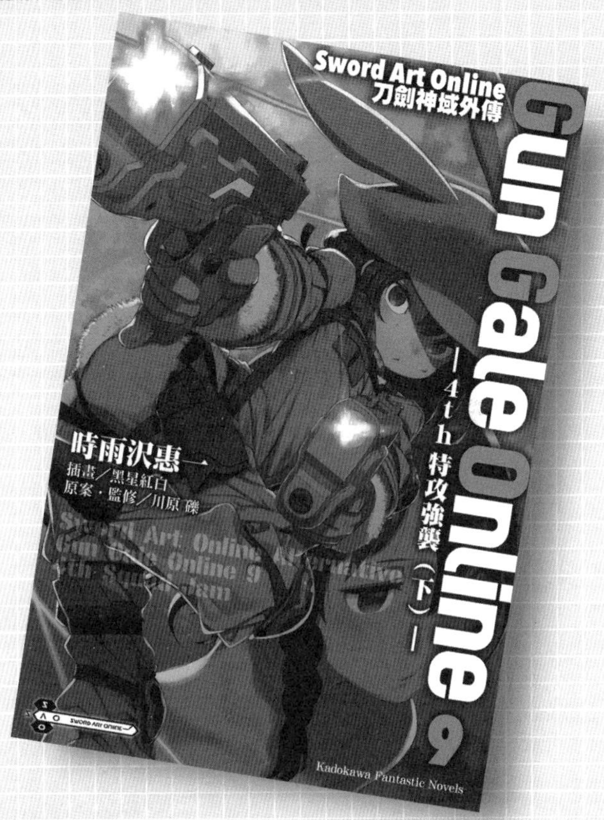

刀劍神域外傳GGO 1~9 待續

作者：時雨沢惠一　插畫：黑星紅白

聯手的眾卑鄙小隊當中，
不知道為什麼出現了SHINC的名字！

無論如何都想打倒蓮獲得勝利的Fire，成功拉攏SHINC加入為了打倒LPFM而組成的聯合部隊。經過與MMTM的壯烈「高速戰」後，蓮等人終於和SHINC的成員對上了，但是Fire麾下的小隊突然出現……

各 **NT$220~350/HK$73~117**

86—不存在的戰區— 1~8 待續

作者：安里アサト　插畫：しらび

戰士們——當戰爭結束時，
原本注定死於戰場的「八六」將何去何從？

「軍團」完全停止的可能性。本以為永無止境的戰爭將有望結束。與「西琳」的邂逅，讓他們知道不畏死亡的可怖，硬是撬開了他們闔起不望向未來的雙眼。然而，那些還停留在原地的人……被溫暖的希望扭曲，最終，造成開戰以來最慘烈的犧牲——

各 **NT$220~260/HK$73~87**

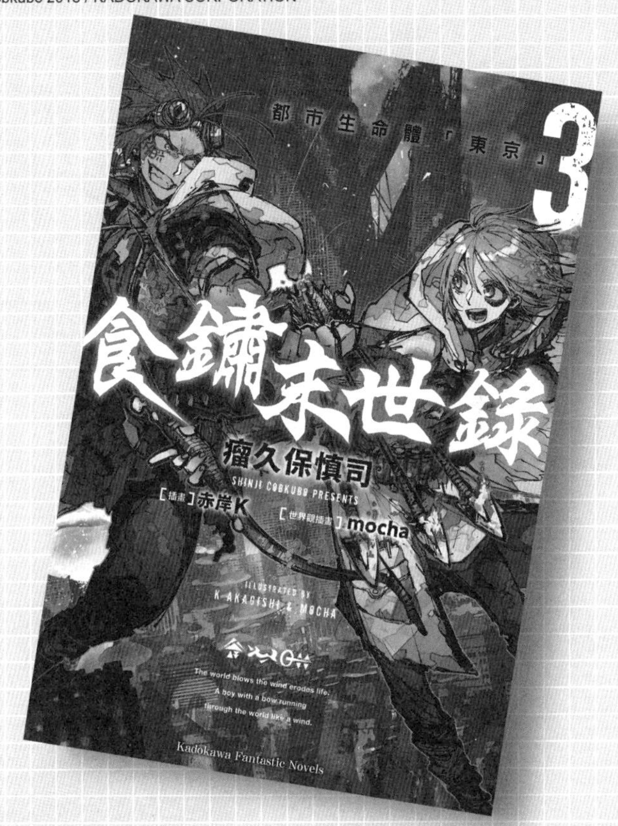

食鏽末世錄 1~3 待續

作者：瘤久保慎司　插畫：赤岸K　世界觀插畫：mocha

面對想將世界倒轉回過去的阿波羅，混血搭檔是否能贏過他拯救全世界!?

畢斯可等人在蕈菇守護者之鄉遭遇襲擊，自稱阿波羅的襲擊者操縱機器人將所有的東西都變成了「都市大樓」。日本各地發生的「都市化現象」使人民身陷地獄，於這般慘況下，能拯救現代的王牌竟是赤星畢斯可？在這變動的時代，他們選擇的結局是——？

各 **NT$240~280/HK$80~93**

死老百姓靠抽卡也能翻轉人生 1 待續

作者：川田両悟　插畫：よう太

網路論壇最引人注目的作品！
最強的一步登天戰鬥娛樂劇揭幕！

由女神給予人類的卡牌之力決定一切的時代，勞工高槻秋人賭上人生去抽決定命運的「重體力勞動卡池」。就在人生的夢想和希望都跟大量抽卡券一起化為泡沫的終極運氣考驗後，他抽中了金錢特化祕書卡——卡牌迷與貪婪祕書的最強戰鬥動作故事登場！

NT$220/HK$73

國家圖書館出版品預行編目(CIP)資料

Fate/strange Fake/TYPE-MOON原作；成田良悟作；小天野譯. -- 初版. -- 臺北市：臺灣角川股份有限公司, 2021.03-

冊；　公分. -- (Kadokawa fantastic novels)

譯自：Fate/strange fake

ISBN 978-986-524-229-9(第6冊：平裝)

861.57　　　　　　　　109020383

Kadokawa
Fantastic
Novels

Fate/strange Fake 6

（原著名：Fate/strange Fake 6）

2021年3月22日 初版第1刷發行
2023年8月18日 初版第4刷發行

作者：成田良悟
原作：TYPE-MOON
插畫：森井しづき
日版設計：WINFANWORKS
譯者：小天野

發行人：岩崎剛人
總編輯：蔡佩芬
編輯：黃怡珮
美術設計：莊捷寧
印務：李明修（主任）、張加恩（主任）、張凱棋

發行所：台灣角川股份有限公司
地址：104台北市中山區松江路223號3樓
電話：（02）2515-3000
傳真：（02）2515-0033
網址：www.kadokawa.com.tw
劃撥帳戶：台灣角川股份有限公司
劃撥帳號：19487412
法律顧問：有澤法律事務所
製版：尚騰印刷事業有限公司
ISBN：978-986-524-229-9